U0529945

王安忆 著

麻将与跳舞

人民文学出版社

图书在版编目(CIP)数据

麻将与跳舞/王安忆著. —北京:人民文学出版社,2017
ISBN 978-7-02-013327-7

Ⅰ. ①麻… Ⅱ. ①王… Ⅲ. ①中国文学—当代文学—文学评论—文集
Ⅳ. ①I206.7-53

中国版本图书馆 CIP 数据核字(2017)第 214527 号

策划编辑 杨 柳
责任编辑 刘 稚
装帧设计 李思安
责任校对 杨益民
责任印制 苏文强

出版发行 人民文学出版社
社 址 北京市朝内大街 166 号
邮政编码 100705
网 址 http://www.rw-cn.com

印 刷 三河市西华印务有限公司
经 销 全国新华书店等

字 数 92 千字
开 本 787 毫米×1092 毫米 1/32
印 张 6.5 插页 3
版 次 2018 年 1 月第 1 次印刷
印 次 2018 年 3 月第 2 次印刷

书 号 978-7-02-013327-7
定 价 33.00 元

如有印装质量问题,请与本社图书销售中心调换。电话:010-65233595

目　录

知识的批评

——从蒋韵说起

在蒋韵的写作中，我特别注意知识批评的主题。八十年代的末两年，这一主题的写作，日渐完美。发表于一九八八年第六期《上海文学》上的中篇小说《盆地》，使蒋韵走入这一批评的深处，表现了当代知识青年的悲剧面貌。

《盆地》写了一对小工厂里的师徒。师傅是农民出身的工人，一个黑脸、壮实的男人，却极不适宜地带着伤感的情调，崇尚文化和知识。在简单与粗鲁的劳动者中间，他显得相当孤立，却被他的徒弟，一个女中学毕业生吸引。他的女徒弟有着一副知识的面孔：干瘦、孱弱，可是骄傲。她的名字也是知识化的，叫作“菩”。她操着京腔，说着书面语言，词特别多，思想也特别多，常令她的师傅瞠目结舌。师傅以包办干活的条件，让徒弟教他识谱唱歌，收集成语和形容词。这使他们这对师徒看起来颇不正常，引起闲话。这个小厂很有人情味，工人们彼此间就像亲戚，这就使他们很具排斥性，并且敏感什么是他们的同类，什么则不是。倘若从表面看，那个老袁更具有异己的性质，他长身白面，风度潇洒，精通许多闲情玩意儿。人们也承认，他是个异类，可以做些出格的事。然而事实上，老袁却和人们很亲和，甚至于还有着群众首领的意味。后来，就是这个老袁，将菩拉进大众队伍，留下师傅一个人，特立独行。师傅他，执着，孤独，以至盲目地追求知识化的精神。似乎是，知道自己无望了，就将他乡下的小闺女带出来，逼着她学习古雅的琵琶，力图培养她成为菩那样的女人。此时，菩和老袁则纠缠在厂里一桩桃色事件中，尽管他们以伤感的方式，把彼此的尴尬处境装点得温文尔雅，但内里却依然是庸俗和无聊的事实。拥有知识教养的菩，最终落入了精神的盆地。“盆地”两个字，蒋韵的文末定义这个封闭、落后的内陆城市：“这个城市是盆地。”就这样，菩们的知识显露出苍白、孱弱、虚伪、浅薄的素质，它挡不住俗世的进逼，无力坚守精神的高洁。倒是师傅，虽然还不知道知识是个什么东西，却从平民粗粝、坚硬、实际的性格中，提升了精神。师傅对菩的一句评语十分精到："你这个人，不能吃苦，却最能受罪。"这可说是一整个师傅的阶层对菩们的批判。吃苦，是指身体上的承受。受罪，却含有精神上的压缩。菩们的小资产阶级式的、不彻底的知识，命运往往如此：向现实妥协，因而屈抑自己的精神。它们其实缺乏信念。这种知识的外部表现总是多幻想，自命不凡，对现实不满，以及多愁善感，它们大多来自于文学作品。文学作品，是这一时期里青年们的知识精神的主要养料。由于它的虚拟性，便造成这种知识先天的缺陷、空想。《盆地》演绎了菩们的悲剧，而在蒋韵下一部小说《找事儿》里，这种批评，却是以欢乐颂为结局的。

《找事儿》发表在《山西文学》一九八八年第九期上，写的是"文化革命"的时代，一个中学毕业生琪，为自己谋职业的故事。琪——她也有着菩们那样的名字，乱世中混得的中等教育，感伤主义的青春期幻想，再加一些断章取义的人生哲理，最典型的有如普希金的译诗，"假如生活欺骗了你"。相比较之下，略微实用的是她在学校宣传队里学来的土芭蕾，这是全民推广样板戏的成果，这成了琪谋职业的一点资本。可是,这点资本也被现实无情地削弱了,那就是琪长得不好看,又因为清高,不屑于也不懂得如何媚人,这就使人们不容易注意到她。她生性敏感,半生不熟的知识又添加给她成见,使她矫情。这样,本来还算正常的压力,在她就格外成了折磨,求职的经过于是充满了屈辱。在考官们敷衍的目光下,跳着那些野路子的舞蹈,她就在心里骂自己“下贱”。好朋友修冬妮为了琪没被录取,自己也放弃机会,她则大闹情绪:“我用不着你来嘲笑我,可怜我!”修冬妮实在的友情在她是受伤,而市话剧团那个漂亮男演员轻浮的安慰:“小孩儿,祝你交好运。”却让她大受感动。修冬妮显然要比琪清醒,她一针见血地说:“市话剧团没一个好东西。”她也坚强,要不是她拉着琪,琪早就颓败下来了。在这场求职的战斗中,琪是那么无用。她的性格是无用的,她的知识是无用的,此外,她还有个同样无用的母亲。

琪的母亲是一个没落的人物。她睡的破棕绷床,穿的磨成光板的狐皮大衣,旧的细瓷器皿,补花桌布,以及她的神经质和抑郁性格,表明她很不幸地从较为上流的阶层坠落了下来。原因显然是她的丈夫,琪的父亲,政治上的失足。他使她们一大一小蒙受灾难。在琪求职的过程中，她们陷入哈姆雷特式的处境：要职业，还是要亲人？这对脆弱的母女互相促进着，将这处境的矛盾推到极端尖锐的地步。母亲如同最后通牒似的问女儿："我听你的，你要不要我和你爸爸离婚？"将这样重大的难题卸给一个十六岁的孩子，要她不仅为自己，还得为大人负责任。琪呢？就有理由将生活的压力，全归罪于母亲。母亲为她求告，拉关系，备宴请客，全成为她不幸的原因。她们还没做什么呢，只是一味地纠缠咎由谁取，把彼此的情绪都糟蹋了。琪的家中，就是这样，充满着知识的痛苦。而家境更为倒霉的修冬妮，并不去追究命运，只是加紧行动，还可以略微顾及一点琪。修冬妮在一切地方，都与琪形成对照。琪的母亲准备的那一餐罐头食品的宴席，可说象征了琪们的知识：隔宿的，冰冷的，生气寥然，千篇一律，败坏着生活的胃口。

当然，知识在某种时候，也给了琪自信。比如，遇到了蓬莱。蓬莱欣赏她，对她说："小校友，你知道你什么地方打动了我？你永远不会知道。"其实并不难了解。琪和蓬莱有着共同的知识的背景，比如"蓬莱"这来自诗词的名字，比如，她俩都喜爱莱蒙托夫的诗。但是，蓬莱没帮上琪，这一个特定的背景，被更大面积的生活覆盖了,它起不了作用。蓬莱自己也并不单靠这些,从形象上看,她就要比琪强悍粗犷。

最终,琪顶了别人的名字,在一家窑厂做了合同工,她从此被叫作了“王玉仙”。这是个村俗的名字,它带领琪走进了村俗的世界,事情就在这里得到了转变。这是琪的新世界:粗鲁,但是健康;简单,但是明朗。这里的姑娘,都有着“男人般强壮的腰板及结实肥硕的屁股”,他们从劳动中汲取生活的快乐。看上去似乎是避世的,其实却是压在社会最底层,因此,与政治、文化、权力,都没了关系。这初级但是平衡协调的人性,对于琪的残缺的知识,起了教育的作用。它将琪带出了那段阴郁的日子,走入光明。人们亲昵地称她“仙仙”,这一笔实在太好。“仙仙”是从“王玉仙”这村俗的姓名里脱颖而出,带着一股质朴、豁朗的娇憨,虽然与干巴巴的“琪”很不相符,可“琪”不是正在接近它吗?她丰满了,粗壮了,屁股大了,说一口本地话,学会了劳动和休息。而那个被她刻在无数砖坯上的旧名字“琪”,散落在了各处。这带着土崩瓦解的意思,可又带了物质不灭的意思。因此我们就不能简单地看待,知识的琪对世俗生活的屈服,这里潜伏着一些嬗变的信息。

一九八九年第五期《上海文学》上蒋韵的《冥灯》中，质朴的生活继续给予知识青年们教育。这里，知识女性范西林的形象比较抽象，她是以参加某个隆重会议而被确定社会阶层所属。后来，那个监法场的老某说："搞艺术的嘛，啥都该体验体验嘛。"也略进一步说明了身份。而她的沉思默想，真正证明了她知识性质的内心。在此，蒋韵笔下的知识青年，走出了生存以及精神归宿上的困境，他们放下了个人自身的情结，进入了略为抽象、宏观，也更具有知识的标志性的玄思：生与死。这是从天地自然的茫然开始的。黄河的苍茫景色唤起范西林积存于心的关于永恒的疑惑。然后，死亡的问题来临了，是由一个传说中的十八岁乡里女子提到范西林面前的。这个女子，因通奸谋杀亲夫，判处死刑。行刑前，女子哭了一夜，哭到早晨，不哭了，梳洗整齐上了刑场。她说："我想通了。"范西林就想，女子究竟想通了什么？接下来，范西林又目睹了一场行刑。面对着恐怖、惨烈的死亡场面，范西林再次想起那坦然接受死亡的十八岁女子，"她想通了什么？"最后，范西林在一出二人转的旧戏《捏软糕》里约略领悟了，她想通的是什么。戏中一男一女唱着："二妹妹你把那，你把那米来淘呀，三哥哥我给你，捏呀么捏软糕呀!”文中写道:“非常的小康,叫人觉得,活着是那样单纯,那样有滋有味,那样地久天长。但是那曲调,却是高亢,悲壮,悲凉到无可奈何的地步……”于是,我们这才会注意到,前边,当范西林看到黄河的苍然时,还看见了另一些生活的情景:河对岸洗衣的女孩,茅屋门上的对联,“生意兴隆通四海,财源茂盛达三江”,小店里的油炸臭豆腐,流行歌手迟志强的歌,甚至,狭巷里的柴米人家,正在打一口棺材——死亡,变得如此家常。最后,范西林观看了当地的古俗,鬼节放河灯,“人们吵吵嚷嚷,红红火火,却又极庄重地做着这桩事情”。生死两界,终在俗世生活中和谐为了一体。苍茫的永恒,化为具体琐碎的日复一日。

这是一篇散文化的小说,因它要负责解决形而上的难题,又过于迫切,便不得不放弃使用象形的材料:故事,情节,人物,来布置全局。而是以同样形而上的方式,攫出象形性的细节,处理为象征的元素。但由于始终没有中断玄思的过程,坚持逻辑推理,最后得到思想的果实,所以它依然保持了叙事的性质,不失为一篇较好的小说。

到此,蒋韵对知识的批评都是以教育的方式进行,教育者均来自世俗的社会。《盆地》里,是师傅,一个平民精英;《找事儿》,是一群快乐的初民;《冥灯》呢,则是民间的日常生活。他们帮助“菩”“琪”“范西林”们去除知识的文饰,了解生活和人生的质朴面貌。就这样,到了九十年代。

大约是在九十年代以后,教育者隐退了,蒋韵的小知识分子,终局几乎统是被放弃拯救。一九九〇年,《上海文学》第十一期上,蒋韵发表了《落日情节》。郗童没有遵守母亲的嘱咐,将哥哥放出去参加红卫兵械斗,结果哥哥在械斗中死了,从此,郗童就背上了赎罪的十字架。郗童的母亲和琪的母亲很像,一样的偏执,抱住失去的东西不放,不愿看见转机。对女儿也一样的苛刻,要她承担命运的全部责任。郗童呢,就像琪的姐妹,过度夸张母亲的压迫和自责,她的知识情调又很适用于赎罪的概念,于是,便将自己逼上了绝路,而她却不像琪能够接受帮助,最后走入光明。她比琪固执得多,有几次救赎的机会,都被她拒绝了。第一次是和高中同学江培文的朦胧初恋,夭折在母亲的冷眼中。第二次,看到了曙光,又泯灭了。她和同厂的知识青年老乔,共同考上了大学,眼看就要走出这个不堪面对的城市,母亲又病了,郗童很自觉地离开老乔,留在母亲身边,继续赎罪。第三次,已是带有苟且的意思了。她经人介绍，与老秦结婚，母亲的病再次将她拉出婚姻生活。

没有教育者出现。老乔在做拯救她的工作，他爱和赏识她，也了解她，仅此而已，没有被赋予批判的内容，结果是不成功。还有一个是作为郗童的对照出现，因为蒋韵专为她辟出一条叙述的路线，所以我们有理由重视她的到场。桑林，她似乎只是以她的幸运来对照郗童的不幸：没有历史的阴影，被家人宠爱，心想事成，快乐单纯，也不够格担任郗童的教育。这里没有一个，像《盆地》里的师傅那样，能够批判菩们，所以，菩们还有希望，而郗童，没有出路。然而，其实呢，事情有没有这样严重？纵观所有的情节，似乎并不具有特别强大的理由，要把郗童限制在不得救赎的囹圄之中，事情更像是一种自虐。于是，我们只能承认有一个莫大的命运的深渊，它大到吞没了所有的可能性。似乎是，马尔克斯《百年孤独》开首第一句："许多年以后，奥雷连诺·布恩迪亚上校面对着行刑队时，准会记起他爹带他去看冰块的那个多年前的下午。"从此，命运的因素就进入我们的小说。而我们又往往忽略命运构成所需要的种种条件，仅只攫取了它的既定的性质，使它成为一个最高理由，它覆盖了其他所有的解释。在这一个强大的理由之下,任何抵抗似乎都妥协了,人物直落终局。于是,不再需要去缜密地组织发展的环节,也不需要制定发展的更高度,一切都已被那个神秘的霸权规定好了。多少的,我们的思想和想象力在此掩护下渐渐软弱了下来。

再来看蒋韵发表于一九九一年第六期《当代》上的小说《裸燕麦》。这一部小说的发展环节比《落日情节》要丰富和紧密,人物和情节就略为复杂,叙述又更使它复杂化了。故事是关于一个名叫林琦的女知识青年,也是经过那种不完全知识的教化,将莜麦俄国文学化地称作"燕麦"。在插队落户的时期里,结交了名叫彭高的男友。彭高也是那类知识化青年,将普希金的"假如生活欺骗了你"当作座右铭,但在他浪漫的外表下,却有着一颗现实的心,他与林琦的母亲初次见面,就是通知她"大楼卖美加净牙膏",所以,也就很容易解释他到北京就学后另有新欢。林琦的浪漫情怀受此打击之后,并没有泯灭,但很快就又遭到一次打击,在一个巴洛克文学研讨会上,她邂逅了陈通。她寄希望这是一次柏拉图式的感情,或者是走过足够的精神历程,再进入实质性阶段。可事与愿违,陈通是个唯物主义者,他快速切入性的主题,一旦得不到响应立即撒手而去。屡遭失败的林琦后来和比她年长许多的外国人科尔结了婚,这就像是一个赌气,她母亲送李白诗《渡荆门送别》给新人,林琦讥诮了母亲一番。可这婚姻也有一点安慰的性质,科尔家在浪漫主义发源地,欧洲,莱茵河边的杜伊斯堡,一条旧街上,一座红砖和粗毛石砌成的建筑。然而,在这个经典浪漫剧的舞台上,现实又一次教训了林琦。她按中国偏方,为科尔泡制的一瓶壮阳酒,作为谋杀丈夫的嫌疑受到控告。其实这是相当滑稽的一幕,倘若林琦有些幽默感,就可看作诙谐剧,那就依然不离浪漫剧的大题。可是感伤主义的林琦却极其严肃地看待这一幕,于是,事情就惨了。她悲戚地来到莱茵河边的酒吧,遇到一伙中国学生,参加了他们的聚会,应大家邀请,唱了首当年插队地方的民谣。这支质朴风趣的民谣在此情此景中,变成了理想诗篇。不料,一个德国人却搅乱了他们的欢宴,指出这不是他们的家,他们应该回自己家去唱歌。于是,幻觉又一次被现实击碎。

林琦的故事是由林琦的妹妹来叙述的,叙述者在一个有着哥特式建筑的校园里执教,"哥特式"是她用以命名所有西洋式建筑的名词。她还写小说,她说明她所以写小说，是想把平庸的生活改造成庄严美丽的仪式。所以，彭高从林琦的精神历程中撤出以后，就进了她的小说，比如，那个名叫“安生”的就是他。但是这一回，她却变得比较忠于现实，她一边制造着庄严美丽的仪式，一边又揭露出它们的真相。她臆想姐姐和科尔坐在一间优雅的餐室里，蜡烛，玫瑰，侍者，半生的牛排，开胃酒，比萨饼。总之，她能想象的西方资产阶级生活细节全都当作浪漫剧的道具，一一摆上。但，她很快就揭穿了：牛排和比萨饼不应该同时出现在一家餐馆。结尾时，那一群聚会的中国人中间，有一个作家，那一晚与姐姐在雨夜里散步。紧接着她再揭露，那晚，姐姐和科尔同床而眠。她还假设条件，迫使姐姐走到真实里来。比如邂逅陈通那一段，是为了让林琦去德国的理由更充分些。比如研究壮阳酒的格拉斯老头和积极推林琦上法庭的阿格莉丝姑妈，有了这两个人，林琦的壮阳酒才会出问题。于是，整个事件就都变得不可靠了。但是，叙述者一直在说服我们，虽然这是杜撰，却合乎事情的规律。她大大提早人物上场的时间，证明他们早就开始准备进入林琦的故事，因而林琦的命运是早就决定了的。她很负责地揭去姐姐的浪漫主义的伪饰，展示了现实强大的力量。可她这个叙述者，其实和她叙述的对象很相像呢！同样是残缺文化的背景，空想的特性，最终也看不到进步的可能。我们期望她在叙述中，能渐渐与林琦分离，达到教育的高度。可是没有，她认识到的，同样也是林琦可能感受到的，没有令人欣喜的希望出现。在她晃人眼目的虚实参半的叙述之下，我们看到的其实还是一个事实——一个知识女性被现实击败的故事，她的虚幻的浪漫精神既没有像在《盆地》里那样，受到批判；也没有像《找事儿》的琪，在光明的映照下，呈现出虚弱的阴影。她只是一径输了下去，输给了现实。

这样的叙事者与叙事分离，也是九十年代常见的方式，它在某种方面，其实损害了叙事的性能。它削弱了叙事的严格性，叙事者的主观身份影响了小说在假定中的真实存在。主观的臆测轻率地替代了情节进行的逻辑，同时，也损失了情节根据逻辑进行时，可生发出的意外的生动和丰富，这些全被滔滔不绝的自述取代了。它无度地自我扩张，以此掩盖故事本身的平淡。它放弃叙事的责任，因而方便了叙事，它其实也是对创造者不加紧想象的一种纵容。九十年代确实是一个生产工具的年代，它生产出了种种工具，可是，工具多又怎么样？故事是需要想象力滋养成长的，就像庄稼需要地力。工具的利刃就像割青苗一样割去故事的萌芽，破坏了生态，使得资源枯竭。

还接着说蒋韵九十年代的小说，《古典情节》发表在一九九一年第十二期《山西文学》上。这个小说也是多头进行的叙述方式。并且，叙述者的身份也孤立性地突出，与故事没有情节上的关系，只是以叙事者的看法来规定故事的意义。这又是九十年代里特别强调的，叙述本身的含义，即叙述就是故事。九十年代在我们是一个恶补的时代，西方现代主义课目的匆匆登场，在此时达到高潮。这也是需要使然。八十年代这个写作的大年，积压着的想象与创造，带着一股冲力喷薄而出，难免缺乏节度，消耗了故事的资源。于是，这些现代主义就来救急了，它带来种种认识和表现的新方法，提供了作小说的工具，立刻投入实践。就像方才说的，它破坏了生态，使得资源陷入更加危急的状态。所以，在此就有必要分析《古典情节》的叙述方式。

《古典情节》同时开展有几个故事：赵和肖虹，崔胜和夏平，李东和肖虹，夏平和李东。这些故事基本是循着这么一条路线：从浪漫主义发端，最后破灭。赵是一个混血儿，意大利与中国，东西方两个古老种族的后代。他在“一个春天的黄昏”走进中国城一个叫作“梅花楼”的餐馆，邂逅了丧魂落魄的肖虹。肖虹的凄楚处境正合乎赵的情怀，当他解决了肖虹的困境，肖虹则离开了他，因她不愿意滞留在赵的古典情节里继续充任角色。崔胜家住古老的街道“点膳所”，虽然不是世家，但母亲来自源远流长的氏族，父亲亦是旧式文化的人物。崔胜因此有了一种神秘的遗传，与一把二胡前世有缘。他与夏平是小学同学，分别多年偶然相遇，成了夫妻，这多少带有一点奇迹的色彩。婚姻的现实气味影响了崔胜的神秘遗传，他顿时成了一个平庸的人，人生变得索然无味，于是夫妻分手。李东和肖虹的故事比较简单，小说开始时，他们已经离婚。肖虹回想李东，“觉得他只是一个朦胧的水汽氤氲的东西”，以此来看，他们的关系也是空想性质的，注定是要结束。这些故事是由夏平和李东的故事串联起来，夏平和李东的故事因是主要的线索，情节就要丰富一些。李东辅导夏平论文，原本是想吊一个妞聊解寂寞，没料到夏平全然不是个“妞”样的女人。这样出他意外，使他对事态的发展抱了一种期望。夏平是个什么样的人呢？这是个有意味的人物。可惜她被这些精心布置的叙事网络罩住了,也被神秘的宿命论限制住了,她的行为就变得简单、平淡或者突兀,但从一些相当含混的描述里,透露出她所具有的发展的潜能。比如“脸上写满陈年的往事”,比如二米说,“一个三十五岁的女人这样惊天动地地闹恋爱,想起来就要人恶心”。比较精彩的是夏平母亲的评语:“笨手笨脚地活在世上,笨手笨脚地闹恋爱。”对着她小时候的照片,母亲说:“她的神经质和那一股小家子气还有她的愚蠢损害了她的容貌。”这里隐藏着可能性,可是它们被潦草地利用了。

李东和夏平,两个有阅历、不再年轻、做梦也做不好了的成年人,按照他们自己的设计,演出了一段“古典情节”。在这情节的枝节上却出了一点小纰漏,邻家女人的目光,揭示了平俗甚至鄙陋的真相。李东的反应是尽快逃脱,他不惜诋毁夏平,打破夏平的幻觉。结果是夏平割腕自杀。在此同时,赵离开肖虹,独自上了高速公路,葬身车祸。似乎是要说明,所有的“古典情节”都脆弱得很,一碰就碎。那个前世遗人崔胜不也是不能有凡俗的日常生活,靠一把家传的二胡维系着人生?

小说中还有一个先知式的人物,夏平的母亲。她整天玩着一副牌,故事的真相似乎就埋在牌里。她几次让夏平猜牌，总归是一个“白板”，直至夏平赴死这一刻，才有了意外。这是不是暗示夏平与李东在此之前还是“万变不离其宗”，就和那个邻家女人的看法一样。而到了夏平死，才扭转了故事性质，一个俗常情事变成“古典情节”？可是，事实上，叙述者“我”出来说明，夏平并没有死，“她身上插着的那些标志现代文明的各种管子把她从一个古典悲剧中驱赶出来”，死去的夏平只是“我”的叙述的结局，因“我”想写一个古典情节的小说。

于是，所有的讲述都被推翻，行话叫作“颠覆”，也叫“解构”。有了这一着“颠覆”和“解构”的棋，有意无意地，就可能放弃，在假定之下经营真实生活的严密、通顺、趣味和多样。因此，这里，在情节线索的铺张底下，其实是散漫、平淡和单调的叙述。这繁多的线索，几乎都是用来互相证明。而真正有发展潜力的夏平，却被限定了可能性，她只得屈从于事先规定的一种功能：古典主义的覆灭。并且因有了事前的规定，这一个覆灭的过程也相当直接，可说是直赴结局。没有出现一点偶然的因素，可能扭转局面，柳暗花明又一村。教育者依然没有出场。

此时，蒋韵的小说多是以这样复杂的叙事来表现，可是遗憾的是，我们并没有看到相应的丰富性。相反，人物和故事均变得简单、抽象，了无生趣。结局则是软弱的。这个时期里，蒋韵笔下的小知识分子，相继走上自杀的道路。《旧街》（《花城》1991 年第 2 期）里的冯明伦；《旧盟》（《上海文学》1992 年第 1 期）里的谢萤。大约也是这个时期，蒋韵的这些小知识分子开始有了一个新的命名：古典。在这新的命名底下，是否增添了什么新的性质呢？他们的知识成分有什么改变呢？他们依然是文学化的、感伤主义的、青春期抑郁的、空想的，而“古典”这一抽象的命名取代了他们具体的形象。因了“古典”这一命名，蒋韵似乎也转换了立场，她的批评不再那么激烈有力。而她的八十年代那一个批判和教育的阶层：平民，也消失了思想的功能。没有人替代上场。因此，很遗憾的，蒋韵对知识的批评便下降了水准。看来，现代小说的奇招并不能给思想和想象力助一把力，甚至它还掩盖了它们疲乏的真相，并且，为逃避劳动网开一面。

越过纷来攘往的九十年代，再回头看八十年代，那时候，我们有着许多结实的小说。我们像个辛勤、老实，甚至颟顸的农人，种下故事的种子，然后培土，浇灌，锄草，捉虫，朝出暮归，按着自然的生熟法则，收获小说。那时候，小说这一形式很严格，没有那么多蹊径旁路，出路只有一条,就是使劲地思想。思想这劳动,实在艰苦得很,略一松劲,便不进则退。读蒋韵的小说,使我重新看到八十年代小说的图景。我很奇怪我怎么会错过《找事儿》这样完美的小说,写实的外形中充斥着诗的浪漫性。通常的情形下,后者的存在总是以放弃前者为代价的,可这里两全其美。因这是从堆积如山的日常生活中搜索来的诗性,它经严格的挑选、过滤、组织和结构,这是感受、思想和想象力的果实。读蒋韵的小说,还使我反省与检讨了九十年代——这个令人困顿的时代。

2000年3月10日

南音谱北调

在吉隆坡特别温润的十二月里，我们来到《星州日报》二楼总编辑会议室，被授以评选的规则，再从组别安排于不同的房间。于是，第五届“花踪”文学奖的决审开幕了。

我和台湾诗人蒋勋、马来西亚华人作家小黑，被派作评定世界华文小说。这是“花踪”文学奖中奖额最高的项目，一等为一万美元奖金，它面对的是全世界的华文写作。在一个华文的边缘地区，却要对全体华文小说作一个召集与竞赛，不能不说是有点超载负重。但因此也能看出对华文竭诚的渴望，渴望树立一个辉煌的榜样，标明着一种也许不是实用的，却具有高尚品格和浪漫诗情的语言，以及在这语言陶冶之下的艰苦而优良的民族生存。

这也是"花踪"奖最令人感动的地方，它使我们深深体验了语言的肌肤之亲。

我想，我们三人最终被《又见椹子红》说服的，就是语言。它以一种抒情性质的语言进行叙事，于是，整篇就覆盖着优美的诗意。但这诗意又不是俗丽的，它相当朴素，用的都是简单的基本的字和词，常用的口语，带着乡音。比如，写大龙砍树单调的斧斫声："重的一声，轻的一语"，这伐木的一斧斧里，故事自然就开了篇。乡间晚上，一伙留守老家的女人聚在一起聊天，得着了盲乞丐和驼背婆子的新话题，"女人们说得沸沸扬扬，同仇敌忾"；待说到儿童不宜的部分，"大伙儿神神秘秘地压着嗓子，防着孩子听见"；一旦发现小孩子的小板凳"下意识地往人群内挪"，立即"嘘嘘地"赶上楼去睡觉，"三双脚跟着一团手电的黄光，一级一级地踏在没有光的地方"；上了楼去，听下面女人交流如何骗小孩子的诡计："我说伊是花生沟里捡来的，伊信得很呢！"于是，楼上再接着讨论小孩子从哪里来的，互相告诫："我们女生呀，才要当心，千万别跟男生好，万一让男生拉上你的手，那就完了！"就有和男生拉过手的上了心事，"恐惧溜溜地在黑暗的房间里兜圈子，赶不出去"。夜晚的热闹和静，安闲和活泼，这家的快乐和隔院里的忧愁，闲愁和真愁，潺潺地流淌过眼前。写驼背婆子的女儿丽菊烫头的那一段是最精彩的，这一桩小事在丽菊这个贫贱又心高的女孩，表现得极具悲剧感。村里来了理发匠，摆出形形种种奇妙的工具，三个女孩相继卷了头发，套上胶皮发套，此时，“丽菊一直拉着我的手，渐渐地越拉越紧，手心微微冒着汗。我仰起头看她，她的双眼直勾勾地盯着理发匠在卷发的手，胸脯激动地起伏着。忽然她拉着我快速挤出人群，直往她家奔，整个人笼罩在一种高昂的情绪里，连我唤她几次她也不理”。她在她家寄居的牛房四处，搜罗出不知何时藏下的一把碎票子，又往外奔。“坐在理发匠跟前的丽菊，那张小面孔绷得紧紧的，又凝重又认真，眼睛定定地注视着前方……当热毛巾敷上去时候，她也没有像其他的女孩那样咧着嘴又叫又笑”。这几乎是有些惊心动魄了，带着英勇奋斗的意味。这首委婉的田园诗，越来越具有严肃的含义，渐渐接近悲歌了。到后面，丽菊和她的驼背母亲，瞎子继父，紧张对峙于牛房中，这一情景就有了一种剜心的痛楚，调门变得激烈起来。在破陋的牛房中，两个残病得没了希望的人中间，“突兀”地坐着丽菊，“她穿着一身粉红色的‘的确凉’春装，满头的卷卷儿盛丽地披着,涂了口红,浑身散发出‘双妹’花露水的浓烈香味”。形容她的卷发,用了“盛丽”两个字。配了她的身世,环境,遭遇,再回味她烫发时的庄严,隆重,这“盛丽”不禁有了一股凄厉的声色。烫发这一笔在整篇歌唱中,是一句裂帛之声,它将和缓流丽的旋律推上了一个高亢到尖锐的音符,于是,曲调就有了力度。当“我”在午后寻找与大龙偷情的丽菊时,叙述是在类似如歌行板的节奏中进行:“牛房里静悄悄的,光线从墙上的小窗投进来,把一块规矩的、长方的光明静静地贴在铺着席子的板床上。板床上放着几件叠好的衣服,板床下置着一堆乱七八糟的东西。一只麻布袋子无言地挂在墙上,角落里有一个简陋砌成的砖炉,旁边置着一只贴着‘常满’的米缸和一只浮着红色胶勺子的水缸。地上没铺砖,是泥地,透着一股潮湿。”寂寥,冷清,还有不安与不祥的预感,就沿着这视线徐徐地行走,一点一点流淌下来。

全篇的语言,还是用了一种南方的口音。这不是说它用了什么方言,恰恰,它极少用冷僻生硬的方言,而是在于它的行腔。我们的书面语是以北方语种,尤其北方话为表现,在这中心语种的外缘,写作其实都须经过口音的转换,将地方语音译成北方语。在此,不得不有所损失，损失口音中的地域风情，这风情是很有含意的。它包含了地理、气候、历史、人性等诸多的因素。一些鲜活的生气在规范严整的书面之后消失了。可是，《又见椹子红》里，却呈现出不同以往的语言面貌。这面貌，初一看，颇有些古意。某一些字词，用得相当朴，比如，砍树人的赤背上，"流着一渠水"的"渠"字，这样的量词，何其的雅；说到一门远亲，是"隔表的疏亲"，这"疏"字，也用得多么的文！通常口语惯说的"接着"，如"接着说"，"接着做"，这里是为"续着"，"忿忿地续着又说"，"续着又养了个儿子"。还有"甫"字和"伊"字，都挺古的。"起初还顾忌着伊，理亏着伊"，"理亏着伊"，多古雅。又有一些形容："暮色合了"，"合了"这两个字，都是大白字，却可看见暮色渐渐积并来，最后笼罩了。这些字，没有与我们的书面语共同经历现代口语与普通话的进化，进到现代社会大规模流通、约定俗成的常规状态，它们似乎还停留在文字素朴的源头，使用着字的最初的本义，展示出一幅与中心文明不同的情景。在那个远离政治中心，又多是山地的省份，似乎还保存着一些宋代的风气。大概是宋室南遁时候，遗于沿途的踪迹。那些丘陵凹地里的木屋，不是简洁质朴，宽廊疏柱，颇有宋风？人也是耿介耿直的性子。相对隔离的环境,延缓了文化的交流融汇,得到了自生自长的时机。而汉语,其实就有着无限伸展的弹性和空间。

方才说了,小说中极少用冷僻的方言。计算一下,全篇里,有九处注释,其中关于方言的仅四处,其余是关于地名、环境、物名的解释。那四处是:牵面线,聊天;对看,相亲;米粉猪,懒睡鬼;甲蓬,吃饭。所以,尽管是有着独特的含义深远的地方语音,作者也还是服从了这样一个事实——以北方语系为书写和阅读的事实,《又见椹子红》依然是书面化的写作。但是,方才也说了,在它的正统行文底下,却潜着边远的南音的运腔。这除去前边所举的用字古朴天真,还十分微妙地体现在一些介词动词的省略、减缩,这使得句子变短,变紧凑,节奏就有了一股明快。明快中,为保持平衡,又有一些字词突出来,添一点拖腔,就不那么单调。比如,你读读看,那驼背婆子的诉苦:"那忤逆的,举起二胡弯着膝就拗,拗断了一把二胡不打紧,伊不忌讳雷劈!说伊阿爸不是生伊的,就说就提起扁担撵伊阿爸出门……大娘啊!你倒说说看,是哪个讨乞来拉扯大伊,这有多揪心啊!"可不是抑扬顿挫?还有:"暮色合了,架在天井的火炉生了火。上桌的时分他们就坐在天井里，坐成二段木头，堂皇的灯火，喧闹的人声里，这两个人的故事最丰富，却也最寂寞！”这节奏也有些古，因有些类似曲牌，收句略带些突兀，带了顿的意思，限在某一种格式里，不可越出。而北方语写作大凡是板腔体的，比较自由和流畅，畅到了难免有点油滑。而此处，则规矩，老实，甚至稚拙。但它依然没有妨碍我们用北方语来阅读和感受。古意淳淳的南音渐渐弥漫开去，铺陈了一纸鲜艳和凄凉，犹如那驼背婆子唱的曲子：“叫夫郎听我言说个明白，十八岁随了你大门不迈，生下这儿女双骨肉难离，怎狠心抛妻儿斩断亲脉……”是闽南的歌仔戏的调吗？

《又见椹子红》，便是如此这般地感动了我。

2000年4月24日　上海

我看1996—1997上海作家小说

随着年长，一些奇峻的东西倒是看得平常了，反是人情之常，方才觉着不易。在多变的世事里，景物都是缭乱的，有时候，连自己都认不得自己了。可是，在浮泛的声色之下，其实有着一些基本不变的秩序，遵守着最为质朴的道理，平白到简单的地步。它们嵌在了巨变的事端的缝隙间，因为司空见惯，所以看不见。然而，其实，最终决定运动方向的，却是它们。在它们内里，潜伏着一种能量，以恒久不移的耐心积蓄起来，不是促成变，而是永动的力。所以，它们并不像表面看起来那样安静，而是有着充沛的活力，执着的决心。它们实在是相当丰富的，同时又是单纯的。它们，便是艺术尽力要表现的。

沈从文先生的公子沈虎雏，写他父亲。说他的父亲评价艺术的好,总是很简略的几个字,其中最常用的两个字,是“家常”。以沈从文写作的经验和成果,就不能简单地来看这两个字了。这是从纷繁曲折的审美阅历中,提炼出的理想。在它字面的简洁之下,必有着深厚的内容。这“家常”不会是我们通常所说的“家常”,那会使我们陷入琐碎,染上庸俗之气,已经有太多无聊的人与事,充斥在文字里面了。我想,沈先生所说的“家常”,是从冗长的日复一日的生计中提炼出的精华,在它的日常面貌下,有着特殊的精神。于是,这“家常”才可成为审美的对象。

汪曾祺老曾经在中央电视台《中国报道》节目接受记者采访。记者问他,当年被打成右派时,是如何心情。他回答说:怎么办?你哭,你闹,你跳河,你上吊?那还不如活着,看看生活,生活是很美的。想到此话,真是难以自禁。一个人,已经被逐出了生活,可是,站在生活的岸边,依然看到了生活的美。这就不再是感官享用上的意义了,而是具有着精神的价值。“看看生活”,我们会看吗?艺术其实就是从这里出发的。在这个物质主义的时代,生活布满了雕饰,观念呢,也在过剩地生产,又罩上了一层外壳。莫说是我们软弱的视力,伸出手去,触到的都是虚饰。看看生活，我们看得到吗？

人们都在滔滔不绝地议论着生活，讲述着生活，这表现在书店里，占据了主要位置的言论与非虚构类书籍，铺天盖地。人们或者给生活下着种种定义，或者就是将自己的经验和盘托出。这种或者是虚或者是实的写作情形，其实说明了“生活”在这个时代里的萎缩和退化，它们已经不够做小说提炼的资源。小说的提炼，消耗是巨大的，就像炼金，多少矿石被抽出精髓，变成渣滓。生活逐渐被社会分工、科学发展分解与抽象化了，媒体和通讯又来掠夺它们的剩余。在这枯乏的表面之下，是否还有着具体可感的实质？要是有，又是以怎样的方式存在于深处？又是以怎样的形态浮出水面？情形比一百年前复杂得多。小说的土壤贫瘠多了，不再是产生世界最优良文学的俄罗斯大地那样的肥沃和广袤。在这个时代，做小说家是悲哀的。但还是让我们相信自然吧，它正在歉收的庄稼底下蓄积着地力，等待着厚积薄发的时节。它们正是那些最单纯又最有力的能量，人性中的常情，是跟随着生存滋长，又滋养着生存的，最基本的规律。

最近看到一本很受推崇的新书，《生死朗读》。它奇异地集合了现代写作的一切有效要素：虚空的青春，畸形的爱恋,突异的离聚,意外的死亡,而将这一些美国好莱坞式情节串联起来的,则是重大的民族反省与伤痛。批判的力度在感伤主义的气息中软化了,软化成大众型的阅读快感。它面面俱到,每一面仅只浅尝辄止,正好够覆盖社会心理的需要了。在这一本带有工业化社会写作方式的小书里,到底还有着一些文学的东西,从中凸现出来。年轻的法律系大学生在实习的法庭上,看见他的老恋人汉娜那一幕,多少有些类似托尔斯泰《复活》里,聂赫留多夫与玛丝洛娃在法庭上的情景。当然,《复活》的这个场面更加悲剧性,因玛丝洛娃的命运,聂赫留多夫是参与过的,负有责任,审判玛丝洛娃就等于审判自己。而"我"与汉娜的罪行无关,与她的命运也无关,他们的爱情仅是一个插曲。所以,"我"便是个旁观者,心情比较简单,只是有一点微妙。这是现代小说与托尔斯泰这样经典的小说很大的差别,现代小说多是微妙的,而古典的小说则是正面地展开。不过,这一节,到底还有着些与小说有关的性质。"我"从背面认出了汉娜,她的曾经与他亲昵过的身体,在这个特别的环境下的陌生的姿势,然后又逐渐显现出他熟悉的细节,可每一个细节都与他隔了重重障碍。这是小说中称得上"肉"感的东西,它袒露出生活的肌理。

这是我在现阶段里对小说的认识，我不知道以后还会不会有改变。在我走过阅读、写作和思考的一定路程之后，我相信已获得理由来表达我的认识。现在，我选编这本上海作家小说集，便是依着这个认识。我的选择一定不会是客观的，因我对思潮、流派、年龄段、文学发展，并不负有责任，我只负责表达我对小说的认识。在这里，我选择的小说并不是完美的，但是，它们或多或少，都有着我所认为的小说的重要东西，我将逐篇分析，说明。

首先我选择了五四时期的女作家罗洪先生，一九九六年写作的长篇小说《孤岛岁月》中的前四章。这位出生于一九一〇年的女性小说家，亲历了五四新文化的运动，又是在上海这一座革命和文学的重镇，开始了她的进步的文学生涯。在我选择的《孤岛岁月》前四章里，写到一个新文化社，其原型则是当时的新松江社，是进步的文化人士自由结成的民间社团，吸引和召集知识分子聚谈、会友。它在某种程度上代表了其时新文化的面貌：自由，开放，民主，生气勃勃。罗洪先生，就是从那里走来的一个人。几乎要将近一个世纪，罗洪先生经历了战患、逃亡、革命、屡次政治运动，共和国的每一个幸与不幸的关节口。她始终以一个文学者的立场和身份关注生活，这使得她能够从个人的遭际中超脱出来，保持了精神不受损伤，坚执着小说家的写作生活。致使，在八十六岁的高龄，写作了长篇小说《孤岛岁月》。

五四时期著名的小说家、翻译家，以及文艺研究家赵景深先生在一九四八年评价罗洪先生："向来现代女小说家所写的小说都是抒情的，显示自己是一个女性，描写的范围限于自己所生活的小圈子；但罗洪却是写实的……以前女小说家都只能说是诗人，罗洪女士才是真正的小说家。"

在我选摘的这四章里，依旧体现了罗洪先生的写实的笔法。它写了大学毕业生如云，在日本入侵上海的时候，带了母亲，从铁路沿线的家乡撤离，进入"孤岛"的过程。一路所经历的乡间与县城，农人、镇民、知识分子，均处于何去何从何归何宿的不定之中。当她们母女终于来到上海租界表舅的家中，与一路惶迫惨淡对照，这里竟是一派和平气象，依然上演着琐细无聊的家庭纠葛。尤其是表舅妈慧珠，装束整洁，态度倨傲，新做的耸得很高的新发式，可见街上的时尚还未中断脚步。繁华梦幻般的孤岛就此拉开了帷幕。小说的文风，保留了五四知识分子式的健康、规矩和文雅，而在五四式的思想使命之下，日常生活流露出了它平实、细致、活泼的人情味。我以为，这便是我们现今写作的小说所传承的渊源。因此，我将此小说，当作这本选集的领衔之作。

之后，我选入的是彭瑞高的《雾村》。就像方才说过的，这些小说都非完美之作，《雾村》也同样。那个麦客通海所帮工的家庭，笼罩着一股鬼魅气息，男人和女人都被情欲攫获着，伦理与道德置之度外，唯一的警诫，就是那个妖似的哑孩子。他显然被作者安排于担任天谴的角色，在他孩子的外形之下，生理器官则暗自成熟着。他浑然不知世事，却长有一双“慧眼”，可看见遥远地方发生的事情，对即将来临的罪行，尽收眼底。他被派了来惩罚这个不轨的家庭，使之迅速地没落下去。这个人物，有点像多年前寻根运动先锋之作，韩少功写作的《爸爸爸》里面那个丙崽。但丙崽是从那方水土中原根长出来的东西，他包含着那个特定氏族一整个来龙去脉，由此生发出的“天谴”的意味，是一个因果相衔的产物。而即便是在这样一个虚构完整的象征性情景之中，丙崽亦有些突兀，他的意图性太过明显了。在《雾村》中，就更显得刻意。由于它整个环境是比较具象的，这么一个含义抽象的安排,便在一定程度上破损了自然的面貌。在这个家庭中所发生的情节,多少也有些流于一般,不外是女人偷情,男人凌寡,乔秀对通海的吸引也不出常见的英雄惜美。然而,我却十分着迷于一个农人,失去了土地,挟着一包镰刀,去给人割麦子的图画。这一包镰刀,显示了他的力气,能干,一个庄稼人和庄稼活的热乎劲。麦子在他眼里,像一个活物:“麦芒在阳光下发黄发焦,有的还卷起梢来;麦壳像蝉蜕,向两边翘起,松松地裹着麦粒。”然后在他的刀口下,“嚓嚓地倒下”。他的刀口显然是很锋利的,看他磨刀的架势便可知:“两胯一分,坐在了长凳上,把镰刀往水里浸一浸……左手虎口搭在刀脊上,右手握紧刀把,两脚死死抵住田埂,凳子在他胯下吱吱作响,嘴里还在哼哼地发力。”他不徐不疾的,一招一式都有着均匀的节奏,没有多余的动作,透出劳动的熟练和快感。他吃起饭来,也是酣畅淋漓。吃的并不是什么美食,却是实惠可口,补充体力,散发出菜米油盐的质朴香气:“通海的饭量是很大的,蓝边海碗的米粥,他能吸五碗。……他不吸汤,就用辣火蘸着撕吞下三张饼。他把煎鸡蛋放最后吃。吃完煎鸡蛋后,他的两只嘴角都是油,两颊上也来了光彩。”能做能吃,这就是一个劳动者年轻健康的生理循环,由这平衡协调的循环而产生出正直的禀性与道德。然而,你要知道,这已是一个失业的农人,他这优良的生活方式已经丧失赖以存在的基础——土地,他的前途是迷蒙的,哀恸便油然生起。最后,通海挟着那一包镰刀,走出了这个诡异的村子,他没有回头,“他知道,那村子,已平静地留在他的身后,那雾,一定又轻轻地把它罩了起来”。其实,被雾罩起来的,何止这一个村庄?通海的,所有的村庄,都将渐渐地淹没在雾中。

这是一篇描写农人的小说,我喜欢它描写劳动。劳动是生活的核心,包含着质朴的人性,因它是身心内外相协调的健康方式,从某种意义上说,它几乎可说是艺术的方式。尤其是当自然在建设中不可阻止地消失与改变,如农人那样,与自然亲和的劳动,就更令我们感动了。《渴望出逃》也是描写劳动的,篇幅和内容都更要扩大一些。他写了劳动者的光荣、骄傲、激情和浪漫的禀赋。

这一回,故事是发生在土地的深处,矿井底下。我依然要遗憾地指出,小说的叙述不够简朴。作者太着迷于“出逃”这一个立意,不时地重复强调,致使叙事中断,并且略有些纠缠不清。而这一个“立意”其实又不怎么高明,还染上了些现代叙述的矫情。幸好故事本身有着足够的力度，克服了叙述上的间离，最终拢住了全局。

故事说的是上一辈的英雄性，如何在年轻一辈孱弱的生活上方，放射异彩。老辈子的矿工作业，在作者笔下，真是热情勃发。那个“我”的爹，骡子，当井筒子下脱，向大巷滑落的危急时刻，他拽着大绳往上拔。十丈长的大绳只拔了八把，可称“横戟怒喝水倒流”。白丫头和黑小子的爹，“麻子”，绝活是冒顶时节“给垛子”。打下手的扔上去楔子，“他骂骂咧咧地把楔子垫在玻楞盖儿（膝盖）上，打后腰抽出斧子来砍巴砍巴就严丝合缝”。他们这些煤黑子，“一到井下就格外见精神”，“简直不知道累是个什么东西”。他们在险象环生的井底，如鱼得水般地活动。“接井”的场景十分动人，孩子们蹲在井口，看着一车一车煤吐出来，再吐出他们的爹。“老煤黑子们上来顾不上搭理我们这些小崽子，他们忙着咳嗽，擤鼻涕，晾脚，抽烟……”歇足了，把各自的孩子“往自行车大梁上一摁巴”，回家去了。老煤黑子们的从容，孩子们的敬畏，养育和被养育的亲情，就在这一刻里流淌出来。很多年以后，悲剧发生过了，老煤黑子真的老了，“我”看见麻子在矿俱乐部打康乐球的一幕，也令人心动。他的姿态、步伐、击球的手势，都带着井下劳动的痕迹，并且完全置游戏本来规则于度外，按自己的方法玩着。在经历了这么些伤筋动骨的遭际之后，麻子的性情依然还在，形和神都没散架，这才是真正的强大。“我”的父亲骡子，和白丫头黑小子的母亲是勇敢有为，闹腾出这么场大祸，将命都赔了进去，他们是悲剧的主角，麻子算是输给他们了。可是他这个败者从来没有萎缩过他的精神，他只是命不好。他不去收尸，不去看人，烧了那两人偷情的小厦子，还有出逃的自行车，从此，他一直步行上下班，是对那两个背叛者永久的不原谅。这场事故中另一个受害人，“我”的母亲，则是相反，她以和解的方式对待他们的不忠。她去收尸，下葬，每年清明都带两家的孩子去上坟，就像小说中写的，“我娘几乎就是个哲人”。可是，切莫将这种宽大理解成原谅，这一切交代完后，小说又回过头去写那两人出逃前的一个雨天，几个孩子聚在“我”家，“我”娘分明表露出对那个女人的轻蔑。有些事情是不能调和的，只是对待的方式不同。这四个人都写得很精彩，在他们响亮的声色之下，子一辈暗然无光。天赋是要有土壤的，只有在那样壮烈的劳动和结实的生活中，才可使情感培养蓄集起巨大的能量。子一辈的生活已经走样了，天赋便也渐渐失传。

与此篇的轰然嘹亮相对照，沈嘉禄的《暗香浮动》则是低沉的。在城市的暗夜里，那一小团昏黄的灯火中，摇曳着的一些人影。生活将他们压榨到了这城市的最底层，是这人群里最微贱的一群，于是，便在这破陋的小酒店里，享用着微贱的快乐。这样粗陋鄙俗的夜夜笙歌，也是有些惊心动魄的。贫困，累苦，失意，充斥在狂欢的空气之中，颓废的面孔底下，是人生严酷的暗流。而小酒店，劣质酒，廉价的下酒菜，龌龊的店堂，则给予着粗鲁又温馨的安慰。于是，便生出了一股相濡以沫的情感。这是沈嘉禄笔下经常流露的情景，它使我想到高尔基的小说，抱着悲悯的人间情怀。这一类的小说中，我以为《夜店》要比这一篇《暗香浮动》更好一些，它比较简练，干净。但不巧，《夜店》正好是发表在《上海文学》一九九五年第十二期，拦在了我们的时间界限之外，就只得放弃了。比较《夜店》，《暗香浮动》略显庞杂了，大约是受近些年上海旧史写作的传染，花了相当比例的篇幅，交代饮食店及所处环境的历史沿革，还扯出一段酱油店老板的家事。并且，这篇市井流言贯穿始终，收梢也收在这里，给了它不恰当的重要位置。但《暗香浮动》却也有着《夜店》所没有的好处。阿玲这个人很好，她坐在酒鬼的大腿上，被酒鬼们簇拥着，这一场景有一点经典的意思了。她的美艳，高傲，善感，伤情，给这酒店里的“夜生活”增添了一种诡丽的格调，她是酒鬼的“女神”。还有“我”，这个被酒鬼们戏称为“大学生”的人，在《暗香浮动》里的表现也更有意义。警察与“文攻武卫”这一民间治安组织冲击了酒店，酒鬼们被抓捕与驱散了。娟娣阿姨来收集残酒，倒入自家的塑料壶里，强逼着厌憎酒鬼，支持治安行动的“我”喝下一盅浊酒。“师傅们都笑了，宽容地拍拍我的肩膀，他们像长辈疼爱孩子那样看着我，慈祥而和善”。这一幕也非常好，“我”喝下了这杯肮脏的酒，就好比通过了一个仪式，愿不愿意，都上了他们的船，必将同舟共济。

金宇澄的《不死鸟传说》，多少有一些晦涩。不知道作者是无力提供更多的情节资料，还是有意将故事推到幕后。大春、美芳和根娣之间，似乎有着什么特异的关系，我们经常受到暗示，而最终并没有实现期待。最后那一个惊怵的小红衣孩子的情形是不是与他们有关？或者是与其他什么有关，也没有更多的材料来证明。由于没有一个较为完整的故事调动这些细节，我们就只得象征性地处置它们。而象征无论如何称不上小说的上乘，它其实是对质量不够的材料的一种补给，补给它们一些含义。优良的材料，本身却是一个活跃、生动、丰富的存在，像自然一样，会繁殖蔓延它的含义。《不死鸟传说》，使我喜欢的是其中另一些东西，是作为背景而设，可事实上它却逼到了幕前，覆盖了那些玄虚的情节。这就是，在一片丰饶的土地上的荒凉的青春。洋葱田是如此辽阔，茎叶壮硕，倒伏下来，挤压在一起，青纱帐茂密得犹如热带雨林，只听其声，不见其人，地垄望不见尽头，蔬菜，果实，庄稼秀穗的气味稠厚地洋溢在空中。无论土地上的人们多不爱它，厌弃耕种它，糟践它，它均是不屑一顾地，按时走着它的轮回。在此雄浑的对照之下，这些年轻人就显出空虚，软弱，迷茫。他们心里仅存着些对家乡城市的幼稚肤浅的记忆，他们絮絮念叨着那里的市井歌谣、俚语、流言。美芳教大春的孩子说上海话："三轮车""三轮车"，这情景是相当忧伤的。这些未成熟的身心，猛然间被抛弃到无遮无挡的裸露的自然力量之中，完全无力对峙，这力量就又显现出残酷的一面。我想，最后那个惊怵场面是不是为了体现这个？在某一些时刻，他们与这片土地也能达到和解："我们扔下镰刀，放平身体，土地的温暖透过每个人的脊背……"这些和解缓慢地建设着这些孩子们的另一种经验，这是全篇中令人慰藉的地方，这就是我喜欢的。

现在我要集中地谈一谈女作家的作品了。

女性写作的小说，似乎没有男性作者那么多的缺陷，她们都更善于说故事，并且不空泛。方才前边说的，小说的“肉感”的成分，多而且结实。这大约真是与性别有些关系了。男性看世界，往往是大处着眼，对思想的期望过高。而女性的眼光则比较流连于具体的人和物，这一点特别适合于小说写作。她们看似从小处着眼，其实呢，那正是生活的本身，掩在了观念、思想、意识形态之下的切实可感的肉身。而这肉身又是一个具有着自给自足功能的存在，它比观念有活力，有平衡协调的性质，因它具有着自然的源泉。人们却容易指责它格局小，但是，还是不要从格局大小来评判小说，这也是一个从观念出发的标准。小说是生活，不是生活本身，是生活的精华。

徐蕙照的《放逐爱情》，写的是一个待字闺中的姑娘求偶婚配的故事。已过婚龄，没有出众的相貌，才智亦很平凡，甚至称得上笨拙，就好像奥斯汀笔下的那些没有陪嫁的闺中小姐们，守株待兔地等待着一个丈夫从天而降。可是，即便不利如她，也是有着婚姻希望的，不是说“丑女也嫁得出去”吗？这是很动人的地方，如同月下老人的慈悲的婚姻观念，每一个女人，就有一个男人配给她，世上早已经安排好了的。不是没有，是没遇到。她，曲聆却是遇到了。不期然中，有了一个人，潘渔。因彼此不抱兴趣，倒放松下来，争取了了解的时机。小说中写得最好的地方，就是这个有些颟顸的姑娘，蹩手蹩脚地谈恋爱。她学着一个能干的主妇样子，替潘渔收拾房间，“收拾了一点，遗落了一片”，可因为是有真情的，潘渔就也喜欢。两人逮着大人不在家的时候，稍稍出格一下，虽然没做成什么，“毕竟曲聆也是玉体横陈，体形虽不好看，却白白细细，叫他好生感动”。因她也和那些年轻娇媚的小女孩子一样，有人惯着了，她就可以任性一下，任性得不得法，潘渔却也由着她性子的。然而，她终究是太不够伶俐乖觉了，硬生生地错了天赐良缘。结果虽也不坏，嫁成了，那人还比潘渔条件好，时机也扣得准，可却不是配她的那个人，不能让她如鱼得水。曲聆与新郎君庞国强结婚蜜月，寥寥数日，还未开始共同生活，就已感觉到彼此的不适：“晚上庞国强裹了浴衣从卫生间出来，总看见曲聆闷着头把一个个小马甲袋套在大马甲袋里。早上临到出门，门都要锁了，她又要奔回去抢一点没用的东西在手里”。没有爱情的私心和盲目，曲聆显露出了沉闷乏味的本相。曲聆的婚姻生活就这样拉开了帷幕。

没有证明什么的企图，亦没有深奥的、可以教授生活的结论，只是一个凡人的寻常经历，流露出寻常的欢愉和失意。这些欢愉和失意甚至都不是新鲜的，而是称得上稔熟，但似乎就是因此而被我们疏忽了。现在，它被如此恳切、虔诚，并且生动地讲述出来，原来暗藏于生活的裥褶里的美妙的性质，显露了出来。它们是一些很难命名的性质，因为它们是那么细密、多样、灵活善变，又浑然一体，完全无法以现成的观念套用。但它们却直接与我们的审视有关，激起情感的反应。这和女性敏感的特质有关，她们总是能透过社会意识的外壳，将触觉伸向生活毛糙糙的，却柔软富有弹性的肉体上。

陈丹燕的《女友间》里，最出色的是小敏教安安诱惑丈夫小陈。因小敏在咖啡馆打一份司酒女郎的夜工，见的世面比较大，有本钱指导安安。她们一同去为安安买性感内衣，然后到小敏的房间里练习媚态。小敏扮演小陈，让安安穿了暴露的内衣，向自己婷婷走来。安安不仅不能“婷婷”，反而路都不会走了。这一段非常有趣，而且令人感动。小敏倒不只是因为自己勾引过小陈抱愧安安，想要补偿一些什么，而是真心地、急切地希望安安能重获小陈的欢心。当然，她不无炫耀，却也十分天真。女友间的情谊，在这复杂的处境中，依然散发出纯真和妩媚的闺阁气息。安安从头至尾都没有怀疑过小敏，虽然她的日子很不好过。小敏教她的那些花招不仅没有将小陈"电倒"，还叫他反感，他向小敏很刻毒地攻击安安："恶形恶状，会假装高潮。"小敏也从头至尾没有放弃帮助安安，丢了一步棋，就再拾一步棋。她将安安领到她打工的咖啡馆里，让她实地学习女人的魅力："小陈不是嫌你木头吗？我们坏一个给他看看。"安安呢，努力使自己变成"坏女人"的样子："穿了一袭紧紧绷在身上的长袍裙子，新做了发式，把本来齐齐的刘海用发胶粘成一个冲式。她别别扭扭地在小敏身边走着，一面笑，一面偷眼看着过往行人的脸色。"她跟了小敏学开放，骂下流话，张了嘴骂不出来，最后终于用英语骂了出来。这个细节很好，包含着第三世界的处境，是脱胎换骨的意思。这一个嬗变的夜晚，是以安安坐在高脚凳上打瞌睡结束的。小敏将安安送上出租车，"突然过去抱了安安的肩膀一下，她身上软软的，香香的"。这几乎叫人潸然泪下，是女友间的肉体的好感，却没有一点情欲的色彩，可称为纯美。小敏即便把安安伤到根了,依然是她的最知己。等到小敏心仪的石先生表弟看上了安安,与安安做了朋友,她们间的账就算是两清了,她们闺阁友情也就到了头。我倒不以为她们是相互结了怨,而是不堪回首。她们彼此都害了对方,武器就是太过亲密的友情。

倘若从西方现代女性主义的立场看这故事,就要谈到“姐妹情谊”、男女对峙的问题上去了。可情形却不是这么简单,女友们并不对男性有仇,相反,她们始终在为幸福婚姻做争取。小敏到咖啡馆打夜工,就为了有机会接触到更精彩的人物,开拓姻缘。然而,一个司酒女郎的风情,吸引的却是石先生这样粗鄙的生意人,三妻四妾的兴味。或者像小陈,亦已经被她带坏了的。而像石先生的表弟,受过教育,生活规矩,正经找一个太太的,看上的则是安安这样居家的女孩子,坐在酒吧高脚凳上打瞌睡,上来就给那表弟留下了印象。小敏实在是打错了算盘,她也实在不像看上去的那么开放,都是寻常的,代代相传、牢不可破的婚姻的观念,就和徐蕙照的《放逐爱情》里的保守呆板的曲聆一样的观念。在一个陡然开放的社会里,看起来机会很多,事实上呢,四处是危险,前途反茫然了。小敏是很难弄好了,安安呢,也难说。最后一幕,小敏从白色奔驰车窗里看见安安时,用了“华丽”这两个字,看起来,安安也走进了虚荣的生活里,与最初的做一个贤良的小妻子的愿望背道而驰。那种质朴的幸福已经远离了她们,不可再来了。其时,批判不只褊狭地针对性别,而是面对这个男女共同经历的历史时期,双方和谐稳定的基本关系形式——婚姻,在人性的迷乱中,惨遭破灭。

这样,女性作者在对社会性定义浑然不觉之下,却凭了对生活的直觉,抵达事情的深处,焕发出思想的光芒。她们不像男作者那样,让社会定义限制或者扭歪了故事的脉络,她们通常都能保持故事的完满性。

赵波的《温润童心》里那两个小孩子,同父异母的姐弟俩之间的友爱,真是暖彻人心。大人在纷繁的世事里乱着手脚,忙着摆平各自的欲望,无度地挥霍人生,小孩子则在他们小小的天地里,悉心地感受着生活,积累体验,彼此给予着温润的爱心,培养起体谅、信任、负责的性格。他们对吃、穿、游戏、母父的爱,都没有过高的要求,所以并不为不能满足而烦恼,只一点点给予就足够他们享用的了。弟弟天星的母亲不太管他,但当母亲抱他坐在膝上,他却不停地吻她。姐姐天梦的父亲向前妻泄愤,不惜用恶意的语言伤害女儿，说她母亲明明是不要她了。天梦哭过了，一如既往地依恋父亲。这个家庭虽然不完美，可他们全盘接受，因为他们也没有别的了。当出现危险，就是那个叫作小静的女老师与父亲过往甚密，他们便很坚决地采取了行动。天梦不让天星吃小静老师的糖，叫他躲开她，小静老师问他为什么，天星很策略地说："我怕老师打我。"表明了他们的态度。与他们骚动不安的父母相比，他们真是安静极了，好像天性里就有着一种宗教般的信念，使他们对生活知恩图报。这一股宁静实在是很有力量的，也是浮泛之下的恒常，几乎怀有着普度的仁慈。我非常喜欢这篇小说，它出自一个稚嫩的、还未长出茧子的手，温柔灵敏地触摸着人生，得出和谐的经验。因为年轻，涉世不深，她没有像其他几位女性作者那样，触及更内里的沉痛的部位，但这也是她的好处，没有成见，纯净。并且她也没有不恰当地扩充她的感受，而是忠实于她的触摸。由此得出的经验其实要比她所期待的重要。

最后，是郑芸的《狗念》——说实在，我并不能理解这个小说的题目，为什么要叫"狗念"？"狗念"又是什么意思？并且，在我编这本集子的时候，我发现，上海作家大多不会给小说起名，文艺腔很重。比如“渴望出逃”，比如“放逐爱情”，还比如“雾村”。其中比较好的题目是《暗香浮动》和《女友间》。前者情景相生，而且大雅若俗，有些像旧上海时期好莱坞电影的译名。后者呢，则有着维多利亚的气息：仪态端庄，正襟危坐。两者均有些受上海早期文风的影响，也是上海的传承。相比较之下，内省的作者更善于给小说起名，这大约与靠近传统有关。中国的诗词，碑文，题额，对联，还有民间戏曲的唱词，经常与他们的日常生活接触。他们大多习于书法，这帮助他们记忆了古代的韵文，对起名是大有好处的。

话再说回头，《狗念》，写的是中国女留学生蕊们，和日本同事中川先生相处的故事。中川先生是个心地纯良的中年人，同情他们这些留学生，时常请他们打牙祭，送他们小礼品。这些馈赠给他们凄清的异国生活增添了实惠和慰藉。他们吃着中川的，一边用他听不懂的汉语言聒噪，讥诮他的长相，猜测他为什么要给他们好处，他自己可并不富裕。是因为宗教信仰，抑或是赎罪的民族心理？再又骂他几句，拍他几句。这个场面是小说的精髓，它有一种痛心。轻浮、粗鲁、无礼、刻薄，这些恶意的背面是漂泊他乡，生活无着，前途茫然的自暴自弃。与他们的喧哗作比的，是中川的安静。他安静地看他们吃喝，听着不理解的语言，当他们看他的时候，便温和地点头致意。这安静来自于稳定的生活和自信的心理。后来，蕊将女同事松田放在她鞋盒上的一包狗食扔出门外，向老板娘供出松田违规，私带店内的剩菜，全体日本人都谴责地沉默着。中川也参加其中，就在当晚，单方面取消了为蕊举行的生日晚饭。他与蕊决裂了。在这个民族可怕的精神壁垒面前，蕊们心理上的溃散就变得格外触目惊心。

以上就是我所选择这些小说的理由，它们或多或少都有些问题，可它们已经在向我所定的小说理想靠拢。九十年代是个观念与形式泛滥的时代，因此，我才格外珍视观念与形式之下的内容，因它是以无可重复的经验充实而成。生活以千万种姿态表演出它恒定的性质，就像大地上长出各色花草、果木和庄稼，当然需要辛勤耕作。你去仔细地观察自然，就会惊讶，在这一种单纯的自然力之下，如何会养育出无限的生物。其实，艺术就是模仿自然力的劳动，一点，一点，一个人，一个人地集聚起来，再创一个生机勃勃的世界。

2000 年 9 月 22 日　上海

我看 1998—1999 上海作家小说

编完了一九九六至一九九七年上海作家小说选,关于我的小说观,已在选编的前言里做了叙述。现在,轮到一九九八至一九九九年了。我本人对这十篇小说更为满意一些,这些小说中的我所称之为生活的肌肤的那种东西,更为结实。它们几乎走出了九十年代尤甚的纷繁观念,从虚空的定义中走进了无名却生气勃勃的经验世界。小说在延续了这么多年与这么多人的写作之后,仍然有新鲜的创造出现,全是因为个人经验的不可重复。那是无法归纳与抽象的物质,它们一个就是一个,就像有生命的实体,各自按着生存的理由发展成型。不要说是观念,连语言对于它们都是教条的。小说的写作,其实始终在克服语言的教条性,观念就更推其后了。它最终要将那一个活生生的物质从语言中裸露出来,而就在此时,语言也改变了固定的形状,变成性感的了。

这一个选本中,参加进了年轻一代的作品。当然,还不至于年轻到“七十年代”。有几个正坐在线上,一九六九年生人,其实也临中年了,但我依然非常珍视在他们的年纪里对生活的感触。他们生长在一个充斥着迷人的观念的时代,感官所及之处,多是观念早已做出了的诠释,是一个现成的世界。又是在上海这个奇异的城市,处于发展中的处境,却飞速走向现代化。于是,每一种诠释都可在强势文化的词典中找到出处,建设起观念的壁垒。感官更加脱离触摸的实体,衰退了功能。人们,不是以身体生活,而是以概念,或者比概念更为简单,是以名词在生活。因此,读到这些年轻人,在如此一种不自然的处境中,认真诚恳地汲取着生活本体的温凉,铺成文字,内心确实非常感动。

张生的《这也是一个知识分子》,正面地描写农民的儿子王忠东,如何一步一步从自然中走进一个“知识”的世界。以此可见,张生们对自己的境遇是有认识的,并且持批判的态度,这才有可能对那藏在各种命名之下的生活的肉体生有渴望。从王忠东进大学后的几幅照片,便可看出他接近“知识”的过程。第一幅照片:“他剪着一个小平头,戴一副塑料框的近视眼镜,斜挎一只他当兵的哥哥送的绿军用书包,脚穿一双他娘亲手做的布鞋,拘谨、腼腆地站在校门前”。在他身上,近视眼镜和绿军用书包这两件东西,可说是知识的象征,最质朴和最底层的象征,它们怀有着对知识虔诚的表情。这样一副装束,立在高等学府门口,自然就显得“拘谨、腼腆”。第二幅照片,也是站在校门口,形态却有了改变:“蓄着一头长发,留着大鬓角,将画面占去四分之三”,与大学校门的比例改变了,那知识初级的表征也隐退了位置,而“长头发,大鬓角”正是某个年代的显著的时尚。此时,他正是大学毕业,已具备一个知识分子的基本身份。接着,便是一张集体生活照:“他正和一伙同学在寝室里围着七八个大小各异的饭碗一快朵颐。他用筷子夹起一块白菜帮作势要吃,两眼却盯着镜头”,显然,这是一张貌似偷拍,实是真拍的照片。所有代表知识身份的特征,全被抹煞了,相反,有意地突出着一种常人的性质,表明着,作为一个知识人,已经胜券在手。再接着,则是一张博士照,他内穿短裤,外披学位装,于是,在庄严的制服底下,是“两条精瘦多毛的小腿”。这里有一股刻意为之的漫不经意,也是那个时代的前卫性潮流，迟到了几十年的嬉皮精神，藐视权威，否定学识。王忠东距离知识越近，知识的变质也越严重。就这样，他进入了上海这个国际城市的知识阶层，叔本华的大书《作为意志和表象的世界》，抽章取义地做了他的人生写照。然而，他却始终建设不起自己的私人的日常生活，他只是流连在课堂、图书馆、学术会议，连个共砌炉灶的老婆都未能获得。他独自在这城市漫游的一夜，真是黯然神伤："一艘巨大的轮船深沉地鸣叫着靠近了码头，船舷上的人们像地里的高粱一样，齐刷刷地站成一行，朝他这边张望着，可他们互相交谈的声音却被滔滔的江水和风声卷走，揉碎。"这是咫尺天涯的景象，生活与这名"知识分子"终于彻底隔绝了。

这一篇小说，它描摹的是思想的生活，这是小说写作中最困难的一种，同样困难的还有艺术的生活。因它们都是小说本身的活动，却要提出来做写作的对象，就需要有超越的认识和表达。思想的生活也是日常生活之一种，但它更为精髓，有着概括的表面。张生能将此作得如此象形与生动，实在很不容易。我在他近两年内颇为丰盛的小说中，毫不犹豫地选定了这一篇进选集。

这一代中的西飏，我选择了他的《床前明月光》，它描写了基本的生活与道德。东平,就是像虹镇老街里的那些男性居民,出身贫寒,受教育程度低,从事着微贱的职业,婚姻从来都是渺茫。倒是人口管理制度开放以后,大批内地劳动力流入上海谋生,为他们开拓了婚姻的资源。东平,却可称其中的佼佼者了。他有住房,有工作,虽然没有保障,可他肯吃苦,机会总还是有。又有一副好性情,乐于助人,所以,朋友也有,俚语所说,便有“路道”了。他在发廊里,搭识了安徽来的洗头妹纯子,这颇像一桩耸人听闻的社会新闻的开头。在那些狭长小街或者荒凉空地上,挤挤挨挨的发廊里,有多少阴暗的故事传出,在安居保守的上海市民眼中,发廊女都是叵测难料的。可是,谁又真正了解她们呢?东平和纯子,可说是饮食男女的结合,其实,哪一桩婚姻又不是呢?只不过他们比较直接,现实心就比较暴露。然而,亦因为是这样基本的需求,他们彼此间便更为相依。他们也能生出额外的乐趣呢!纯子光着身子给东平洗头这一幕,多少有些色情,但因为是这样简单的男女和简单的欲望,于是那一点色情就也变得单纯了。在他们的相守中,彼此都忠于职守和义务,全心全意,甚至要比“爱情”更甘愿牺牲。所以,结局虽然不是圆满,但因恪守其职,终是各得其归。这些现实、狭隘，甚至短视的市民生活，就此焕发出简朴的美德。

夏商的《刹那记》和丁丽英的《约会》，大约都可说是描写成长的小说，是目下流行的写作，因而可以满足青春期妄想。在那些如泉如涌的自恋性字句中，你很难看出成长的艰难，以及势必付出的代价。它已经变为一种时尚，提供给年轻人的盲目消费。而在这两篇中，成长回复了它的沉重。

夏商的小说总是过度地简约了，这是由于人生经验的短缺而带来的材料不足，还是有意为之？我却很觉可惜，因为就像一句流行语：不为目的，只为过程。小说尤其讲究过程，目的都是可命名的，而过程则是有弹性的、肉感的物质，没有边缘。这篇《刹那记》依我看，也嫌简略了些，但脉络终清晰可见。以往，夏商往往会将脉络也简略掉。脉络在，故事便呈现出来了。这是一个完整的故事，只是相对于它的丰富性，篇幅显得短了。

几个少年人做着男女的游戏，不料瞬息间闯下大祸，其中的一名，蓝帕尔，失去了一条腿。从此，就业和婚恋受到了阻碍，轻浮的少年心跨越了成长的过程，直接面临了严肃的人生大事。故事的结局有点类似《床前明月光》里的东平和纯子，蓝帕尔找的也是外来妹，“秋香”。

看起来，外来人口真是为我们提供了许多故事的出路。与前者不同的是，在这迁就之中，却包含着蓝帕尔对完美的企望。他还是要“一个四肢健全的女人，一个漂亮的女人”。当然，他很客观地在外部降低了条件。这个“健全”“漂亮”的女人可以没有长住户口，没有受教育，没有城市生活的训练。从他受了重创的青春里残留下来的天真，在世事遭际的陶冶下，成熟了理性，于是，适者生存。

丁丽英的《约会》，成长的任务不是那么重要，仅只是浅涉了一次男女关系。二十一岁，在稳定的家庭生活里长大，按部就班地读书，就业，等待着恋爱的机会，忽然接到一名男士的约请。事情的开头太令人遐想了，然而接下来的是什么呢？一个三十多岁，对生活已经感到疲惫的男人，任意抛洒着自己的怨艾，将一个烂醉的自己交给了她。所以是她而不是别人，只是出于漫不经心的选择。尽管是这样的扫兴与难堪，她依然认真收拾了残局，还学习了照料一个失态的男人，然后一个人回家去。“那时，”小说中写道，“我多么希望自己是另外一个人，她能应付所有这些事情，还有其他的一些事情。”可事实上，她也应付了，不是凭经验，而是以着负责的本能。她必须尽力挽救事态，使事情不致更加糟下去。这一个小小的事件，亦是在紧凑的结构之中，用笔相当节制，一切恰如其分，避免了此类题材最容易犯下的无聊之嫌。

略比他们年长的张旻，我总感觉他的小说有些散漫，缺乏紧张度。在表面的散淡之下，其实更需要有一个内部的集中性事件，来收服全局。就像英国电影，开始三分之一，几乎不知道是要说什么，但渐渐地，故事显露了趋向，到了三分之二处，便紧凑起来，而过去的一些不经意的情景，都呈现了意义。张旻此篇《爱情与堕落》，我以为就接近了这样的布局，这也是因为，故事本身有质量，有头有尾，有过程有目的。在这里，张旻依旧保持着他平静客观的叙述，不着一点渲染，却因最终妻子姚艳萍做出离婚决定的这一着，通篇的平淡都焕发了精神。

一切都在精密和冷静的筹划之中，夫妻俩假离婚，妻子和澳洲的亲戚假结婚，以此为由移民过去。为了叫孤身留守的丈夫好过一些，妻子允许丈夫找女人，并且定了规则，以防止感情的纠葛。诸事都严格依照规定进行，终于还是出了意外，丈夫姚伟和女人弄假成真，还让女人侵吞了财产。这都不要紧，姚艳萍去找女人谈，看如何好合好散，但女人的一句话则叫姚艳萍决定真正离婚。这句话是回答她的问题："姚伟生理上有没有什么问题?"女人的回答是："他现在也没有，你要对他耐心一点。"姚艳萍能够克服道德和感情的规定，可终于没能越过这一个障碍，那就是寡廉鲜耻。

现在进入到五十年代腹地的写作者了。我觉得随着年龄的推进，写作者与生活的接触似要贴近一些。因为没赶上进入正常体制化的社会人生，经验比较多样，又没有太多的观念作先导，全凭着个人的所触所感。那个时代，其实并不像后来者以为的那么意识形态化。因那时的意识形态是极其简单的，完全不足以覆盖生活，有着广阔的边缘地带。而如今，所有的边缘都纳入了主体。因此，倘要彻底摆脱当代思潮的干扰，终也是不可能的。唐颖的《无性伴侣》，我以为多少附会着西方女性主义写作的观念，给性别以过于鲜明的标志与分界，而我则注意到在这一个先锋性的题目底下，蔓生出的日常生活的枝节。

一男三女拼车上班，车上三个小姐化妆，男士阿进献着殷勤，偶尔发表一句评价，受到小姐们的夹攻。还有吃饭时节，阿进忙进忙出，最后四人围一桌坐定。"挤在姐妹群里过日子，很嘈杂也很安全"。这就令人想起上海老房子后弄堂里的游戏，灶披间里的晚饭桌，叽叽喳喳的小姑娘中间，拥了一个独养儿子。浮华光鲜的写字间大楼里面,原来藏着柴米人家的安乐之道。这些都市丽人,其实也都揣着一颗寻常女儿的心。阿进呢?就是弄堂里那个叫“弟弟”的男小孩,乖!就是这些常情,使那标准化的白领生活有了柔软的内心。可惜的是,阿进和薛兰的故事又脱离了日常状态,观念化了。

李肇正的《城市生活》,真可说是贴着城市生活的肌肤。不是彻底的穷困,要为衣食挣命。但是温饱之后的一点小欲望,差一点就可企及,可怎么着就是差那么一点点,最有侵噬性了。所有的侵噬都是在日复一日底下,悄然进行。没有大悲大怨,都是小磨擦。越是这样细碎的事端,才有颠覆性,它是直指人之常情,这最基础的情感。也因此,极为伤痛。其中有一节,为装修房子,夫妻感情伤到了根,彼此不说话了。这时,工人们因春节里红包的问题,罢了工,妻子在百废待兴的新房子里团团转,不知如何是好,丈夫不由得不忍,找上去说了话,鼓励道:“不要怕他们,还有三分之一的工钱在我们手里。”这一幕特别戚然,倘不是深谙夫妻之道,绝不会有如此痛彻的体察。恨到了骨子里,那还是相濡以沫的人生同道,打断了骨头还连着筋呢!但是,“筋”还是斩断了,生活的腐蚀力就有这么强大。最后,两人离了婚,都憔悴不已:“杜立诚胡子拉碴，宋玉兰瘦骨嶙峋。他们各自觉得对方可怜，又心存怨恨。”这是生活真正的戚容。

彭瑞高的《多事之村》则是谐剧式的，极有风趣。这一群办工业的乡下人，特别像梁山泊的人，挟着一股草莽气。他们心眼是实的，送礼送的是房子，送人是女村长自己挺身而上。又不乏狡黠，要贿赂供销员，又要保护他不坐罪。狡黠里面是仗义，知恩图报，与人为善。面对着现代社会，这一伙庄稼人好像掉进了西洋镜，眼睛来不及用。文中有一段，说的是事情败露后，一名村干部立马要打电话去串供，被见识最多的女村长喝住，说怕有人偷听电话，大家不禁面面相觑：“一群村干部，过去出门就是泥，下脚就见粪的，现在竟然碰到有人偷听电话这事，一时都觉得换了世界，身价到底不一样了。”看懂看不懂，世界就是变得这般离奇，只得凭了蛮力去打天下。在这混杂的世态中，一帮子农民显露出一派的天真，通篇充满着传奇的气息。我觉得这篇小说实在好看，虽然它超过了我们约定的篇幅，三万字，我还是选定了它。

程乃珊出生在香港，九十年代移民香港，再次成为正式居民。但依照我们“三城书”编者的商量而看，如程乃珊这样，在上海成就作家事业，又在上海具有着影响力，是可算作上海的作家。所以,她便归了我们这本选集。

她的《上海街情话》,正合了时下流行的怀旧话题,但因为它所怀之“旧”里扎实的人生故事,使得它与风花雪月的时尚区分开来。当年人气旺盛的旗袍裁缝小毛师傅,在一九四九年以后,追随着落伍的时代风气来到香港,不想,旗袍在香港终也渐渐式微。“偶尔在中环北角街头,还会认出几件自己手下的旗袍”,这真有些凄凉,更凄凉的是,那穿旗袍的人,“大多已是蹒跚而行,对衣着已顾不上的老妇,随便在箱底翻几件老货出来将就下”,于是,做旗袍的人与穿旗袍的人,便有了同是天涯沦落人之感。小毛师傅半辈子的衣食手艺,安身立命之本,成了一桩旧物,那最适宜穿旗袍的阿英,亦是一个旧人,这两桩“旧”,就是最相知的了。那天晚上,小毛师傅为阿英改旗袍,让她第二天赶场合,阿英捧着一杯香片茶,在一旁候着,小毛师傅感到:“他和阿英在这里,很有点老夫老妻的感觉。”旧的华丽里面,透出了过日子的气息,就是相知得至深了。

最后,我要说的是这本选集中的最前辈,白桦先生的小说《呦呦鹿鸣》。这是这些小说中最为诗情盎然的一篇。以诗情而论,彭瑞高的《多事之村》该排第二,是绿林诗,《呦呦鹿鸣》则是童话诗。从这些小说来看,很奇异的,年轻的写作者,反倒世事练达,而最年长的白桦先生,却有孩童之心。我想这也许和生活的时代有关,他们这代人的时代,在残酷的政治事件的另一面,则充斥着乌托邦的空气。白桦先生又是个诗人,他对世界浪漫主义的看法,有效地规避了意识形态的影响。方才说过,那个时代其实有着宽阔的边缘地带。

黑暗、龌龊、罪行累累的阳雀山谷里,出没着美丽的雄鹿比比,这是一个神话。而演绎神话的,均是现实的人和事,行着现实的逻辑,推进,演变。还是生活,不过是与我们共知的生活略远,散发着诡异的奇情。那个老爷,多么古怪啊,在欧洲学习文明,却用来抵御进化。他幼稚的思想和语言,使他的残酷有了一种率真,因而更加可怕。奴隶也是可怕的,愚蠢、丑陋、暴戾、懦怯,亦是不进化的结果。他们共同感受到雄鹿比比的威慑力,杀死它,就成了经年累月的等待和计划。很多年后,家生娃子木嘎再看到经他手杀死的,雄鹿比比的头颅,凝视良久,忽然发现:"它还……还……在叫哩!"在那封闭的社会里积养成的神秘主义,最终完成了这一个现实的神话。我以此来作这一本选集的领衔之篇,是以期望从小说的世俗性中脱胎而出神话,就如小说家纳博科夫说的“好小说都是好神话”的意思。当然,我们决不能放弃生活的材料,除此,还有什么材料具有如此鲜活灵动的能变量呢?

2001年2月19日　上海

地母的精神

——为上海女作家散文丛书作序

张爱玲在《谈女人》中，提到“地母”。她几乎刹那间收敛起惯常的刻薄劲，宽仁地将“信仰”两个字赐给了“地母娘娘”。这是在奥尼尔的戏剧《大神布朗》里的地母，将垂死者拥进她肥沃的胸膛，以巨大的爱笼罩住丰产与衰亡，欢乐与痛苦，这一切存在的轮回循环。继而，她又再一次宽仁地将“地母”的精神赐给女人：“女人纵有千般不足，女人的精神里面却有一点‘地母’的根芽。”

希腊的神祗大多是住在地上，地母受到降雨的天神尤拉纳斯拥抱受孕，于是生儿育女。子嗣中最著名的一位是普罗米修斯，盗火种给人类，还传授许多技艺，因此冒犯了主神宙斯，受到惩罚。这新一代的神祗中亦有一个与地母同样职能的女神，得墨忒耳，她的名字是谷物之神，也是母亲大地的意思。她的女儿帕耳塞福涅被冥王劫走，她四处寻找，终于找见。她求情于冥府，准许帕耳塞福涅每日在地上生活九个月。这就是土地每年春、夏、秋三季活跃生产，冬季三个月陷于沉寂的原因。这些在希腊神祇族群中占高级位置的女神，都具有着生育、丰产与呵护的强大能量，她们使得世界富饶、肥沃，人丁兴旺，欣欣向荣。

曾在二〇〇〇年的《外国文艺》第一期上，看到日本女作家村喜代子的小说《蟹女》。写一名女病人与精神科医生谈话，每次谈话，都安排在医生午饭的时候。医生吃着牛肉便当，总是充足的肉和饭，多而稠的汤汁，丰腴饱满的印象。而女病人描述她的所思所想，也都是量极大，并且兴旺繁殖的物质状态。她的讲述很有逻辑，循序渐进，从过去到现在，从现实到虚构。我喜欢就喜欢她的遵守规则，运用通行的常理，将事情从可能性的此岸，逐渐渡到不可能的彼岸，她渡得自然而且有效。先是小时候的偶人游戏，用纸剪成衣衫裙裤，贪婪不知足的小孩子的胃口，越剪越多。当然，这就有个现实的背景，是在大战之后，物质极度匮乏的日子里，量大，便十分吸引人了。

"方舟"游戏,也是由少增多,想象身处大洪水的史前,登上了方舟,越来越多的人和动物挤进方舟。再是新年里的登山仪式,天不亮上山,日出以后,天光大明,上山的人络绎不绝,漫山遍野。接着是人口家族的不断增长庞大,最后,终于不可思议的景象来临了——她变得生育力旺盛,一抬腿一个,一抬腿一个,先是生下婴儿,然后是牛,马,羊,牲畜。她再也无法抑止生育的欲望和能力,由她生下的人与牲畜也在热情地繁殖,这一个幻象有着地母的壮阔美丽。小说中对量的热衷,由量带来的狂喜,由于起初的匮乏时代作前提,所以并不给人以无节度的惊恐,而是心满意足。这一种生产与容纳的能量,很叫人感动呢!

明代张岱《西湖梦寻》里的《三生石》,其实也含有着些孕育的美感,不过是以简代繁,浓缩的量。三生石故事出自苏轼的《圆泽传》,说的是唐朝小官李憕的儿子李源,自从天宝年间安禄山叛乱中父亲丧生,一改原本的纨绔习气,"不仕,不娶,不食肉,居寺中五十余年",与寺中和尚圆泽结为知交。有一日,两人决定一同出游四川,李源意见是从荆州走水路,圆泽却要走长安旱路。李源不同意,因他已和世事斩断往来,怎么可以再去京城呢?圆泽拗他不过，沉默了一会儿，说道：“行止固不由人。”便随他一起去荆州了。船到一个地方，看见岸边有一个女人，挺着大肚子提水，圆泽叹息说：我不愿意从这里过，其实就是为了她。原来，他应当是这女人的儿子，怀胎已经三年，因他不到，就生不下来，今天既然到了，便逃不脱了。两人于是依依分手，圆泽嘱他三日之后来见一面，然后第十三年的中秋月夜，杭州天竺寺外，再见一面。当时读它，只觉得精灵古怪，像那类老保姆爱说的阴阳转世村话。到了近日，上海博物馆七十二件唐宋晋元国宝展，其中南宋梁楷《八高僧故事图》，就有《李源、圆泽系舟·女子行汲》一帧。图中那女子，虎背熊腰，脸部天圆地方，极像一个剽悍的男人，可却有着一派气定神闲，几乎称得上娴静。此时，方领悟这转生途上，女人的沉着尊严，无尽的耐心。找一个汲水女人来承担着艰巨的孕育任务，大约是因为，唯有乡野间听命的粗作女人才经得起的。所以，地母的相貌，往往给人壮硕、粗野、虔诚的想象。那样重量级的，才有容度。

冯梦龙编纂的《挂枝儿》里，有一支“惧内”，以丈夫的口吻说他家悍妇：“天不怕，地不怕，（连）爹妈也不怕；怕只怕狠巴巴（我）那个房下。我房下其实（有些）难说话，他是吃醋的真太岁，淘气的活罗刹。（就是半句的）话不投机也，（老大的）耳光儿（就）乱乱（的）打。”满纸都是诉苦，苦中却有着些甜美的卖弄。“吃醋的真太岁，淘气的活罗刹”，是骂，也是喜爱。“老大的耳光儿就乱乱的打”，可是痛快，响亮，敢爱敢恨。台北散文家舒国治先生，有一次谈到什么是理想的城市，他认为首先必要四季分明，冬天极寒，夏天需要热死几个人。他想象当年的长安，定是这样感情强烈的都城，那里的女人，打起孩子噼里啪啦，爱能爱到把男人活活掐死。要的是大起大落，大开大阖，幅度大，和感伤主义完全不沾边的。村妇的娇憨，实是相当性感撩人。当然也不是不缠绵，像《诗经·国风》的《氓》一首，写乡里的弃妇，诉怨无情无义的丈夫，不由要将事情从头道来。想那人当初如何殷殷切切，订了婚后，自己的心便属了他，看见他就欢喜，看不见他便“泣涕涟涟”。结成连理的快乐甜蜜则是伴了懊悔的告诫，深感沉溺爱情不能自拔如何难堪。懊恼着，不免就有些絮叨，诉这些年的辛苦，对夫家的忠诚与劳作，可所得非所报，换来的竟是丈夫的负心。复又怀念青春姣好，两情相悦。一波三折中，忽戛然而止，陡地下了决心：“反是不思，亦已焉哉！”意思是：既然翻脸无情，毫不念旧，那就一刀两断，拉倒算数！就此一改哀怨的局面。在四字一句到底的格律里，哀婉是古朴的，决心也是古朴的，看起来有些简单，可是后来几百年几千年演绎来演绎去，这故事的大纲要领似也没有大变，最上乘的结局依然是它：反是不思，亦已焉哉！

美国现代舞之母邓肯写她的自传，前半生的惨淡经营，倒不是最难的，再是一无所有，还有青春可骄人。而她当然又多人几样，天资、上进的性格、好运气、生又逢时，于是，便得收益。辉煌的成功令人目眩，名声、美丽、光荣、爱情，什么都是她的，几乎是独占，但也不会有羡妒，因她已是天人，非常人可比。人在此境，本是看不清天地的久远恒长，直到真爱上的情人却与她的学生暗中爱恋，方才发觉，弹指灰飞间，已站在了人生事业的后半段。她的做法也是那八个字：反是不思，亦已焉哉！她一走了之，去了前苏联教授现代舞。这一举要比《诗经》中的中国女人难得多，不只是情爱而是一整个人生。她是在巅峰上，忽就俯身望见谷底，原先大抱大抱的收获要一件一件让出去。人世中最难亦最好的品质，其实不在争取，而在争取之后再让。这让不是博爱主义者施舍与自美的德行，而是充分的大度和明理，还有真正的乐观。就像地母能生育，亦能容得下死亡，懂得“夏天，秋天，死亡，又是和平”。像得墨忒耳，找回女儿，亦不过只要求一年九个月，那三个月留给了冥府地曹。

我还很喜欢一些民间小戏里的女英雄，比如，前些年看的扬剧《王昭君》那里面的王昭君，生一张丰腴的圆脸，大眼睛水汪汪，说一口扬州话，乡俚的美艳。此处的王昭君，并不为远走塞外哀伤，也不怎么发愁民族共生的大计，她最为苦恼的是可汗的内弟不高兴姐夫续弦。而内弟的妻子又正是可汗的妹妹，也就站到丈夫一边去了，共同给新嫂嫂脸色看。看到四大美女之一的王昭君竟然有三亲六戚，真是高兴得很。后来，王昭君亲自来到可汗亡妻的墓前，主持了墓碑的揭牌仪式，才安抚下弟妹，被接纳为家人。民间说史就是这般好看，家长里短的，要说少见识，可想想也不出这个理。王昭君不嫁人，倒是清静美人，最终不就还是个白头宫女。出了嫁，自然就有姑舅，那就要处理和解决，缠进家务事中。用不着雄心大略，可却是世故人情，有着做人的志趣和温暖的。大美人盘旋在俚俗琐事中间，真有点“地母”的形容呢！小善变成了大喜，大善化整为零，撒播人世间。没有丝毫嫌弃，都是她的所生所养。

张爱玲在《谈女人》一篇中，说到《大神布朗》，“奥尼尔以印象派笔法勾出的‘地母’是一个妓女”，这妓女会不会也是《海上花》长三堂子里的“姑娘”一类的？看侯孝贤拍摄的《海上花》，睡过去，醒过来，终是不了解如此精雕细刻，要做成一件什么东西。问艺术顾问阿城，他的回答总是王顾左右而言他。在香港张爱玲研讨会上，听编剧朱天文谈《海上花》拍摄，记住的是还兼美工的阿城的一句话：“没有用的东西要多。”还记住侯孝贤令女演员练吹纸捻子，要练到烂熟。统是这类细节。而我迷茫不得知的，似乎早已经显而易见，无须再提了。一直到去年在高雄，偶遇诗人蒋勋，在和式小馆吃铁板烧消夜，再一次鼓起勇气问道，方才得到正面的回答。蒋勋说：你要知道，在旧时代里，中国有钱男人有妻有妾，不缺女人，那么，他们到妓院里去找什么呢？电影一开头，人家在玩，王老爷却一人向隅，在怄气。在家，讲的是举案齐眉，谁敢给他们气生？他们到长三堂子里来，找的就是平等相处的居家过日子。换句话说，旧时代的男人的家庭生活，其实是相当概念性的，而在这里，却是活生生的生活。阿城要的“没有用的东西”，刘嘉玲们学吹纸捻子，还有侯孝贤追求的，油灯灯光从缎面上滑下来的室内效果，力图营造一个日常家居环境,而这华丽的颓靡的格调,其实暗示出虚拟的本质。这样说来,这些女人们,就真有些创世纪的"地母"的意思了,她们凭空筑起一个男女平权的巢穴,既要有真实家庭的外部细节,比如媒妁之合,食宿起居,眷属邻里,还要有假想的带有乌托邦色彩的男女关系。

读这五位女作家的散文,不禁就会想起这些"地母"的人间俗世变相。她们麻缠在俗事俗务中间,却透出勃勃然的生气。她们的精力一律格外充沛,而且很奋勇,一点不惧怕人生,一股脑儿地投进去。经过偌长岁月,都有了阅历,吃过各样苦,但没有受过侮辱,所以,精神就很挺拔,还很天真。她们每人都有一张亲友眷属的网,就像蜘蛛一样,耐心勤劳地爬织、缝缀。这网是她们的负荷,也是她们最强劲的攀着物,否则,这世界便空虚了,而现在不,她们很充实,充实得都有些少闲情,感时伤怀也是实打实的,不掺水。于是,就掂出了分量,不是深刻的那种,而是质地紧密。

其实难有职业的散文家,要是散文家,同时最好也是个实践家,然后衍生出材料与感想,落笔成文章。这些人我就钦佩她们这一点，勇于实践，又都具有旺盛的感情滋生力，再有庞大的容量。这些散文，散开来看看没什么，集在一起可真有些聚沙成塔的意思，很惊人呢！要照农人的说话，就是这地劲足得很。她们生长的年代也很对她们的脾性，怎么说呢？就是事多，跌宕起伏，使她们比别人得享多几倍的生活，反过来又养育了她们的吸纳力。她们经验与情感的能量很大呢，难免会有点杂芜，可是不怕，她们兜得住，经得起，扛得动，岁月淘洗，自然会洗出真金。她们又使我想起简·奥斯汀小说里的女人，那些女人们永远为一个问题焦虑，就是如何嫁出去。她们因为没有陪嫁与机会，耽在闺中，翘首以待，惊恐地看着人生一日一日枯竭下去。而这五位散文家可真是不同，她们都有着丰肥的人生，苦辛甜酸，均成养料，植种出“地母的根芽”。

2003 年 1 月 15 日　上海

自觉与不自觉间

陆星儿的长篇新作《痛》,描写了一位现行体制内的企业家。他身为政府部门的官员,在改革开放的大潮中,步着市场经济的路途,努力走入现代化的远景。看起来,如何在政策与市场规律之间变通,而谋求出路,是他主要的工作。这变通犹如走独木桥,一不小心便会堕身,最终他果然翻身落马。回头望望,处处险境,却又到底不知道失足于哪一个关节。这个人物的遭际,可使我们在一定程度上认识我们的处于转换时期的现实,我们为不落后于世界所做的茫然的争取。

陆星儿是以正面的方式来描写企业家邱大风。他能审时度势,为长远的发展割舍眼前的利益,比如拒绝香港房地产公司的高薪聘用;他有爱国心,在与世界发展银行的谈判中，破天荒争来管理财务权利；当然同时他还具备良好的心理素质，临危不乱阵脚，因而获取全胜；他有魄力，在货币动迁的政策下达之前，便敢用作价的方式将两家动迁户“烫平”；他还有纵横之术，饭店老总不让工地运油车从大门前过，他联合公安局长宴请老总及党委书记，饭桌上也“烫平了”；他肯定是胸怀大志，那就是要将这城市最具标志性的路沐恩路重新翻造；但这所有的一切都还不足以表达陆星儿对“英雄”人物的经典想象，最关键的一笔是，他的落难。从美国谈判凯旋，却被“请”进检察机关，接下来便是一连串的折磨：入狱，受审，判了虚刑回到家，亦是路不通，人生陡然到了下坡路上。最后，他在苍茫的江边，重新审视自己的生活与怀抱，忽然豁朗，重现希望。

我以为，陆星儿在此长篇中，叙述质量有飞跃性的提高。干净、明白、利索，常有出其不意的比拟和用词，一改她往日的学生腔，“五四”式地描写人物的心情，而她生性又有几分鲁直，并不合适做这样的抒发，反是感到不贴近。她以往的文风又有些琐碎，且也不是那类轻巧的气质，直逼逼写庶务种种，亦觉着啰嗦还不贴近。而这一次，因是这样的与日常生活隔离着的人和事，也是和她自己生活隔离着的人和事，进不去，就此摆脱了纠缠粘连，迫使她只能以客观的描述状物状人，却有了意外的获得。有几场大戏，比如谈判，比如开庭，比如妻子奔走开脱，都写得跌宕起伏。看得出学戏剧的身世家底，有过情节的科班训练，大风大浪很摆得平，写得好看。邱大风这个人，动静都有声色，行止生风。

然而，大约就是因此，情形有了奇异的转变。如同我们常常读到的，古典派现实主义作家的写作奇遇，人物自己在笔下活动起来。比如，托尔斯泰本不打算让安娜死，可安娜自己有了意志，选择了赴死的命运。这话听来有些像巫术，吹一口气，木头人活了，事实上，这可发生于许多忠实的现实主义者笔下。而陆星儿原本就是一个感性的写作者，她很奇怪地，自觉往往罩不住不自觉。她的不自觉往往会比自觉更有辨别力，更能攫取事物的本质。这样的情形，也发生在她的新长篇《痛》里边了。

邱大风在陆星儿规定我们要看的形象之下，又突现起另一个形象，这一个形象的生动性甚至超过了前一个。材料还是原先的那些，叙述依然是原先的。开篇，我们看到是同一个志得意满的邱大风，方才赢得一场艰难的谈判，正在凯旋的路途中。他坐在肯尼迪机场特等舱休息室,感觉特别好。因能够坐进特等舱休息室的旅客是“凤毛麟角”,于是他邱大风便是“凤毛麟角”,是“人上人”。他回顾着自己第一次住五星级酒店的谨小慎微,如今则是“轻松潇洒”。他审视着自己的名牌西装、皮鞋、高级香烟,陶醉在成功者的喜悦之中。是的,他有理由陶醉,他不是刚谈成一场重要谈判吗?能争取来这场谈判已经是一大胜利,更何况在谈判桌占尽上风,更上一层楼。谈判的最后冲刺点,是邱大风最为踌躇满志的,便是由他们——受援国管理财务。世界发展银行对其他受援国都是让其出让财务管理权的,唯独对中国,不行。邱大风就偏偏要争得管理财务,这标志着平等,也标志着国家尊严。所以,邱大风的激愤不能简单归为意气用事,或者民族主义感情,确实可视作弱势群体对自己在全球化中的处境奋起抵抗。问题是,邱大风是以什么样的条件向世界发展银行争取来这个权利。他并没有提供有说服力的预先的财务保证制度,亦没有提出倘若发生资金流失情况之后的救补措施,或者仅仅是承诺认罚和补偿,他只是讲了一番公正平等,以及中国进步的大道理。讲到情急处,他甚至如上海俗话所称的“掼浪头”,意思是六十万美金的援助算什么?谁人没见过,我们还要再加上六十万,然后创六百万利润,不要太看重嘛!最后,他险伶伶地施加一激将法,倘不给财务管理权,援助就不要了!在法制社会中存身的美国人肯定没遇见过这样的套路,也就吃了。于是,邱大风成功。其实,静下心来想,世界发展银行限制我们,亦有他们的道理。远的不说,就说近的,邱大风自己,不也是挪用一笔回扣中的两万元,为女朋友付了房租?等到周转过来,他再把钱还进"小金库"。这些"回扣""小金库"的名目,自然是美国人看不懂的,所以,他们有理由不信任这个国家的财务执行力。

好,不管怎么说,邱大风谈下了这个援助项目,为沐恩路改造争来了资金,更是争来了国际社会的承认。沐恩路改造可说是邱大风的奋斗目标,照他的话:"拆一幢房盖一栋楼,都是百年大计,要经受子孙后代的检验。"这个思想也传给了他手下的工作人员,比如那个主管花园坊改造工程的肖长荣。当邱大风被审查后,图纸被修改,将原本欧陆风情的样式变成实用型的"火柴盒"式楼房,肖长荣痛心道:"这条路,世世代代要走下去的!"看来,这条新沐恩路将是留给子孙的恩泽。那么,旧沐恩路呢?邱大风也称它是"有国际声誉的商业街",被这城市的中等人家普遍认作是正宗市民的居住地和消费区,它甚至关系到青年男女的嫁娶。这么一条具有城市阶层感的旧街,究竟是因为什么理由,使它的存在不到一百年便要为新街所断然取代?新沐恩路究竟又具备什么样的品质可存世百年?让我们检索一下新沐恩路的内容,看起来大约有这么几项:一、“上万平方米的商业大厦,购物广场,会在沐恩路上一幢接一幢地耸起”,也就是说,造大量的Shopping Mall。二、花园坊改造。花园坊是上海二十年代建筑的洋房群落,因居民过多,使用无度,内部已困窘不堪,所以,就“老房子新做”——“外观保留原来的风格,内部结构根据一楼开店,二楼三楼商务办公的实际需要重新设计”,这是沐恩路上最为邱大风得意的一笔。三、“造一座私有化大厦,让一些私营企业进驻,设想中,可以搞成一个经济小区”。四、在原菜场地方,“搞一个全上海最大的超级市场”。还有第五,种上比悬铃木更高贵的树种。这是一幅什么图景呢?可说是我们的以美国化为基础的现代化想象的图画,最显著的功能就是利润的最大化,就是将有限的地皮资源最大限度地创造经济效益。

邱大风便是在这利润最大化的图景上寄托了他的人生理想,这人生理想的外部装饰是名牌西服皮鞋、飞机特等舱、五星级酒店，以及在他的茫然所失中激励他东山再起的“新房子”。这其实不只是邱大风的人生理想，这已经演化为目下时代的消费性格。向来有英雄膜拜主义的陆星儿则以“巴顿将军”为其命名。幸好，现实的迫近的复杂性，顽强地从她不自觉的叙述中显现出来，亮出了批判的武器。

2003 年 7 月 2 日　上海

纪实与虚构

骆以军的小说《远方》——我称它为“小说”,可能理由与骆以军们不尽相同——小说《远方》写的是一个儿子与母亲,从台北赶往内地九江,探望旅行途中猝然倒下的父亲。先是扶病,后是携父返归台北。因此而与老兵父亲遗在老家的兄长、这人地两疏城市里的医患工职、官员百姓,生发种种纠葛厮磨。就是这些麻缠,提醒“我”这是父亲出生、成年、出发的地方,这于“我”并不是什么愉悦和亲切的事情,反而平添伤怀。这些戏剧的因素构成我以为的小说条件,它们不会因为是真实发生的事件,就取消了以虚构身份存在的资格,只能说,骆以军有机缘,恰恰截获了这一件相当完整,甚至可说是现成的小说材料。它先天就含有虚构的成分,这成分就是巧合。分散在各处的状况集合于一地一时，不是出自偶然性，也不是天数，而是循情循理走到了一个契合点。但材料终究只是材料，最后决定是纪实还是虚构的，还有叙述方式的因素。也就是说，作者是将它作为一段私人经历记录下来，还是让它独立为一个自给自足的客观存在。倘是后者，就需要割离许多具体的联系，使其与现实无关。我以为骆以军也是这么认识的，只是在方法上，可能我与他持有异议。

在我看来，骆以军确是以虚构的立场拉开叙述的帷幕。故事中的"我"带了幼子，走过熟腻到生厌的旧街，去往安康院探父亲——此时，父亲已平安转来台北，一场大事故尘埃落定。由于时间的隔离，心境变化，事故显现出与原先有所不同的形态。而显著的用意，是作者描述"我"与儿子的这一幕日常图画，预示了以下讲述的，将是一个关于父与子、代与代的故事，就和回溯的这一日一样，蒙着灰暗的戚容。这便是从现实发生的故事中，虚拟出来的存在方式。然后，事件开头了。骆以军显然珍视他所经历的众多细节，往往是这样，平素并不经意的细枝末节，在重大变故的提示之下，忽然间有了含义。这一现实状况，到了小说里，则会作用于铺垫。变故越是突兀，铺垫越要充分,就像助跑一样提供起跳的动力。骆以军耐心地从父亲离开台北的时刻写起,写到坏消息送来,“我”一家从休假地赶回母亲家,然后是通行证、机票、联络,种种繁缛的手续,其中间的一节标题为“孩子”的段落,从事态的进行中离开去,专写“救父亲的孩子”的意味,似乎企图与某一哲学命题勾上瓜葛。像这样离开事情的正常叙述,额外进行的哲学企图,还有几处。尤其是第九章“九江王”,整整一章都以梦魅、幻觉的形式做这努力。我猜想,骆以军或者是要以此巩固《远方》小说的地位,而要加进这些非现实的段落,防止纪实与虚构的界限混淆;或者是因为对事实的自身含量不满意,于是要以明显的思想性来提携它。这里包含着一种对事实的不信赖,也是对写实评估不足。在貌似硬性规定的事实里面,其实有着相当柔软的内容,它可从事实的外壳渗透与蔓延出去。就好比在这个父与子的故事之下汹涌而出,以致注满通篇的成长的巨大悲哀。父亲的老去,幼子的出生,一同逼着“我”强大,几乎是不讲理地将重荷加在“我”身上。这沉重的命题从容延伸在意外事件的进行上,而我们必须要忍耐骆以军的“虚构”间歇性介入,阻隔一时,再顺发展而下。

克服层层琐细，飞机终于降落海口机场，行程进入大陆腹地，铺展开故事上演的舞台。舞台的陈设相当精彩，我以为是以一个人物为索引的，这个人就是旅行社陈经理。陈经理带了“我”与母亲，从台北进到海口，不厌其烦地与计程车司机讨价，争执，再又稔熟地走入一家餐厅，与小姐们闲扯。作者写道：“某种紧绷的什么，突然像煮物一般松泡而腴软，全散掉了”。这“紧绷”着的什么，是不是一种自律？来自经济性的制度生活，包含有严格的训练与教化，而在此，“全散掉了”。这可真是奇异的空间，竟有着如此强劲的瓦解力。而不久，“我”也将在其中经历“散掉”的过程。就在这样的场景下，“我”走入父与子的故事之中。几乎是不期然地，“我”在破烂不堪的医院里与父亲小别重逢。父亲周围拥着他与前妻所生的儿子们，都已迈入老年。场景中加入新的因素，就是父亲的早年历史，以及中断四十年又后续上的近代史。前者因“我”尚未出世，后者因“我”的长成独立而都缺席不在场，这两段都与大陆腹地血肉关联。场景变得复杂化了，父与子的故事获得了更具开拓性的情节。就这样，与医院的交道开了头，手术或是不手术，移动还是不移动，每一个步骤，都挟裹着医术与疾病以外的矛盾，从医患关系中无限制地派生出来种种人际交道，夹缠过来。与此同时，“我”、母亲与那帮子老兄弟，原先微妙维持着的礼貌，也在日益严峻的现实逼迫下，裸露出内中尴尬的真相。而“我”与母亲，尤其是“我”，优渥生活与教育中培出的教养亦在崩溃。就在这焦头烂额之际，有一晚，“我”与母亲与往常一样，搭乘计程车，穿过拥挤的街巷，从医院回酒店去。母亲望了窗外，忽然说道：“好美。”于是，“我”头一回注意到这小城，它那么陈旧，新建筑并没有使它变得年轻，反而像补丁一样，增添了它的破烂。此时，透过它褴褛的外表，“我”窥见了它的美。这一刻几乎令人潸然泪下，你对这所有的混乱与辛苦，生出宽谅。许多的人，许多的时间，在这里流淌，并且还得流淌下去。

“我”的母亲，是这个故事中的一个禅意。我很难说这是骆以军刻意而为，因我相信这会是据实发生，倘说“虚构”，真会亵渎了这位母亲。但我是不是可以假设，骆以军在取舍调派现实资料的时候，是以再造一个存在物为出发点？那么，我就认为，骆以军是赋予或者说挖掘了“母亲”这个人物某一种含义，作用于故事。在现实中，这场患难得以度过，固然是由于具体人事的努力，但在小说中，则有了精神的引渡意义，这引渡是由母亲来担纲的。父亲生死未卜，母亲自然也要哭和急，但很快镇定下来，这从她所备的行李便可见出。行李中除去她自己的换洗衣物、被子、净水必备品外，她带有《金刚经》《地藏菩萨本愿经》，大悲水、大悲被、避邪用的檀香木，还有父亲的一套衣服，“我”猜是作寿衣准备的。这一副行囊，体现出母亲的哲学，结合着现实和信仰。那些宗教用物，以及以后在酒店客房，母亲每晚必做的念经功课，因被落实到具体的目标之上，一改虚无的面目。当然也没有完全变得实用，而是有一种谋事在人、成事在天的态度。大难临头，几乎是天地翻转，母亲却不时会提出一些琐细。比如，向她的继子打听，父亲带去大陆老家的手表、美金如何分配？有没有个个得到？比如，那位查姓护士长与“我”文不对题地说话时，母亲会拿出“我”的小孩的照片助兴；早晨，吃着所谓三星级酒店里一成不变的自助餐时，她会向“我”回忆生产他们几个时的预兆。但是，切莫以为母亲是麻木，当“我”为这事故懊恼，悔恨与其如今抛下家小与工作，滞留内陆小城，看不见归期，不如当初亲自陪父亲去哪里旅行游玩，母亲冷静地说出一句：“那是不可能的。你不是一直那么忙吗？”这些琐细，由于维系着日常生活，在这反常的境遇里，不由挥发出一丝光，照亮了延伸前往的未来，终将归于恒定不变的时间流程——那也就是本书开头部分，“我”带了孩子去看望父亲的平凡至灰暗的下午。于是，作为一部小说，就有了从此岸所渡向的彼岸，也就是说，有了思想的结局。这也肯定了它的虚构性质。

我还是要再谈谈这出戏剧演出的舞台，就是第八章“三峡移民”，我以为这是全书的华彩章节。骆以军又一次抛下正紧张进展的情节，走开去了。但这一回他没有游走到梦魅里，而是去往一个现实的场景——长江，舞台陡然间展开广阔的背景。“……厚重云层压低在黄浊水面的大江，江面上樯帆云集，机器铁壳船的马达噗突噗突划着白色的波痕”，这个内陆小城，这个破烂医院，难堪的人和事，疾病，亲人的龃龉，满目的疮痍，在此，统被滔天大水冲洗去委琐之气，使这人间苦情，变得悲壮。就在这一章里，“我”的老哥哥向“我”讲述起他们的遭遇和生活，那是一些“我”全不了解的人生，只是由于血缘而攀上了亲。父与子的故事由此扩展了幅度，也夯实了质地的密度。

事情的铺排其实已经具备小说的说服力，可骆以军似乎并不信任事实，而要以外部明显的不真实来强调虚构性。也许并不像我想的这样，骆以军是以另外的理由蔓生出那些非现实情节。比如，要使小说具有现代性。现代性总是以外部的不写实为标志。可是，怎么说呢，就像《远方》中那位张医生带“我”去见万主任，要求转病人去省级医院，没有求成，反受了奚落，那张医生对“我”说：“应该让你哥哥去和主任讲的，你讲话讲得太复杂，你看现在不是弄拧了。”我觉得这个“我”真的很像骆以军，“讲话讲得太复杂”。其实，本来，事实是那么明摆着，骆以军却要代它发言，结果是，“弄拧了”。

2003 年 9 月 29 日　上海

精诚石开

一九九〇年夏在北京，去史铁生家，他向我演示新式写作武器，电脑。在鼠标的点击下，一步步进入腹地，屏幕上显出几行字，就是他正写作的长篇小说《务虚笔记》，应当是第四章《童年之门》中“一个女人端坐的背影”那一节。这样一个静态的、孤立的画面，看不见任何一点前后左右的因果关系，它能生发出什么样的情节呢？它带有一种梦魇的意思，就是说，处于我们经验之外的环境里，那里的人和事，均游离我们公认的常理而行动。那又将是什么样的原理呢？怀着狐疑，第二天一早，我又去到史铁生家。他不在，他父亲说他到地坛去了，就是《我与地坛》中的那个地坛。在这本书里，他也写到过，称之为“古园”。于是我坐着等他，当他摇着轮椅进来，一定很惊奇,怎么又看见我了?闲扯几句,我捺不住,提出再看看他的电脑。事实上是想再看看他的长篇。这其实有些过分,谁也不会喜欢正写着的东西给人看,这有些近似隐私呢。然而,史铁生是那样一个宽仁的人,而且,还是坦然的人,他顺从地打开电脑,进入写作中的长篇。我请求他再往前滚动,于是,出现了"一根大鸟的羽毛,白色的,素雅,蓬勃,仪态潇洒"。我再请求向后滚动,却很快完了,他抱歉地说:就只写到这里。他已经倾囊而出,可我还是不能明白,这究竟是一部什么样的小说。只有一点是明显的,那就是,这是一部纯粹虚构的东西。我说"纯粹虚构",意思不是说还有不是虚构的小说。小说当然是虚构的性质,但小说是以着现实的逻辑演绎故事。我在此说的"纯粹虚构",指的是,史铁生的这部小说摆脱了外部的现实模拟性,以虚构来虚构。追其小说究竟,情节为什么这样发生,而非那样发生,理由只是一条,那就是经验,我们共同承认的经验,这是虚构中人与事发生、进行,最终完成虚构的依扶。而史铁生的《务虚笔记》,完全推开了这依扶,徒手走在了虚构的刀刃上,它将走到哪里去呢?

这实在是很险的。

时过三年，一九九三年春，我在北京借了一小套单元房，排除一切干扰写小说。有一日，几个朋友一起吃晚饭，其中有史铁生。席间，只听他自语似的嘀咕一句，意思是这阵子不顺遂，两个星期就在一小节上纠缠。看上去，他依然是平和的，不过略有些心不在焉。可在他也已经够了，足够表示出内心的焦虑。我们都知道他在泡在这长篇里头，心里都为他担心，不知这长篇要折磨他到什么时候。写长篇对于别人也许没什么了不得的，但对史铁生，真的是一个挑战。还是方才那句话，他推开了现实模拟性的依扶，走在虚构的刀刃上，能走多远呢？长篇是大工程，还不仅指劳力和时间的付出，更指的是需要有填充篇幅的巨大的量。这个"量"通常是由故事来积成，而故事则由经验与想象一并完成。在此，经验不只是写作的材料，还是想象所生发的依据，就像前边曾说过的"情节为什么这样发生，而非那样发生"的理由。这是写作小说的资源，长篇消耗尤剧。轮椅上的生涯，却使这资源受到了限制。

自从坐上轮椅，史铁生不得已削弱了他的外部活动，他渐渐进入一种冥思的生活。对这世界上的许多事物，他不是以感官接触，而是用认识，用认识接近、感受，形成自己的印象。这样，他所攫取的世界便多少具有着第二手的性质。他当然只能从概念着手，概念总是枯乏的，不是说理论是灰色的，生命之树常绿？因为概念无论如何已是别人体验与归纳过的结论，这也无论如何都会在他与对象之间拉起一道屏障。他隔着这层灰色的屏障看这世界，这世界很难不是变形的。可是，变形就变形，谁敢说谁的世界完全写实？谁的感官接触不发生误差，可以完全反映对象？倘完全是翻版，不就又退回到概念之前去了？说得好是素朴的世界，其实也是混沌与懵懂。只是史铁生的变形世界排除了生动活跃的感性参与，难免是艰涩的。但命运已经规定史铁生身处概念，他不可能回进自然，残疾取消了他回进自然的条件，史铁生是没有退路的。那么，史铁生的出路在哪里？停在原地，滞留于灰暗的景观之中？或者，也许还有一条进路，那就是从这概念的世界里索获理性的光明。也就是说，这世界的变形质量，是逊于一般水准，还是超出共享的范畴，那就要看个人心智的能量，或者说个人的思想力度，心智和思想能否达到一个程度——用《务虚笔记》第十二章《欲望》中的说法，就是欲望，“生命就是欲望”。这就好像意识决定存在的意思，“神说，要有光，就有了光”的意思，听起来有点玄,可这就是史铁生的现实处境。他活在暗处还是有光处,他享有怎样的快乐,就取决于他的自觉与主动性。从这一点上说,史铁生的命运就又和唯物论接上轨了,他其实并不像别人以为的那样无可奈何,而是和所有人一样,甚至更高程度地将命运掌握在自己手上。

由于是后天的经过思想锻炼过的素材,史铁生的小说早已显现出一种再造的景观。比如短篇小说《命若琴弦》,故事因循的原则不是现实的逻辑,而是生造出来的。老瞎子的师父给老瞎子留下一张眼睛复明的药方,可是必须弹断一千根琴弦才能去抓药,否则药就无效。这个条件不是来自于生活实践,而是根据故事的需要纯虚构的。这故事需要给老瞎子一个行为的目的,且又不能使这目的实现,它就要无尽地延长老瞎子的行为,同时推迟目标的接近,于是便有了这么一个契约:弹断一千根琴弦,才可起用药方。许多民间故事、寓言都是这样,从假想的条件上生发故事,就像古罗马神话"金枝"。特洛伊失陷后,英雄埃涅阿斯根据女神指示,折取一截树枝,于是就有了神力,可去往冥界寻找父亲的灵魂,打探自己未来的命运。这一截树枝的神力其实是被创作者妄加的,好让故事有条件向下走,走到创作者指定的位置上,完成寓意。也因此,史铁生的小说,或多或少都有些寓言的意思。在他的早期,坐轮椅还不久的时候,小说还多是描写具体的生活经验:写街道手工作坊的《午餐半小时》《我们的角落》;写知识青年下放农村生活的《我的遥远的清平湾》《插队的故事》,等等。坐轮椅的时间越长,离开自由行动的日子越远,史铁生的小说越变得抽象。思想的含量增加,故事则渐渐不象形现实,比如《命若琴弦》,比如《毒药》,比如《中篇1或短篇4》,再比如《务虚笔记》。这些与具体人和事疏淡了关系的小说,显现出他逐渐脱离外部的生活,而进入内心。

在《务虚笔记》之前,那些寓言性质的小说,篇幅多比较短小,寓意也比较有限,所以,虚拟的条件就比较容易贯彻到底,使其自圆其说。可是,面对一部长篇的量,史铁生能否因循着这假想的、再生的逻辑坚持到底,真是一个大问题。这后天的逻辑是根据什么可和不可,推理的条件其实相当脆弱,没有实践来作检验的标准,唯一的武器是思考,思考,思考。似乎怎么样都行,可你确实知道只有一种可行性,就是不知道隐在哪里,错误的迹象又来引你走向歧途。举一个生活中的例子,不晓得能不能说明这种处境,就是黑暗中在旷野走路。手电筒的一柱光使你以为那就是路，于是循它而去，可是等到下弦月起来，天微亮，却看见路在很远的另一边。我们写作的人——即便是我们这些能够以现实生活作准绳的人，也会遇到虚构上的困境。我们怕的最是那种可能性极多的境遇，其实最岌岌可危，因我们知道，不会有事物能够向四面八方发展，任何事物都只可能以一种秩序存在着。纵然是无中生有的，它一旦生出，便也有了自己的生命秩序。这隐在虚无之中的基因图谱，就是史铁生要去寻找出来的。他每一天都在干这个活，没有外力可以帮助，只有思想，孤独的思想。

他终于在一九九五年上半年完成了这大部头长篇小说，大家都为他松了一口气。接下来，轮到我们吃重了，那就是阅读的挑战。在这里呈现的是这样一幅虚拟的图景，与你我他所认识的生活无关，而这通常是阅读所依凭的媒介。沿着我们所共知的生活表面性进入到另度空间——创作者所营造的独立王国。当然，史铁生在这里也使用了某些现实的资料，比如Z所遭遇的社会等级差异，Z九岁时在小女朋友漂亮的家中玩，听她母亲在身后责备说："她怎么把那些野孩子……那个外面的孩子……带了进来……"从此种下了功利心的种子；比如医生 F 和女导演 N，发生在政治教条主义时代的爱情悲剧，终因两人家庭阶级所属不同，不得不分手；比如叙述者“我”的那个可怕的童年玩伴，他具有一种惊人的集权才能，就是唤起群众，任意孤立某一个不合作者，对于他的写实性描写，一脱整篇的冥想风格，鲜明凸起，流露出私人生活经验的特质；再比如 Z 的叔叔与叛徒女人的情感纠葛，亦是由战争年代的史实背景演绎而来；而最重大也是最主要的现实资料，则是 C，这个截瘫者的爱情与性爱经历，全部长篇其实都是从此出发。所以，这纯虚拟的景观的源头，却依然是来自现实生活。然而，一旦出发，就进入虚拟的状态，上述所有那些现实性资料，在此全呈现出不真实的形貌。这些人都没有姓名，英文字母将他们变成了符号。那些社会事件也不以通用的说法命名，而以暗示的方式，也抹杀了具体性。就和最初从电脑屏幕上窥伺的印象相同，像梦魇。问题临到阅读的方面，就是我们将根据什么条件解释梦魇，这解释能否自圆其说，走向终点。读这小说，有些像猜谜呢！因为缺乏共有的常识的媒介，我们也必须在虚无中寻找地图，然后走入《务虚笔记》。

我想，性爱可说是遥远的彼岸，此岸是残疾人 C。叙述者“我”的任务，也就是整部小说的任务，就是将C渡往彼岸。现实已经堵绝了通路，而小说到底也不是童话，它必须遵守现实的可行性制度。C走向性爱，已规定不能以外部行为的方式，用书中的说法：“直接走向性，C不行。”动作取消了，只能以思辨来进行。用思辨排除障碍，推向前进。也所以，这里的以字母代表着的人物，无一不承担着思辨的角色，分工负责为C渡向彼岸掘进通路。他们别无二致地带了沉思默想的表情，每人都怀揣一个哲学课题，那都是用以证明和反证C的命题的。其中，Z和O似乎被交托的责任较重，第二章，《残疾与爱情》的末尾，就将什么是爱情与性的答案，交到了下一章《死亡序幕》，Z的妻子O“猝然赴死”的情节里。这个答案贯穿四十万字的整部小说，一直到倒数第二章《猜测》，正面展开了讨论。医生F，Z的同母异父兄弟HJ，导演N，诗人L，身影模糊的WR……大家一起来破这个悬案，就是O为什么死。这个答案里就隐藏着C渡向彼岸的玄机。ABCD们，身体力行，以自己的故事参与问题和回答，到第二十一章时，已是在下结论了。比如，F和N，他们的爱情生涯是在隔离中度过，他们甚至不能照面，偶尔的相逢也是从镜子的折射、摄影胶片，或者由男女演员作替身在戏剧中找寻追逐，这些镜中花、水中月的意象，表明他们的爱寄寓在虚无之中。以坚持不懈的长跑来追逐爱人T的HJ，他的观点是，“不爱而被爱，和爱而不被爱，我宁愿要后者”。这是个爱神，全身心地去爱，并不在意回报。他所爱的T，是他定义的福人，即没有爱而被爱。T是N与O的混合，她在N和O的爱情命运中进出着，时而分解，时而合而为一，综合着她们幸福的成分，成为施爱的对象。Z的母亲与父亲的爱情则是泥牛入海无消息的企盼与等待。Z的叔叔与他的女人却是背离的方式……每一对关系都受着限制，不同内容的限制紧箍着他们，使他们不能任意纵情，而唯一的没有束缚的诗人L——可不可以说L是个泛爱主义者，他爱一切女人，可一旦恋人离开时，他依然感到丧失的痛楚，说明他其实只需要一个人。即便是有无限的可能性，他的所摄取也是有限制的，于是就轮到需要来限制可能性了。所有的限制都是隐性的，只有C的限制是正面的，是显学，那就是残疾。残疾使他的限制成为常识所能认知，而其他大多数却发生在哲学意义上，因此，C的日常生活就变成了哲学，不是抽象的，而是至关存在，迫切需要解决。

我们有时候会背着史铁生议论，倘若史铁生不残疾，会过着什么样的生活？也许是“章台柳，昭阳燕”，也许是“五花马，千金裘”，也许是“左牵黄，右擎苍”……不是说史铁生本性里世俗心重，而是，外部生活总是诱惑多多，凭什么，史铁生就必须比其他人更加自律？现在，命运将史铁生限定在了轮椅上，剥夺了他的外部生活，他只得往内心走去，用思想做脚，越行越远。命运就是以疾病、先天、遭际、偶然性和必然性种种手法，选定人担任各种角色。史铁生曾经发过天问：为什么是我？真不知道是为什么，只知道，因为是史铁生，所以是史铁生。依照《务虚笔记》的方法，约为公式：因为此，所以彼，此和彼的名字都叫“史铁生”。

2004 年 2 月 9 日　上海

复兴时期的爱情

蒋韵的长篇小说《隐秘盛开》的故事似乎是较常见的一种，一个人对另一个人的无所期望的爱情，比如斯蒂芬·茨威格的《一个陌生女子的来信》，比如张洁的《爱，是不能忘记的》，还比如书中提及的安徒生童话《海的女儿》……这种单向的爱情有一个共同的特征，就是向对方攫取甚少，一点点无关乎痛痒的言语举止，都可充作爱恋的资料，然后自供养分，使其壮大长成，结果便是自噬。有些像蚕，吃进桑叶，吐出丝，将自己严严实实缠成一个茧，在黑暗中化成蛾子，飞出去，终弃下了那茧子，可也死期将至。在这共同的起始与终局之下，究竟有着什么样不相同的攫取和付出呢？这大约也是我们不断重复同类型故事的写作与阅读的动力所在。这种爱情无可避免是虚妄的，在《爱，是不能忘记的》里，是那个禁欲时代阻隔了双方的交流；在《一个陌生女子的来信》里则是由社会差异来作祟；或者《海的女儿》中，童话所应许的非现实屏障。由于双方没有接通关系，于是都缺乏事实，而以抒情为主，无疑限制了篇幅，往往成立于精巧的结构。现在，蒋韵却给我们例外，用一部十数万字的长篇叙述这一种诗化的故事。她是以什么样的情节充实内需，因而改变了它通常的轻盈的格调，呈现出一定的体量呢？

小说主人公潘红霞出生并成长在一座古城，它有着悠久的历史，出产重工业原料，而且是省会。但是走入近代之后，它的古代文明无可避免地式微，长时期的采掘能源，又榨干它的膏腴，这座省会城市实际上变得枯槁、荒凉，相当颓败。深入到局部，生活则了无意趣，乏味的砖砌房屋，是工农政权下生产型城市的民居格式，河流混浊地穿城而过，经常停电，书籍匮乏。再个别到潘红霞，一个小市民家庭里排行居中的女儿，按部就班上小学，再上中学，然后随其时其地通常的安排，进一爿街道小厂，操作一台早期工业时代的皮带车床——走上安稳平庸的人生。在这既定的成长中，潘红霞略超出一点常轨，那就是她是三个孩子中唯一由奶妈哺乳长大的，于是她便有了一些离经叛道的意思。倘以具体的逻辑推理，这一点因素是否可承担起小说将要赋予她的特别人生，多少令人怀疑，但我们可将这一细节象征性地对待，让它发挥转折的作用。这样，潘红霞就获得了一种力求向外的倾向。

从小她就不怎么认同她的家庭，自己觉得不是这家的孩子，暗自等待有陌生人认领她。这一个奇出的愿望，在她十四岁的时候，竟不期然地实现了。她结识了一位新朋友，在她同龄的伙伴之外的一个中学寄宿生，用箫声召唤了她。箫这个道具其实文人气太重，“竖笛姐姐”的形容亦有造作之嫌，但潘红霞那么迫切地要长成她的性格，好接受起未来的爱情使命。这性格看起来就像是负气，什么没有偏要什么！结实可感的存在她都不要，就要那些虚无飘渺的。谁能提供给她？只有寄托于吹箫而来的仙女。“竖笛姐姐”带给她的倒是现实中有的，就是“阅读”。在这里，事态又依循常理进行，蒋韵得以保持写实主义的叙述方式，而有意味的事情发生了。“竖笛姐姐”供给潘红霞看的，全是那时代里的禁书，不知来自何处，断页缺码，由“竖笛姐姐”负责口述，将残破的情节补齐。“娜塔莎”“丽莎”“拉夫斯基”“渥伦斯基”……这些旧俄文学中的著名人物，跨过时间空间的万水千山，在潘红霞生活里登场了。他们在某种程度上物化了她的幻想，就像漫流的水有了河床。我以为，这就是潘红霞等到的认领，来自从未真正存在过、以书籍的形式活跃在阅读中的人物。不久，她和“竖笛姐姐”掰了。这样的关系肯定长不了，谁担得起如此的热情，全力以赴，简直像献祭。严格到不允许有些微的疏离，“竖笛姐姐”兀自回家过年，被潘红霞视作背叛，击碎了她的膜拜。这一场少女间的友谊，可说是潘红霞的爱情前史，预习了不平等又无节度的爱情，它没有以失败的结局做出告诫，反而磨砺了感情的锐度，使其在无人响应的境遇里一意孤行。现在，“竖笛姐姐”完成了使命，一是启蒙了潘红霞的精神世界；二是做了潘红霞情感活动的陪练，然后被逐下场，留下她的小朋友独自走进了百废待兴的一九七七年。

在“文化革命”之后首届应试入学的大学生里，潘红霞是颇不起眼的一个，激荡的内心成长在外部留下的痕迹似乎就是特别的发式——“她只编了很短一截辫子，却留了长长的辫梢”。这里有一个细节挺有趣，就是北京女生陈果问她：“你们这里的女孩儿，都这么梳辫子吗？”她断然回答：“不，就我一个。”显然，这特征里面的革命性含义并不被公认，没有与外界接轨，是她独自制定的，就像是一个隐私，生长于离群索居的封闭环境。这么一个有着顽强的内心生活的女孩子，在开放活跃的一九七七年，将有什么样的遭际呢？

一九七七年，在小说中被定为“七七级”这个名词，这不仅是时间的概念，还意味着某种空间，那就是恢复高考的大学和大学生。“七七级”的称号，被潘红霞骄傲地重视着，因而谦卑地感恩着，这里有着一些特别的内容，强烈地回应着这个姑娘心灵的渴望。这一级的学生来自十年内散布于社会各阶层的知识青年，他们年龄相差十来岁，经历命运迥然相异，用小说中的话说，“到处是不再年轻的面孔”。可是，就在此一刻，他们一并回到了童年，站在舞台上，合唱童年时代的歌曲。倘是不去想象那被掠夺了整整十年的单纯的快乐，偷换成十年的哀愁，那提早十年走进的人生，如今终要给予一点偿还，这场面就要变得矫情了。小说中有如许多的歌唱、吟诵、聚会、远足，“七七级”的求学生活，好比一场嘉年华。他们在那条枯竭的河岸上野餐，朗读苏联诗人西蒙诺夫的诗歌，他们骑着自行车到另一座城市的另一所学校去找另一位文学新星，将这一日称作“奥德修记”的一天——特洛伊战争之后，希腊英雄奥德修斯在海上漂泊十年，终于归来，亲人团圆……这是与潘红霞启蒙世界同宗同源的欧洲古典浪漫主义,可说是一九七七年的复兴时期的主要思想资源。潘红霞带了她从未谋面的娜塔莎、丽莎、渥伦斯基来到这一刻,就好像回了家。

小说写到上学期间,学校经历一次搬迁,迁去的校舍,是另一所更著名的高校调剂出来的旧址。那所学校建于二十世纪初,由英国传教士以庚子赔款创办。学校是一座风格杂糅的建筑,有着欧式的拱券、玻璃长窗、罗马石柱,潘红霞在心里称它作“哥特式”。所以称它作“哥特式”,只是因为这是她唯一知道的欧洲建筑名称。这个细节也很微妙,它似乎暗示潘红霞们的精神源流的枯滞,这源流经过曲折宛转、千奇百怪的路途,临到潘红霞们眼前,已大大走样了。

“七七级”的思想风潮,比较集中地体现在一个人的身上,刘思扬,潘红霞对他爱恋终身。何为刘思扬其人,蒋韵描写道——“他像从苏俄小说中走出来的一个人物,比如,罗亭”;朗诵西蒙诺夫诗歌的就是他;写作并发表小说,新时期文学中他是一分子;文学社团的领袖;来自北京。北京又是个什么地方呢?有莫斯科餐厅,被刘思扬们稔熟地称作“老莫”;有贝多芬、柴可夫斯基音乐的地下交流；还流传着内部出版的灰皮书《麦田里的守望者》《带星星的火车票》——在这里，人本主义的西方文化奇异地散发出权贵的色彩，形成了一个悖论，这就是作为首都的政治中心北京。潘红霞思念恋人甚苦的时候，她一个人来到北京，不是找刘思扬，而是周游观光，极有意味的，她还去了“老莫”，小说中这么写——“她坐在一个冬宫式的地方，沉默地、别扭地吃完了这陌生异域的菜肴”。潘红霞还喜欢刘思扬说话的声音和方式，在开学的班会上，他介绍自己的名字与小说《红岩》里一个著名的烈士同名，很文艺腔地强调这是他的本名，而且永远不会改，“除非我再给自己取个笔名——假如我有一天想当作家的话”。这夸张的言词很入潘红霞的耳，而同学“小玲珑”却一语道出真相，说这是朗诵腔。当刘思扬的女友陈果还击说“这是宣叙调”之后，小玲珑耐心地看完一整部歌剧《茶花女》的电视转播，从此就用“宣叙调”来说话了。令人回味的是，刘思扬的新爱并不是全心倾倒于他的潘红霞，而是对其讥诮挖苦的小玲珑，这其中是否潜伏着一种文化反省的意思？这方面的线索不多，似乎不足以开发诠释。更多的可能性是，小玲珑就是那类幸运的人，浑然不觉地穿行在别人的生活里，收获着爱情。而潘红霞则是内省的，也许是和“竖笛姐姐”的经验使她怯于行动，她将自己幽闭在内心深处。她外部的沉静给人理解力强的印象，所以都会选择她作倾诉的对象，在倾诉的同时，人们已经排除了将她纳入自己的生活的可能。这是一个悲哀的忽略，她大约就是那种处身在生活岸边的人，谁也不知道她也正面地经历着人生。这种人生很大程度上生发于想象，于是乎它又不可能在生活中实践。

在潘红霞人生的一侧，还发生着另一个故事，可用来佐证潘红霞的内心，这个故事不怎么经得起推敲，说的是深山洼里一个没有名字，人称“拓女子”的女孩，在北京下乡知青卡佳的教化之下，她精神觉醒了。“卡佳”这名字也挺有意味，来自西方翻译小说的中文译名，卡佳教拓女子识字读书，她说：“我要让你睁开眼睛，看见一个新世界。”这句话可谓启蒙宣言，于是——“她们朝那个新世界前进了”。这“新世界”是什么样的内容呢？是苏联电影《钢铁是怎样炼成的》插曲“在乌克兰辽阔的原野上”，继而是保尔和冬尼娅，再是牛虻和琼玛，还有安娜，甚至，和潘红霞受“竖笛姐姐”的启蒙一样，也有屠格涅夫《贵族之家》的“丽莎”……拓女子也有了潘红霞那样的爱的向往。但拓女子的处境几乎比潘红霞落后数个社会阶段,那样虚无的“爱”于她奢侈到了可笑。我说这故事经不起推敲,不是说它不可能发生,小说世界里,什么都可能发生。我只是觉得它条件不足,所以就显得突兀了。但潘红霞的精神,是那么需要支持,蒋韵不惜笔墨,用一个同类型的故事再为其咏叹一遍。

这样纯度极高的爱情,可说是八十年代新时期文学的重要母题。那时候的爱都是圣爱,脱离了世俗生活进行精神对话。记得女作家遇罗锦小说中一个著名的细节,就是女主角在看画展时,受到丈夫关于买黄鱼话题的打扰,颇感失望。张抗抗的《北极光》,女主角岑岑将走入的婚姻具备现实幸福的一切条件,唯其不能满足心灵要求,这心灵要求以绝美的北极光为标志,成为爱情的经典篇章。本文起首提到的《爱,是不能忘记的》也是创作于那个时期。人们方从禁欲的时代走出,最先注意到的是爱情中的精神价值,可说是禁欲的尾音,遗留着苦行的廉洁光辉,也是解欲的先声,自此走向开放的坦途,全面呈现人性。于是,艺术家们开始大肆渲染世俗的特性。如今,再看到一段纯情,就有一股渺茫的感动。

话再说回来，拓女子在野蛮得近乎原始的婚姻里，生下了一个女儿，米小米，后来竟与潘红霞做了去往西班牙的旅伴。米小米的故事也不怎么样，大致是个当代版的辛德瑞拉。可重要的不在这里，而是在于她和潘红霞一同旅行欧洲。她们终于来到了启蒙她们觉醒的精神源流，这源流千差万错地引导她们走入“新世界”，改变了她们命运的方向。在欧洲，她们的遭遇是什么呢？遇到一个偷渡到法国的东北人司机，陷入某华人旅行社合同的陷阱，当然她们来到了大西洋海边，诺曼底的圣米歇尔山，看见了真正的哥特式教堂，而且，“胃口很好地”吃了一餐正宗的法式饭菜，令人回想潘红霞一个人在北京“老莫”吃俄式菜的“沉默”和“别扭”。据说，她们佐餐的酒当是“包法利夫人”与情人幽会时喝的酒。米小米和潘红霞在乡村小酒馆夜谈，也是欧式的罗曼蒂克，谈的却是各自的中国心事。我寄希望蒋韵在此是要检讨八十年代思想复兴、浪漫主义资源的浅陋，不足以抵抗命运的力量，反使得我们生命孱弱，陷入感伤主义。蒋韵分明是爱那个时代的，我能体验到她的激动，但是，也能体验到她似乎无从去爱。她从那个时代检索出来的情节多少有些单薄，大概也是因此，她只能给她的人物一个“隐秘盛开”的爱情,能量匮缺,在盛开中消噬了自己。我们应把这爱情,看作是对复兴时期的一种纪念。

2006 年 10 月 6 日　上海

七月在野，八月在宇

这套“白玉兰文学丛书”所收是上海作家协会专业作家中，绝大部分写作小说者的长篇小说，希望能够代表我们的写作。上海作家协会专业作家制度始于一九八五年，那是一个文学的繁荣时期。经过荒芜的十年，又经过百废待兴的几年，其时，停刊的期刊复刊了，关于文学本质的论争突破了最初的关隘，老作家重新拿起笔，新的一代则初露锋芒，文学奖项诞生，批评日益活跃……十年的彻底沉寂，恰形成有力的反弹，不仅释放着十年里压抑着的声色，还将之前十七年里被删节的思想与情绪一并迸发出来。上海作家协会，这所殖民风格的楼房，在它长年失修而斑驳的穹顶与四壁之间，穿行往来着脚步声、话语声、笑声，年轻狂妄的声音冲击回荡着。那就是我们的声音。

专业作家制度将我们这些分散在各处的写作者纠集于作家协会麾下，以防流失，谁知道呢，方才崭露的那点点征兆，许是脆弱得很，稍不谨慎，略有风吹草动，便销声匿迹，从此不再。在这一支新创的队伍里，大多是初习者，被新时期文学的浪涛推波助澜，登上舞台，同时又承当起新时期文学的主力，振兴高潮，那就是知青作家。所以专业作家制度的建立，不仅在于对写作者负责，还是对新时期文学负责。叶辛，竹林，赵长天，王小鹰，陆星儿，沈善增，蒋丽萍，陈村，我，倘要算上后知青时代的阮海彪和孙甘露，在此长篇小说丛书，占到百分之七十以上，可见出知青作家人数之众，比例之高，在文学图景中身影之活跃。

在七十年代与八十年代交替之际，也是新时期文学发轫之初，叶辛的《我们这一代青年人》和竹林的《生活的路》，可说是领知青文学风骚。如今回过头看，或可看出认识与表现上的浅陋，然而，一场规模巨大的政治运动，终于显现出较为具体的细节。知识青年上山下乡，覆盖在政治意识形态话语之下，其中个体的生活形态及命运，只是流传于坊间巷里，此时，却诉诸文字，以小说的形式，生出另一种叙述，更为生动，更接近事实的真相，也更包含同情心。这场背景于“文革”大时代，波及全社会的运动，人们的遭际多少具有着普遍性，于是，便在极大范围内引起共鸣。每个人都在小说里找到自己的影子，听到自己想说的话，反应是极其热情的。在这普遍性底下，更深刻的差异，也就是这场运动所涉入的历史、社会、人的复杂性，则要等待之后更长时间的开掘，在此，事情刚刚开头。

这两部作品并没有入我们的丛书，叶辛，选的是他后一部知青题材的长篇《蹉跎岁月》；竹林，则根据她本人的意见，选《女巫》。这又汇入了另一个文学潮流，将在后面谈到。其实，叶辛的写作，基本不出知青生活的领域，我说的“知青生活”，不仅指描写知青自身，还指插队所在乡村里的人和事。一九八〇年，我与叶辛同学于中国作协第五期文学讲习所，也就是后来的鲁迅文学院，常听他讲述下乡的故事，讲述中有一个情景，一径出现在眼前，那就是他在山村小学上课，教学生们朗读普希金的抒情诗，他读一句：秋风来了！孩子们跟一句：秋风来了！——他一直非常遗憾他教不会他们普通话，他们是用山地话念：秋风来了！一位十九世纪俄国诗人的诗篇的中国译文，被贵州山地话朗朗地吟诵，是经过何种途径传递的启蒙啊！这情景可象征知识青年上山下乡运动最富理想的一面。在最初的伤痛与控诉平静下来以后，我们多少获有了理性，能够较为客观地看待我们的经验，我们的经验随之扩大，面向更为广阔的生活。

《蹉跎岁月》里那一伙上海学生，背负着他们各自的历史，这历史包括父辈遗下的阶级地位家庭出身、自小生长的城市给予的教化养育，以及"文化革命"中的遭际，来到了百万大山的腹地，安家落户。主人公柯碧舟的负荷尤为沉重，他的父亲是一名历史反革命。由于这一个污点，他在集体户内当然受到了歧视，但是这却远不如邻大队的上海知青杜见春来得反应强烈，因为杜见春出身于干部家庭，将自己视为革命的正传、社会的主流。尽管对柯碧舟有特殊的好感，也不能使她跨越阶级的隔阂。而对出身于同样阶层的苏道诚，她却本能地趋于认同，并不计较他道德上明显的缺陷。这于柯碧舟无疑是摧毁性的打击，他本来寄希望这个看来不同寻常的姑娘能带给他不同寻常的际遇，事情却并无转机。可是，非常戏剧性地，这一种肤浅的阶级观念很快被接踵而至的厄运质疑了，杜见春的父亲在进一步深化的运动中被逐出革命队伍。于是,她的地位急转直下,成了社会的负面,原本为理想主义驱动的插队落户,此时变成惩罚。从处境到认识,她的世界分崩离析。先后来拯救这两个沉沦的男女的人是谁呢?是山村姑娘邵玉蓉。在这个偏僻的山村里,固然也有着象征性的阶级斗争,以大队革委会主任左定法为代表,但起主导性作用的依然是质朴的世故人情,即便是阶级斗争,最终还是归为善与恶的对决。邵玉蓉无疑是一个完美的体现,她的人生观——“劳动换来蜜甜的生活”,对柯碧舟、杜见春身处不得已的境遇,不可谓不是化被动为主动的良药;她的道德观,其实是最基本的,却被政治斗争搅浑了,这时发现还是她最辨是非;她的感情也最自然,那些城里来的人,不是已经不自然了吗?就靠她去伪存真。小说的结尾是杜见春的父亲官复原位,他们一家重新回归社会的正统,可杜见春经历了嬗变,毅然追随柯碧舟,回到贵州山村,“驶向初现春意的大自然中”……

这是一个浪漫的结局,很难用现实去检验它的合理性。事实上,多年后,叶辛又写了《孽债》。那被遗弃在西南乡村,长大了来上海寻找生身父母的孩子中间,说不定就有柯碧舟们的儿女。然而,那一份青春热血依然是可纪念的。我并不以为叶辛矫情，我们这些知青作家中，他是最迟归来的，他最对异乡异土认同。有一回，《收获》笔会，登峨眉山，人们挽袖掖襟，扶杖牵绳，他只在上衣胸袋插一柄牙刷，抱了胳膊，对群山说一声：我们贵州有的是！插队的生活在他许是得了柯碧舟们正面的教育，留存下温煦的记忆，也不排除对命运的驯服。相比之下，陈村的知青写作，则要尖锐得多。

陈村最先引起注意的小说，就是描写知青生活的《我曾经在这里生活》。这一个短篇小说在当时知青文学的宏大叙事里，以个人经验的视角呈现独特的面貌。它并不负起对这场运动的价值评定和社会批判，它只关心在其中的人，个别的渺小的人，在他们根本无法知情的历史中，微如草芥的欢喜悲哀。生活的严肃性并不因此放过他们，他们依然面临了爱、生存与死亡的大事情。这是对知青生活的审视中一双别样的目光，它着眼点不大，但是深邃。陈村收入丛书的长篇《从前》，看起来有些像是从《我曾经在这里生活》扩展出来的，无论是哪一种元素：故事，情节，细节，思想，观念，感情，都由小至大，由轻至重，由简至繁，体量的增加最终改变了存在的性质，它的面貌变得庄严和肃穆。我还注意到《我曾经在这里生活》的结尾是凄楚的，留在农村结婚成家的昔日恋人小文死了，“我”在小文墓前发誓：“永远不再踏上这块土地”；而在四年之后写成的《从前》，女生小风最终还活着，与“我”温柔地告了别，“我”乘船离开曾经生活的地方，心中涌起的感情是悲悯的：“在这块不甚富饶的土地上，生活着千万个后财，他们在这里繁衍生息”。“后财”是“我”插队村庄里的乡人，在这充满怨怼的经历过去多年之后，我们终于可以平静到留意乡人们的生活。我们在那里只是“曾经”，他们却是过去和将来。

《从前》里，所有的人物只分成两类，乡下人和城里人，其他的社会属性都退去了，或者说变得不重要。“我”这个城里人正在向乡下人蜕变，身心都起着抵抗。他经不起一点诱惑，略有提醒便奔回上海，不顾车马劳顿。在上海，他过的是一种知识的生活，一群年轻人，拉帮结伙地聚集着，谈诗论文。这些诗与文，于他目下的处境，其实是轻佻的，可正因为此，才可缓解现实的沉重。还有爱情，也许都谈不上是爱情，只是朦胧的一些儿吸引，也可疏松一下结实的生活。在那个非常时期，这城市谈不上华丽了，可依然是光滑与润泽。柏油马路，掩在灯影里的小楼，嵌着洁白的纤巧的闺房。而他们又还没有走进人生，这城市便以它表面的亮度来蛊惑人心。对照于此，乡下的景象就是灰暗的。贫瘠的田地，泥泞的村路，凌乱的屋舍，狡黠的乡人；劳动是艰苦的，农具似乎从天工开物之始再没有变革过，挑战着文明进化以后的人体；超负荷的承重，水土不服，身上长着疮；没有电，没有娱乐，没有书籍……可是，不期然地，大自然崭露出壮观的景象，那就是田地里的收成——“大地真够奇异的，那一粒粒谷子，居然真的长成了稻子”，他写道：“我向来的大地概念，是用来承载重物。比如房子、汽车、人。”但是这些并不是从大地长出来的，现在他看见大地里长出了稻子。这稻子又不单是自己长出来的，而是经过人的驯化，它们与人“相依为命”。这也是文明，这文明比上海城市里的文明更为本质，更接近起源，也更感性。乡下终于给城里人上了一课，在抗拒中完成，它最终也没有驯化城里人，这一种异质的动物，但是，它裸露出生存的严肃性，还是震撼了城里人。当“我”病重，在公社卫生院暂缓危急，然后送回上海，乡人们前一晚便来到镇上，在黎明时分抬“我”走向码头，打着马灯，“就像一支出殡的队伍”。这个场面无比庄严，带了一种神喻，那就是，生命不可轻薄。

从时间上说,《从前》写作的一九八三年已是在知青文学大潮的余波上。现实中,知识青年多已回城,四散于社会,汇入更广大的人世,继续积累各自的历史。上山下乡的记忆,在我们的生活中,渐渐被新的经验覆盖,同样,在我们的写作中,它也趋于弱化。比如沈善增的《正常人》,这一部自传性质的小说中,知青的经历是作为成长的一个阶段,置于"我"从儿时到成年,再到结婚生子,也就是从人子到人父的过程。和个人经验和性格有关,也和其时文学写作面向开阔有关。在这部小说中,知青的生活并未被着力渲染,在它身前背后,是连绵一片的城市市井的风俗图景,那是生机勃勃、意趣盎然的图景,里面有着一种比任何时期的意识形态都更为长久的价值,它的生动性甚至超过这部长篇的成长主旨。在这片图景之下,知青生活不是褪色,而是融入日常状态之中,成为人生的遭际一种。市井就是有这种通融的能力,以不变应万变。小说中的阿爷,可说是一名市井英雄。

我很喜欢写阿爷的那一笔,就是阿爷对《浮士德》的评介:"这本书好,这是经,句句都是箴言。"这个老头,出身于宁波小商贩之家,念过私塾,抗战时候跑过单帮,富裕时积攒下全堂红木家具,三年困难时期全部卖光,已经历练得能够融会贯通各路知识和理论。虽然他无法将自己的一生安排得更妥帖一些，他安排儿女的生活也终是事与愿违，可他有信仰呀！他信奉观世音，他相信人到绝处自有救星，天无绝人之路。阿娘呢，就像是阿爷精神的实践者。“我”中学毕业，分配去崇明农场，由于家庭出身问题，取消领取棉花票补助，大吵一场无果，回到家中诉苦，阿爷嘱阿娘陪“我”去学校说理。阿娘梳头洗脸更衣，隆重出门，走到中途却要求歇脚，坐在台阶上，然后与“我”商量，是不是不去了？意思是阿娘去了，兴许会气倒，反而不划算，留得青山在，不怕没柴烧。于是，祖孙俩又返上归途。这样变通的人生哲学，是小人物的生存之道，多少有一些苟且，可是没有失大节，基本保持精神完好。阿爷的葬礼，很有些象征性，那些琐细的礼数和差错，造成一种滑稽的效果，像是对命运的自嘲。而“我”的母亲，则有一些异数的意思，她不服命，总是在挣，却又挣得不彻底，往往半途而废，反使事情更加糟糕，人受了苦不算，最后还得在父母的荫护下过活。这是市井里失败的人生，也是市井的哀容。“我”呢，出于年轻的心，总是向往外面的大世界，于是，知识青年上山下乡，在某种程度上，成了救赎，将“我”引出逼仄狭隘的市井，使“我”

的“正常人”命运里增添了一些未知的变数。

就这样,知青生活渐渐淡出我们的写作,可是这知青的身份,却成了一种宿命,背负在身。赵长天的《不是忏悔》,里面那一个饱受情欲折磨的中年男人,每当欲望受阻,便发出一声喟叹:“我们这一代人!”是指“我们这一代人”的伦理道德观念,还是“我们这一代人”特殊的经历遭遇,作者没有多加解释,似乎是不言而喻。而我们所看见的这个中年人,形貌精神都离“我们这一代人”相距甚远。“我们这一代人”已经定格为风华正茂的面目,眼前的卞海亮,却是如此疲惫倦怠。他在所任职的工厂,是一个单纯的事务主义者;家里,亦琐事缠身。既没有社会理想,对个人幸福也不存指望。人在中年,虽然谈不上有什么远景,但要打发日子也还很漫长。于是,邂逅叶磊,旁开一个空间,急骤地蓄积起殆尽的激情。事实上,激情的储量已经有限,是因为压力而变得汹涌。有一个细节令人动容,就是有一次分手时,叶磊看着人流中卞海亮的背影,恍惚想:“这个挎着过时的旧包,步履缓慢的人,就是刚才和我睡在一起,和我做爱的男人吗?”于是,情欲里生出了哀悯,这哀悯是向着人生和人世的,也因此,就像小说中人物感叹的,本来是为缓解生活的重压,结果呢，又添一份负荷。小说中还有一个情景富于隐喻，两人做爱以后，裸着身体各自给单位里的下属打电话。这是一个游戏，戏谑自己的社会身份，事实上呢，受戏谑的却是对方，领指示的下级职工。游戏的策划者将他们的权力形象换一个形式重新认识一遍，于是很微妙地享用了一回。他们已不是年轻的男女，即便是情欲，也不可能多么纯粹了。他们携着各自的历史，这历史不可谓不是成功，可是其中无论人还是事，都已陈旧，灰暗了颜色，令人心生倦意。假如生活从头再来一遍，结果也是如此。因此，“我们这一代人”又不只是“我们这一代人”，更是许多代，甚而可能是每一代必将经过的周期。与赵长天年龄相差一轮，几近后半代的孙甘露的小说《呼吸》里的一代，他们还没有开始生活，在开放的年代里成长，也没有道德的禁锢，可他们并不快乐，也很倦怠，似乎疲惫期提早来临。是周期缩短，抑或变形？这是下一个话题了。总之，“我们这一代人”，在此涉入多事之秋，时代的特性已被更加普遍性的人生遭际同化。与《不是忏悔》形成鲜明对照的，是陆星儿的写作，她坚持“我们这一代人”最富积极意义的特性，她始终抱着知青作家的情怀，面对社会、时代、个人的无常变故，难免陷于困惑，就是因这困惑，她的写作才变得较为复杂。

在这套丛书中，我选陆星儿的是她最近也是最后的长篇《痛》。令人欣慰的是，陆星儿在这部小说中，最大规模地表现了她的复杂性，完成了她的写作和写作中的她的告别演出。陆星儿崇尚英雄，知识青年上山下乡运动可说正是一个英雄的舞台：青春，热情，离乡，受苦，奋斗，牺牲，小我服从大我……相比之下，前一个青年运动，红卫兵运动，有着太多的政治色彩，尤其经历过了潮起潮落，多少带着一些创伤和阴影。而这一回，性质单纯许多，背景则更为宽阔，宽阔到山川大地——就连陈村这样染着虚无的人生观，都不能不注意到大自然的神力，于是，陆星儿的浪漫主义便和历史风云际会。然而，就像方才说的，陆星儿的英雄渐渐走出青春岁月，走出大革命时代，进入平庸的日常人生，昔日里壮阔的幸和不幸，全都平均分配成琐细的事务，就是赵长天《不是忏悔》里卞海亮所应对的那些，最能磨蚀英雄气概了。在陆星儿更早的长篇小说《精神科医生》里，那一名野路子出身的精神科医生，为病态人格包围，社会的痼疾被病人们进一步畸化，他的常识都被质疑着，更何况改良社会的雄心，处境颇为尴尬，显得十分滑稽可笑。雨果《巴黎圣母院》里，那丑陋的卡西摩多,其实是埃及的神祇,沦落在芸芸众生之间,就像圣母院梁壁上的一条爬虫。英雄在俗世里的遭际总是孤独的,他们被逐出人群,处于边缘。而陆星儿的胚胎于特定历史中青年运动的英雄,和真正古典意义的英雄又不同,他们具有着主流阶级社会的属性,这种属性阻碍他们往异体变形,他们终还是现实中人,这就注定陆星儿写作的现实性,她必须关注现实。

《痛》里的主人公邱大风是当代英雄——感谢这一个激变的时代,社会模式还在摸索中,没有最后成形,依然需要由一些个人来承担进步的代价,于是就有了邱大风这样一个角色——社会主义意识形态之下,公有制体制内的企业家,以国家政府的身份,循资本经济规律,创现代化图景。无论理论还是实践,都有着过不去的关节口,就看邱大风如何来变通。说实在,这并不是一个英雄的合适舞台,空间太过逼仄,处处掣肘,不得不屈抑人格,面目变得鄙俗了。就是在这里,陆星儿的浪漫主义遭遇现实主义,这一个挑战,是对观念也是对写作能力。终于,我们看见了什么?我们看见这一位弄潮儿,纵横于各种对立的关系之间,有时玩权,有时弄术,有时攻城,有时攻心,竟然左右逢源,一路披荆斩棘,直逼目的——将这城市最为经典的沐恩路翻新改造为现代城市消费型大街。这条新街规划体现了邱大风新生资产阶级式的价值观——邱大风,就是一个世界后发展地区的新贵典型,鄙俗却生气勃勃,有着粗野的活力。这个人物的诞生,可视作理想和现实协商的结果,而我宁可理解为相持不让,这符合陆星儿的性格,也是她的愿望之实现。

可以见出,知青文学具体到个人的写作,早已经分流成不同的道路,向着各自方向发展而去。作为一整个文学潮流,它却酝酿成又一场新时期文学史上的革命,就是寻根运动。这场运动,可说东西南北合围,燃起烽火遍地,即成燎原之势。我以为这是上山下乡经历不期然的馈赠。我们这些城市孩子,带着半生不熟的书本知识去到农村,与乡土邂逅,不自觉间,戒除着教条主义。山川河流乡村,藏匿着另一本历史的大书,以隐秘的符号记录,更合乎生命存在的本义。知青文学开发了政治意识形态的地表,掘进到人类文明发生的地质层,那是更接近真相的一层,许多事故从它发端,由它塑造形象,我想,这大约就是寻根文学的由来。比较中原和西部,应承认上海是“寻根”的弱镇,这也许应该归因于这城市的地理和历史,上海地处长江三角洲平原,成陆较晚,文明史开端便推迟了，时至四百年前，还只是个荒凉的渔村。一旦开埠，一蹴而就近代都市，省略了自然发展的过程。作为文学创作，难免“寻根”的资源不足，缺乏材料。但这只是从狭义上看，在广义上，“寻根”的影响深远，不是单就题材可以概括。在我私心里认为，多年后“上海”这一写作的惊现，亦和“寻根”的思想精神有关，这又是后面的话题了。现在，我还是来谈与“寻根”关系比较直接的作品，就是竹林的《女巫》。

我原本打算选《生活的路》进丛书，因前面提过的理由，《生活的路》几可说开知青文学先河，在当时引起极大的回响，证明上海作家在新时期文学中的位置不容小视。但竹林本人坚持要选《女巫》，自有她的道理，我最后服从的原因是，《女巫》这部长篇，正可填补“寻根”在丛书中的空缺，体现上海作家在新时期文学版图上占据的面积，纵向上则体现上海作家写作的发展源流。虽然，从时间上说，《女巫》写作的一九九一年，寻根运动已过了高潮期，我亦很难断定竹林是追循行踪而来，她完全可能有着自己独立的取向。但是，《女巫》又确实表现出寻根文学的特质，那就是它将一个乡村的社会发展史融解在风土民俗的传说之中，使其完全脱离政治意识形态的解释，呈现出某一种不可知力量的神秘定律。

《女巫》为我最重视的是它的体量，在四十五万字的篇幅里，密密匝匝、层层叠叠、扣中扣、套中套，网罗着大量民间的传说志异，这就不再是风土性的装饰色彩，而是成为整部作品的结构，以及结构后面的观照世界的方法。小说开头，那一行放学的孩子鼻梁上顶着柳枝，乡俚称作“仙人挑担”，摇摇歌行而来，犹如点灯引路的童子，带入“太虚幻境”。“太虚幻境”有一个特质，就是它虽然在世外，但是决定着世上的事理人情。《红楼梦》里荣宁两府的兴衰起伏都是写在“太虚幻境”的册子里，尘世中人的真身份也是在这里。当然，《红楼梦》里都是贵人，照民间说法，就是有仙缘的；《水浒传》一百零八将，则是天上有星宿；《女巫》却是草民，演绎的事故要粗粝得多，所来自“太虚幻境”里的前世，也要阴暗得多，不是风月情怨，也不是英雄气概，而是关乎生存繁衍。这冤孽虽不像“石头记”一演几万年，不过区区数十载，可难也就难在事端的具体靠实：抗战，内战，建国，人民公社合作化，文化大革命……竹林将这铁打的事实以虚幻的方式历历写来，一直坚持到底，没有松懈和中断，终于自圆其说，建构了另一部历史。

王小鹰的写作也是从知青文学起步，在知青文学中留下了抒情的笔触。我觉得王小鹰对写作有一种节制的态度，她从不无度放任个人情绪，她的写作几乎不涉入自身经验，难免会损失感性的独到之处，但却有另一般好处，那就是写作面广阔。王小鹰很早就脱开与自身经验最有关的知青文学，另起章节，这也表明她有能力处理客观性质的题材。我以为《丹青引》就是她写作观念和创造性能力的极优表现，《丹青引》的结构非常奇妙，看似繁复，千头万绪，但其实很单纯，线头一抽，贯彻全局。

《丹青引》的线头我想应是韩此君这个人物，要借陆星儿的英雄观来论的话，韩此君也可算一名英雄，但要是将他和《痛》里的邱大风作比较，就看出邱大风是入世英雄，韩此君则是出世英雄。画圣韩无极被现代旅游业重新开发出来，自此便有无数人攀附：据传韩氏家世早已式微，嫡系里只一名第十代孙女，却已是疯人；于是女婿陈亭北尽占传人风头，眼见得要成无极掌门人；忽然间又冒出一个韩疏林，自称韩无极次子韩细布的后裔，事实上呢，韩无极的正宗后人，长子韩细舟的子息，就是韩此君，默默无闻于市井坊间，由无极门下生出的恩怨情仇都与他无关。韩此君人在小学校做一名教师，他的画却兀自在世上流传，遭遇种种，或被画界泰斗扣下，以防盖己名声；或被画界少壮当参照，取其精华，又别开生面，创出新流派；画商瞿老板瞄准他的是生意眼，低价收购，囤积居奇……无论画坛政治市场经济风起云涌，他一概木知木觉。再说到情爱，也是功名利益的连环套，美协主席魏了峰的情人由美协艺术办公室主任马青城善后为妻子，只得放弃所爱陈良渚；陈良渚本是对韩此君有爱，无奈他不接茬；要知道陈良渚不是别人，正是陈亭北的女儿，被他当作圣女仰慕；韩此君爱的姑娘辛小苦置他于陷阱不说，还投别人怀抱，此人为中国画研究所所长安子巽——真是当爱不爱，不当爱偏爱，如此轰轰烈烈，最后还是女工花木莲伴他的惨淡日月，度柴米人生。要是用《红楼梦》里妙玉说法，韩此君就是位“槛外人”，这位“槛外人”一旦涉入“槛内”，立即祸从天降。他到底经不起世人撺掇，动了凡心，举办个人画展。那画展说来也可怜，借了旧文化馆的遗址，由他任职的小学校和瞿老板的“小蓬莱字画贸易公司”主办。开幕式程序颠倒，七零八落，靠花木莲的小姊妹和街坊邻居充场子。美术界的头面人物倒是送来了花篮，夹在其中，并没有增添庄严感，反显得不伦不类。开幕式结束，已是曲终人散，一片萧条，就在当夜里，一场大火，连人带画，统统烧为灰烬。这也有些像《巴黎圣母院》，地牢门一开，卡西摩多和爱斯美拉达两具搂抱着的尸骨，立刻灰飞烟灭，无形无影。神祇是不能在人世间存身的，韩此君其人其画，本来只应天上有。陈亭北的仕女图，最后的点睛之笔，墨遮笔洇，好比天机不可泄露。凡此种种，都好像有一双天眼俯瞰，俯瞰人间百丑，活活糟蹋神赐，然后一网打尽，全部收回。

我还觉得有意味的是，韩此君的世外，那一个市井社会，似乎并不全是“小隐隐于野，中隐隐于市”的意思，一条天池街，可说藏污纳垢，却接近生活的实质。当韩此君逝去后，辛小苦来到天池街，看见公用自来水龙头底下，蹲着韩此君的遗孀，花木莲——“两条粗壮的胳膊在搓衣板上使劲搓着衣服，肥皂泡沫白花花地溅了一地，她的脚边还放着菜篮和淘米箩”。此情此景映照下，那些纸上春秋，无论《红粉君子图》《城春草木深》《山龟图》，都显得如此苍白，早已淘空了内瓤，众声喧哗也难以掩饰凋敝的事实了。而韩世家九涵妙姑的真迹《观音出道图》，却是在天池街花木莲做工的成衣车间的壁上，那是当年玄黄庵的佛龛。就此看来，最后的大败局并非天意，实是人事。

蒋丽萍也是一个有效地脱离私人经验的写作者。她同样有着知青的经历,早期也写过一些知青生活的小说,但很快就越行越远。这或许和她曾经从事记者职业有关,使她锻炼成向外的眼光,对客观世界比较关心。更可能是领新时期文学真谛,那就是历史批判和现实批判精神。她的长篇小说《女生·妇人》,与"五四"老人程俊英先生合作,所写是程先生们的故事,与她的时代相距有半个多世纪,人和事都已泯灭在时光的烟云之中,必须有历史的目力,还有对他人生活的想象力,但其实都是出于对恒定意义的认识,那是无论何时何地都不会大改的人世人生的本义。生活再是演绎出多少种戏剧,外形中的内核就是一个。

依蒋丽萍自序中介绍,《女生·妇人》前半部,是将庐隐的《海滨故人》重写一遍,后半部,则是将程先生所写的续《海滨故人》重写。而程先生的续《海滨故人》严格说是本人的回忆录,虽然沿用了《海滨故人》里主人公的名字,《女生·妇人》呢,继续沿用这四个人物的名字。这看起来很像是一场接力赛,一棒传一棒,蒋丽萍当然是最后一棒,她跑到终点,完成全程。但事实上,更像是领了火种,重新开垦一片田地,长出自己的庄稼。无论怎么说，这都是一次有风险的出发，因有着太多的据实的人物和材料，又与自己的经验隔阂着，稍不留心，便会滑入记录性写作，可说走在纪实的边缘，蒋丽萍终于走到彼岸，完成了虚构的旅行。我说它虚构，是因为它的完整性，真实的生活不负责给我们结尾，也不负责提升意义，这就是我们所以需要虚构的理由。

就像方才说的，《女生·妇人》是以《海滨故人》里的人物为故事展开，那是北京高等师范学校的四个女生，人称“四公子”，从这雅号就可看出她们是风流人物。那是在上个世纪初，一个旧到底的中国生出新气象，青年也生出新向往。青年，向往所在总会是爱情和婚姻，这与个人幸福关系最紧密，“个人”和“幸福”的概念都是“五四”启蒙的果实。尤其是女生，这里面就又有男女平权的争取，所以才会有“四公子”的称谓。在“女生”的日子，闺阁和书斋里，革命还处于理论阶段，比如李大钊先生的伦理课，她们很大胆地提出将来孩子可不可以从母姓，还提出男性是否也有贞操的问题，各人的恋情也在朦胧的初期。总之，新生活是在务虚中。然而，就是这务虚，为她们勾画了一个新人类的摹本，这摹本在现实中则成为妄想。“四公子”中，露沙是最坚执这妄想的，其他人，或是比她命好，像宗莹，与师旭的师生恋，是新型婚恋，可总归不伤大雅，两人相携相契，妇唱夫随，虽遭子殇，亦是乱世中的寻常事故，终不失为“五四”一段佳话；玲玉的婚姻实际只抄袭了个新式的外壳，内里仍然是旧式的陈规，旧式的男人和旧式的性观念，倒是那“外室”柳蝶依有新人类的气息——出身小公务员家庭，职业女性，裸露的情欲，理直气壮地挑战“正室”，有趣的是这新气息并不是来自“五四”，而是来自上海这近代城市的市民阶层；再有云青，她似乎是在家庭中承起了男孩的角色，养家活口，抚育弟妹，但方法则是嫁个有资财的先生，当然，先生受的是德国教育，有强国思想，这些至少合乎“五四”精神的某些符号。当她们进入现实的命运之后，大时代给予的人生蓝图都变形了，唯有露沙，以一种近乎偏执的坚决，牢牢守着这蓝图，结果是，飞蛾扑火。

回望上个世纪初反封建的男女，女性总是全身以赴，男性呢？颇令人寻味地，他们多是先向封建制度交了差，然后再革命。好像贾宝玉先科考，再出家。甚至于鲁迅，也有朱氏；还有萧军，认识萧红之前也完成了父母之命、媒妁之言。新女性常是处在半妻半妾的位置，多少有些孤军奋战的意思，露沙就是其中一名。她终于争到了梓青,却只是一半,而且名不正言不顺。梓青患结核病早逝,倒使得这段尴尬婚姻获有悲剧的了结,合乎了时代的名义。她的第二段情爱,比第一段更大胆,与年轻自己许多的寄尘相恋,在世人舆论中,难免是不伦的诟病,一旦进入实际生活,则更有无穷的麻烦。露沙和寄尘真是位置颠倒,无论是物质还是精神,露沙都承起了男性的角色。她有事业,在社会挣得地位,因而得经济自主,还为寄尘筹谋生计。但这似乎又并不真正意味着男女平等,寄尘虽然样样靠露沙,却依然持有男性的特权。就比如她们在李大钊课上讨论过的,男性应不应有贞操的观念,即便孱弱如寄尘,都可以不遵守贞操。女性独立最终似乎只是更给男性方便,而且这情景一直延续到今天。赵长天《不是忏悔》中,那一对中年邂逅的男女之间有这样一段对话,关于叶磊要不要做全部的女人的讨论。叶磊说:“因为你太好了,所以,我不敢在你面前做得完全像个女人。”卞海亮客气了一番,诚邀叶磊放纵她的女性属性,但同时他又肯定了她没有女性的一般弱点,这弱点被他归结为“会使男人有不安全感”。于是,叶磊就有了这样的疑惑:“如果我一半是女人,另一半也是女人,你吃得消吗?”从“五四”以来,女性始终没有放弃成长,却使得男性越来越怠惰。然而,强悍如露沙,最终死于难产——萧红也是死于难产,这是积贫积弱的上世纪初,无论独立不独立的女性共同面临的危难。这一个最具革命性的女性,还是落入了传统的命运窠臼。

现在,我应该提到我们的一位前辈作家,白桦先生。我很感谢白桦加盟上海作家协会专业作家队伍,让我们上海的这批知青作家与前承的关系变得具体和直接。新时期文学是由白桦一代,也就是人称"右派作家"做率先,他们经验了共和国的坎坷,最具批判力——感谢上苍,当政治生活终于进步到正常的时代,他们尚年富力强,而且,没有丧失信心。照理说,他们最有理由不信任生活,可反倒是我们,对诸事生疑,这使得我们在批判中,有时会模糊正面的观念。他们年长于我们,阅历也丰富过我们,伤痛更深于我们,为什么恰恰是他们保持着积极性?那或许是出于一种性格,我将它称作"共和国性格",长在新朝开元时候的人格,往往清明开朗。而白桦先生又是一位诗人,我觉得,在白桦先生,"诗"不只意味着一种文体,更是世界观。从白桦先生眼睛看出去的,总是有一种光明。经过如许世事艰厉之后,很难说是天真,这更可能是一种辨析力,从氤氲、阴霾、浊尘中辨析出光的穿透。这辨析力也许不是出于唯物史观辩证法科学社会学,而是诗情洋溢。

白桦先生的这部长篇小说《每一颗星都照亮过黑夜》,以第一人称,写给儿子的二十二封书信结构成。他带着一种诉求,诉求子辈倾听,倾听父辈的历史。事实上,无论听与不听,都是子辈的前承与后传,可说是宿命。你听了,就可能有自觉性;不听,便身陷盲目,这是有责任心的父亲们所不忍的。小说中的第五封信,他写家乡被日本军队占领的日子里,从他家门口经过一小队日本宪兵,押解着一个受伤的青年往城门外行刑,一群小孩呼啸尾随而去,他也夹在其中,忽然间却被街坊王大娘拖出人群,斥道:"你起什么哄?你爹被他们活埋才几天?"我想,白桦们要告诉我们的,就是这个!还有,第一封信,也是小说开篇之际,写到与儿子发生的第一次冲突,那是在儿子三岁的时候,儿子要求买一挺玩具机枪,"我"不同意,因为"我"对枪,从来没有亲近感。生气的儿子突然挥起小手在父亲脸上掴了一掌,使"我"无比伤心,这又是白桦们要告诉我们的——我知道他说的不是伦常之理,而是有关于"我"是谁,"我们"又是谁的话题。

"我"是谁呢?一个中原古城里开明绅士之家的子

孙;还是拒不做汉奸,最终死于日本宪兵屠杀的冤魂之后世;是在天主教堂躲空袭时候,从修女指下的琴键,与舒伯特邂逅的小男孩;是抗日队伍里的少年兵,抗美援朝的志愿军;然后是一名右派;再然后是摘帽右派……“我们”是谁呢?是呵斥“我”不许跟人起哄的豆腐坊王大娘;卑微地活着又卑微地死去,用死魂灵吓死一个日本鬼子的冯二;是没出息了一世,在“文革”的冬夜,登临废墟疾奏京胡《夜深沉》的柳家大少爷;是“笑话”,一个纨绔,玩世的人生,在急等着点火起炊的日本兵跟前,戏耍地将干火柴一根根划着,再一根根吹灭,结果脑门儿吃了子弹,闹了个天大的笑话!还有小蚂蚱、六指儿媳妇、静云寺的妙聪师父……“我”和“我们”又有一个总的命名,就是“诗人”,他们将历史演绎成了诗。在动荡与莫测的世事中,许多正义的观念变得模棱两可,模糊着判断,然而在诗的境界中,边缘却明晰着。诗这一个华界,以一种说来虚无其实却肯定的标准鉴别着优劣是非,那就是美和高贵。小说里的“我”,这一个父亲,就这样从昏晦的经验中析出光明,企图开启儿子的知性,他几乎是以谦卑的目光,注视儿子,等待回应。

这是历史讲述中的个人性,不仅是经验,还是情感。

新时期文学逐渐拓进个人主义领域，白桦先生一代人可说是先行者，为争取个人在公共写作中的合法性，付出了代价。我们都是受益者，他们打开禁地，我们在其间嬉戏，不晓得底下藏着什么样的牺牲。所以我庆幸有白桦在我们的队伍中，他可时常提醒——就像小说中提醒那儿子，我们究竟是什么人。

这样，我就要想到孙甘露。孙甘露大约正是与那儿子同龄，我方才称他作“后知青作家”，是指他的成长正处于知识青年上山下乡运动末潮，而教育体制还未重新建立，因此，他的命运在另一部分与知青汇合，就是中学毕业即走上社会。其时，青年运动早已平定，日常生活也恢复秩序，所以，历史又进入了下一个阶段。在变化的时日，相距五六年就可能划为另一代人。我想，孙甘露开始写作的时间，许多激烈的意识形态纷争基本经纬清浊，白桦们的遭遇倘要写入小说，就是归荒诞派一类，新时期文学已经进步到“先锋”的阶段，开始文本的实验，孙甘露就是在这一节上登场了。

对于先锋文学，我个人以为是一次输入的革命。在离群索居数十年之后，其时敞开了空间，八面来风。外面世界一百年里演变和积攒的思想一夜间涌进，那么多新鲜的概念,充满耳目,我们都来不及攫取。形势难免是混淆的,但是,就是这混淆,酝酿成了本土的又一次文学浪潮,它几乎全面性冲击着汉语言写作的成规。当然,在所难免地,泼洗澡水将澡盆里的婴儿一并泼了出去。在它们企图突破限制的时候,将叙述艺术的形式也取消了;拆除了藩篱,同时失去了自己的领地;破除迷信,将"信"也破除了,这将使以后的进取陷入困境。但是在当下,它如此令人激动,号召着年轻的叛逆心,义无反顾地向前奔腾。屡次文学运动已为它铺平道路:题材的禁区几呈全面性打开,文学有效地脱离意识形态,获得自主权,个人主义不仅合法,还是进步的表征……还有什么可顾忌的呢！由于这一切反传统的特征,先锋文学更像是一场青春文学,它无拘无束,自由自在,轻松上马。

孙甘露是先锋文学的一名翘楚,虽然他写作量并不大,以短篇为主。说实在,你很难想象如他这样,纯粹依赖语言文字自身的逻辑推动叙述,能够充实多少篇幅。孙甘露的小说中人物,面目往往是模糊的,社会身份不明,没有清晰的历史来源,行动也没有一定目的,总之是暧昧。这就是人和事完全脱去意识形态的结果。他将他的人物放在纯粹的语言环境中活动,这在理论上无疑是极有挑战性的实验，但在事实上困难重重。尤其是孙甘露连语言，这人和事唯一的寄存也要颠覆，他要以唯美的方式重新组织叙述。而语言其实是比任何存在都更社会化的物质，它没有一刻能够脱离公共性的叙述活动，在约定俗成中规定和改变形状，不是孙甘露单枪匹马可以推倒重来的。所以，他在颠覆中不断需要做出妥协，就像一场拉锯战。在这拉锯战下，也确实生出一种别致的文体，语言从讲述的事实浮上最表层，你甚至可以放弃叙述的内容，单纯享用语言。这是危险的蛊惑，因为不知觉中，思想消失了，作为小说质地的生活状态也消失了。孙甘露又为什么要执迷于小说，而不是继续做一名诗人——他曾经写过新诗，总归还是小说的某些特性吸引着他，让他舍弃不下，那是什么？我想，还是人和生活。

《呼吸》是孙甘露迄今为止唯一的长篇，字数长达十三万多，对于这么一种纯化了的叙述方式，几乎可看成巨作了。在此，他不得不遵循某些小说的纪律，比如有人物和故事。《呼吸》里的故事主要讲的是罗克的爱情，罗克是谁？一个年轻男人，据称曾在军队短期服役，然后回到城市，不固定地从事橱窗设计工作，这样，罗克就可能社会关系极简，同时解决生计来源问题。这样的人物特别适合孙甘露的文体，或者说是孙甘露的文体适合这样的人物，因为得以赦免社会生活的客观叙述。就这样，孙甘露赦免了罗克的社会生活，放任他独自一人，于是，他镇日相守的就只剩下他自己的身体，而他的身体又是怠惰的，兴奋不起来。与赵长天《不是忏悔》里那中年男人饥渴的身体相反，罗克的身体就像患了厌食症，是被过于丰饶的美食败了胃口。一个一个女性走进他的生活，来不及消化上一个，下一个就已经赶到，而他，并没有因此成长起来，获得什么样的嬗变，因为这些女性的面目也是暧昧的，很难给她们规定意义——这就是罗克的故事。一切戒律消失，意义也消失，在无节度的自由中，没有什么决定我们和谁在一起，又和谁不在一起，结果是，究竟谁和我在一起？当女性们滑溜地穿行过罗克的生活，罗克也在滑溜地穿行过她们的生活。小说中写道："尹楚个人历史上的这场情感大混乱花去大约十年时间。她意识到从出了中学校门到现在几乎没干别的事：'真他妈的不上算。'"要是拿罗克的身体与《死是容易的》里的身体相比，罗克的感官生活是多么奢华啊！需要是剩余需要，满足也是过剩，也因此，陷于虚无。

阮海彪的《死是容易的》，写一个患血友病的孩子，就是小说中的“我”，也叫“弟弟”。身体对于弟弟，是个需要时刻警惕的存在，必须防止碰撞、创伤，甚至于少许的震动，因为一旦出血就很难止住。屡次为止血而做的治疗，已耗尽家中所有的财产，使这个温饱家庭陷入赤贫。因此，出血，发病，不仅给肉体带来苦痛和危险，还危及整个家庭的经济财政，增添了精神的压力。弟弟的身体不像罗克的，是一种附丽，而是巨大的现实，关于身体的疑问：身体究竟是什么？生存究竟是什么？如何维系，究竟又有什么必要维系？对于弟弟是具体的日常生活，对罗克，则是纯精神活动。在《死是容易的》里面，身体的戏剧就是那么残酷，它时时上演着生存和死亡的较量，这种较量又并不完全以力量的强弱优劣为胜败，似乎是有一个更加巨大的意志在操控局面。那相邻的于家伯伯，前一日夜里还推出黄鱼车，让弟弟去医院急诊，隔日晚上回来，他却上吊自尽，死亡如许不期然地降临了。再有那剽悍的“外国人”，主张优胜劣汰，言称像弟弟这样的孱弱者，不值得怜恤，应统统消灭，可是，偏偏是他死于盛年，弟弟却活着。当然，更大量的死亡因循着普遍的规律发生，比如他的病友肖虎，死于酒后脑血管出血。所以说，对于生命，我们既不能放松责任，但也只能尽力而为，至于结果，就听凭上天的选择了。弟弟，以及弟弟的家人，就是在这未知中全力以赴，争取生存。父亲从劳改农场请假归来，将病危的弟弟连夜移出医院，决定自救的一幕，真是无限的惨烈，可说是全书的高潮，那是孤注一掷，背水一战。

弟弟的父亲，有点像沈善增《正常人》里的祖父呢！我想，在上海老城厢，那些旧式的房屋里，住着无数的祖父和父亲。他们来自周边乡镇，宁波或者绍兴，有过短促的发家史，然后在战乱和灾荒中破产，来到新开埠的上海，虽不像传说中遍地黄金，挣一份嚼吃还是有的。他们洞察世事，人情练达，狡黠里藏着乡下人的耿劲。就像《正常人》里的祖父一样，弟弟的父亲想必也读过一些旧书，他的主攻方向在《黄帝内经》。当父亲将弟弟移回家中，自己在阁楼上翻检医书，煎制草药，就像一个古代的炼丹师，这也让我想起《正常人》里祖父读《浮士德》的情景。这大约就是民间和经学的关系，也是上海市井的知识景象。当我写到此处，不禁想起法国作家普鲁斯特的《追忆似水年华》，那一个病人出身于贵族阶层，生活优渥，疾病将他锁在床上，限制了外部行动，迫使他在精神中漫游，搜索记忆和思绪，构成空中楼阁，灿烂辉煌。这里的弟弟也是在病痛的禁闭中，可他无法纵容他的精神在虚空中漫游，温饱，治疗，就业，立足社会，都是具体的困难，如何来对策，占据了所有的闲暇。在他的周围，都是同他一样的市民，柴米生涯。这城市里的老住户，物质与精神都已式微，小说写到那天夜里，父亲向医院签下生死状，将弟弟从病房移出，回到家中，“我忽然发觉，我的家竟然这样低矮，破旧，凌乱，潮湿。我闻到了一股蟑螂味，那是从那只没有抽屉的抽屉洞里发出的”。于是，弟弟的病苦似乎不只是病苦，而是象征了整个人世的悲哀。

编这套丛书的时候，我发觉在我们上海作家的写作中，常常有一个隐约的背景，就是市井。比如叶辛的《蹉跎岁月》，在柯碧舟插队的那一个集体户，成员多来自于上海中下层市民家庭，从某一方面来说，他们要比那两位主角更显其生动，表现出他们所来自的城市的价值观和性格；陈村的《从前》，也有一个集体户，扁头，阿发，女生小风——她考虑自己的归宿，是否要嫁给乡下人之前，她对上海的男生说：“你们最凶的是张嘴，他最强的是一双手。”这种面对现实的态度，正是华丽的城市表面之下的芯子。前面已经说过，《正常人》是正面表现市民阶层的生活；陆星儿的《痛》里那个邱大风，更是真正出身市井的现代新贵;王小鹰的《丹青引》则有着一条喧喧腾腾的天池街……若干年以后,我们或许会发现,这是与"寻根运动"某种方式的遭遇,又迎来关于上海写作的热潮,在当时却多出于不自觉,但这不自觉也是在新时期文学的开放思想中发生。上海的市井生活,最早多出现在民国小说鸳鸯蝴蝶派写作中,到了一九四九年以后,就渐渐淡出,偶尔地,就像阴魂不散,突然在某一隅闪出。比如,六十年代有一部话剧改编的电影《小足球队》,里面有一个社会青年,诨号"爷叔"。这个形象何其有趣,都市浮华里的坊间人生,他吸引了一帮小萝卜头在弄堂进出,当然,他作为颓废的代表而遭到社会的唾弃。凡这类人和事,在那时多是以负面的形象登场。胡万春先生的小说《家庭问题》,后来改为电影,其中那一个青工,穿毛料裤,买绸缎被面,受到产业工人家庭的家长,父亲的严厉批评。这种日常生活的趣味,来自安居乐业的人生,其实是含有普遍性的人道价值。

胡万春先生属上海六十年代崛起的工人作家队伍中的一名,他们多是以描写产业工人的劳动与生活而活跃文坛,然而我觉得,当我们强调他们社会主义写作身份的时候,往往忽略了他们另一个也许更加鲜明的特质,就是他们的本土性。胡万春先生是工人作家中领先的一名，他的短篇小说《骨肉》和《过年》，引起过热情的反应。小说中描写的城市底层生活，在阶级矛盾与阶级斗争的观念之下，人和事都被简化了，但它们依然以人间常情打动了读者。这一回，入丛书的是胡万春先生写于一九八三年的自传体长篇《苦海小舟》，顾名思义，写的是穷人的飘零生涯。小说中这一个穷人的履历却是复杂的，若是按社会各阶层分析的划分，他可先后占据多个阶层。大约从清代算起，他家便是失地农民，到了祖父，则在宁波一带经营小本买卖，渐渐积累资财，成家立业，也有了教育的意识；所以父亲先读私塾，再上公学，接受强国思想，决心做一名海员，学习航海；结果是被骗子卖了猪仔，去到外国轮船做水手，其间参加了一次海上罢工，算是还了革命的夙愿；然后，带了一口洋泾浜英语回到家乡，接下了祖父一个行将倒闭的小百货公司，却无起色，只得将生意盘给舅丈，收拾收拾来到上海；所剩最后的一点资金投进米行生意，还是血本无归，这一回彻底死心，从此息了发家的念头，做杂役糊口，家中一贫如洗。于是，小说中的“我”，这上海城市的无产者降生了——经历逃难，乞讨，跑单帮，打工，学生意，间歇地上小学，读《圣经》，唱圣诗，终于在十六岁时进工厂学徒，走入产业工人队伍——看起来，不怎么合乎共运史中作为革命力量的无产阶级形象，可是，历史却呈现出丰富性。农村萧条，小农经济崩溃，资本型城市崛起……这些政治社会经济概念全演化成具体可感的生活状态。

小说中那个英国人戈尔门先生，是父亲做杂役的爱文义路救火会的职员，应是上层社会，可事实上，却也为生计困扰。他甚至娶不起本国的女人做妻子，也娶不起会说英语的中国妻子，只能娶不会说英语的中国女人。在张爱玲的小说里，我们常能见到这些帝国公民，多是落寞的表情，他们是殖民地占领者，同时呢，也是寄人篱下，身份颇为尴尬。比如《红玫瑰与白玫瑰》里，有一日，振保和娇蕊一同上街，遇到艾许太太，张爱玲写道："艾许太太是英国人，嫁了个杂种人，因此处处留心，英国得格外地道。"还有《桂花蒸　阿小悲秋》里那个住公寓的单身外国人，悭吝又落魄，还滥交。当然，戈尔门先生是个好人，是父亲的知交，可自身难保，援助也有限。上海市井的戚色里，也有着异族人的面容。还有那些连环画家们，作坊样的生产方式，小说写到"我"去拜师傅学手艺，来到沪上著名的大师府上，境况竟十分窘迫，不只是贫寒，而且潦倒。作者写道：“他们夫妻俩年纪都不大，只能算作年轻人吧！可我却感到他们都很老了。”就是这样黯淡的营生，却发源成日后绘画的一个重要门类，多少可见出海派文化形成过程现象之一斑。我们可以在《苦海小舟》中找到《过年》和《骨肉》的故事轮廓，就像是这两篇小说的素材，显露出感性的面目。过去的生活这一回以私人经验的性质进入胡万春先生的写作，不期然地，展现出更为宽广的社会场景。

程乃珊的《金融家》则面向上海中产阶级社会，说来很有意思，《金融家》中，华行董事长总经理祝景臣也是浙江人氏，出身贫寒，父亲在杭州大户封家当差，封家老爷开恩，让祝景臣、祝景文兄弟在封家开办的洋学堂开蒙读书，这一步便将他们推上事业人生的康庄大道。祝景文考上庚子赔款公费生出洋留学，祝景臣通过封家的交好、华行开山祖魏久煦进华行做练习生，之后一路攀爬，坐到高位。封家则已衰落，后人封静肖，只得在外国人诊所挣月薪，自糊自口，最后给祝家做女婿，多少有些像吃软饭的。与祝景臣同时进华行做练习生的范先生则终身只是个小职员，但儿子范仰之却是才俊，走上另一种人生道路，成长为另一路精英，终于能与祝景臣平起平坐，相辅相成，共渡民族危难。所以，上海这地方其实是英雄不问出身，公平竞争的场所。各人时运不同，资源占有也不同，但终究是以才智心气为决定，不断重新调整划分阶层。在这些跌宕起伏的命运之下，更普遍的还是平凡的人生，就像祝景臣的公子隽人和儿媳芷霜，由父辈们荫护，从战乱中挣出一份安稳且道德的日子。这些保守的人生，经过了危亡的时日，既没有错过生活，也没有损失良心，因循时令开花结果，不由要感慨祝景臣们的栉风沐雨。先是业内倾轧，华行遭遇大挤兑，道高一尺，魔高一丈；再是日本占领军要挟融资华行，逮捕银行职员，一波未平，一波又起；祝景臣几方受制，又要保人，又要保节，几回山重水复，又柳暗花明——在这潮起潮落时节，育秀女塾的女生们，也就是祝景臣们的女儿们，度着她们的闺阁时代。

这群女生使我想起蒋丽萍《女生·妇人》里的“四公子”，“四公子”是她们的先驱。她们显然要轻松得多，没有“四公子”的思想的重任。她们生活在“五四”新思想运动发生的二十年之后，又是在新开埠的上海，领风气之先。对异性的态度相当开放，甚至有几分佻闼。小说里也写了一堂课，题目是“小儿疾病预防”，老师就是那位没落世家的大少爷封静肖，身材颀长，穿一身白夏克斯西装，谈吐活泼，引得她们都不安分了。他在上面讲课，女生在下面传字条，内容关于这一位是不是理想中的“黑漆板凳”。沪语“黑漆板凳”与英语“husband”谐音，然后就有人在字条上写：“这不是只黑漆板凳，是张沙发，起码要替这张沙发做一套沙发套，还要配上靠垫……太奢侈了。”联想《女生·妇人》里，李大钊给女生们上的伦理课，上海和北京多么不同，上海的女生和北京的女生又多么不同，它是现实的人生，缺少庄严感，甚至带几分粗俚，可也是积极的。

《金融家》写于一九九〇年，这个年份对于这部上海题材的小说，很不幸地过于早了，没有人注意到它的地域性。倘若晚上几年，“海派”写作起篷，它是可拔得头筹的。一九九〇年，是探索小说形式的先锋文学热潮时节，贯穿整个新时期文学的批判现实主义继续向深处掘进，这一部在形式上并无新奇，思想上也不以尖锐为胜数的小说，很自然地被忽略了过去。等到上海话题成为时尚，那些充满上海想象的写作且又潮涌，遮蔽了大众的阅读，这部小说依然没有进入潮流。所以我寄希望这套丛书，能让它再次登场亮相，让“海派”写作认识它们的前辈；

我还寄希望《金融家》能以它的沉重来改变“海派”的轻佻气质，它所描写中国民族工商业者，从积贫积弱的社会挣扎起来，在这城市的流光溢彩底部，是命运多舛，时事艰厉。

本人写于一九九五年的长篇《长恨歌》，可说迎头赶上风潮，但又带来另一种不幸，它被安在潮流的规限里，完全离开小说的本意。在此，趁作序，近水楼台，当为自己辩解几句。我想说的是，小说的第一部应是不如人意，小说家陈村曾批评过，这一部里尽是想当然，片厂试镜想当然，“沪上淑媛”想当然，选美胜出想当然，上海小姐当然要被金屋藏娇，藏娇人当然要遇不测……但恰是这一部最为看好，因最合乎大众的上海想象，而这一部我又跨越不过去，大量的交代任务要在这里完成，否则便无法开展故事。重要的情节是发生在第三部，王琦瑶和她的下一辈人邂逅，就如苏青说的，在人家的时代里，就好比寄人篱下。第二部是一个过渡，可是我却自觉得这一部写得最称心，这就和感性有关了。六十年代，在我是知觉初醒，人和事渐渐浮向水面，轮廓绰约，气息悠然弥散，无处不至。这一部，一旦开头便从容而下，就像自己会生长一样，枝叶藤蔓盘错。这是写作中最好的状态，所有的人物都在自由活动，主动走向命运。我被自己所感动，程先生身体落地后的那一节，我至今能背诵出来：“你有没有看见过卸去一面墙的房屋，所有的房间都裸着，人都走了，那房间成了一行行的空格子。”故事到这里似已倾向终止，事实上，我的目标还未抵达，于是，重振旗鼓，再向第三部进发，是第三部里的情节决定我写这个小说。女主角的结局十分不堪，损害了她的优雅，也损害了上海的优雅，可是倘没有这结局，故事就将落入伤感主义，要靠结局来拯救，却又力量单薄，所以，略一偏，就偏入浪漫爱情小说，与时尚合流。我选它入丛书，期待的是新一轮的阅读，能归回我的初衷。

孙树棻先生的长篇小说《末路贵族》，大约可称作海派写作的实至名归，它有着奇峻的人物和情节，以及社会风俗风貌。小说所写是“二战”时期，上海这远东城市，有些像北非的卡萨布兰卡，各国各系的政治军事的力量在此侵入然后交织。英国、美国、日本的谍报人员，以各种身份为掩饰，围绕着流亡上海的白俄姑娘娜塔莎，演绎出爱恨情仇的戏剧。这多少令人联想起四十年代徐讦先生的《风萧萧》，记得里面有一个化装舞会的场景，各路间谍在此会合，面具底下的人究竟是谁？真好比《红楼梦》的玄机:“假作真时真亦假,无为有处有还无。”这场面实是华丽,流光溢彩,又扑朔迷离。我想孙树菜先生就是看《风萧萧》长大的一代人,新小说对于他一定有潜移默化的影响。但同时,我又觉得他接受了批判现实主义思想,那应当来自于俄国文学,这也是孙树菜们的时代声音。就在这本《末路贵族》小说中,奇情异志之间,不时浮现起日常景象,透露出了生活的严峻。那位“萨巴罗夫上校”,在犹太人开的酒吧做门童,住就住在弄堂房子中的一间,过着寂寞的生活。他让我想起小时候,与我们家相距一百米的弄堂口住着的一位白俄,以教授英语为生。父母亲曾经带我们去过他家谈话,想把我和姐姐交给他。他那房间是处于房屋的末端,正是一个尖角,于是,便呈斗状,是真正的“斗室”。屋内家具简陋,临时居住的样子。他站在我们跟前,内心却不知在什么遥远的我们完全不了解的地方。小说详细地描绘着这些被祖国放逐的人,如何谋生计,如何在异国建立起社会关系网络,彼此依赖生存。那个“卡特琳娜·康斯坦诺维奇伯爵夫人”有些让人想起陀思妥耶夫斯基的小说《白痴》里的交际花,她年老色衰,流亡异乡,如《末路贵族》里写:“在市区北部租下了一幢房子,又搜罗了几个白军军官和士兵的女儿，在那里开设了一家妓院，当起了鸨母来。”由于和萨巴罗夫上校特别的乡谊，她将他的女儿娜塔莎，安排在办公室工作，不让她涉入风尘。为了取得保护，伯爵夫人不得不为日本人提供情报，故事就这样从日常的图景走向传奇，可是依然没有放弃生活的严肃性。日本特务蒙索洛夫——真正的俄国贵族，而不是像“上校”和“伯爵夫人”，这些头衔都是杜撰出来唬人的，命运难料——这位真正的贵族沦落到给日本人当差。他向日本人去领旨，态度卑微，内心想的是：“当你们还在吃奶的时候，老子已经在马背上冲锋陷阵了……”娜塔莎与英国军官劳伦斯的邂逅是好莱坞电影的套路，灰姑娘遇见王子，但其间纠葛着的种种细节，却不再是童话的性质，而是艰难人世的意味。娜塔莎和劳伦斯最终走出危境，所受援助多来自她那个白俄侨民社会：鲍德罗斯基叔叔，马思罗夫先生——他们从各自的经历走来，汇集在这个城市，这也就是上海这个国际化都市隐匿着的世界史。

看起来，我们这批写作者，主要的特征是现实主义，但已含有现代主义的变征。我们前后大约跨越两代，远至“五四”新文学，近到新时期文学，可说是我们共同的养料，我们都怀有对生活和人的关怀。同时，在我们之间，还包含着承继的关系。从一九八五年七月吸纳第一批专业作家，到一九八九年的最后一批，上海作家协会集合起我们。我们的写作，大致可以勾画一个文学时期，这个文学时期，蓬勃兴旺。我们在新时期文学的背景下成长，又汇入进新时期文学的图景，且带着我们自己独有的表情。然后我们一同走入下一个时期，面临着丰富却复杂的新挑战：价值观急剧变化，消费时代起来，市场经济蔓延各个角落，再迅速纳入全球化；文学观念也在变化，经典取消，大众审美上升为主流，文学不再呈运动浪潮式地前进，而是分散为各个局部……而我们渐渐告别激情洋溢的青年时代，我们的队伍不断减员，胡万春，陆星儿，孙树棻，相继离去，情景多少有些凋敝。在这时刻，重新回顾走过的道路，检阅我们的写作，不只是为缅怀，更是振作精神，坚定决心，这就是编辑这套丛书的用意所在。

2007 年 9 月 14 日　上海

刻舟求剑人

——朱天心小说印象

二〇〇二年在台北文化局，曾经与台湾女作家朱天心同台文学讲座，有听众提问朱天心，为什么在她的写作中，故事变得越来越不重要，几乎难以寻找到一个完整的故事。朱天心的回答是，好比古代寓言中的刻舟求剑，她一直等待在她的刻度上遇到一个故事。我就用这句成语做我的题目，来谈对朱天心小说的印象。

我主要是以《古都》为描述的对象，在谈《古都》之前，先说一下《威尼斯之死》，算作引言。

在《威尼斯之死》里，我看到一个写作者从一个空间移到另一个空间，寻找着能够让他从容写作的地方，就好像一个急着下蛋的母鸡，找着下蛋窝。他不知道这地方应该是怎样的，只知道这地方不是怎样的。他先是在旅居的威尼斯漫走，绕过那些著名的名胜，每一处名胜都已经在无数称颂中烂熟于心，要在匆匆中得一点新鲜的经验几乎无望，他用“践踏”两个字来形容威尼斯之行；接着是在本土东部的海滨隐居两年，时间变得过奢，在这几近蛮荒的世界里，他的所得是写作一篇小说，却被慧眼窥见出马奎斯《百年孤独》的投影；他回到台北，台北能够提供他思想与虚构的落脚地是不计其数的咖啡馆。第一个咖啡馆，突然涌现的“大哥大”——小说写于上世纪的一九九二年，“大哥大”开始风靡全球，“大哥大”打扰了他；第二家咖啡馆里，维多利亚式的装修将英国文学因素渗入了写作；第三家里上海籍的遗老们的闲谈占领了他的故事的舞台……最后他终于找到一家咖啡馆：没有特别的风格，或者说拥有太多的风格，于是互相抵消，这家咖啡馆的名字叫作“威尼斯”，事情又回到了威尼斯，写作终于在这四不像的“威尼斯”艰难跋涉下去，每一种元素都是名不副实，就是这种变形给予了新鲜的假象。这是一个关于想象的难产的故事，以人们常说的“元小说”的叙述方式，不同的是没有故事，只有故事的故事，它描述了故事产生的困境，那就是几乎所有的经验的空间都已经占有，就是说“被践踏”，而且层层叠叠，压在人类活动的考古层下，都是第二手，甚至第三手，无从触及直接的原始的感受，故事的资源竭尽，刻舟求剑人将所以何？

就像方才说的，《威尼斯之死》是故事的故事，那么我将《古都》当作那个企图讲述的故事。我在《古都》里辨认着故事的面貌，我以为故事的形态应是日常的生活，是以人们的通识为讲述方式。我首先辨认出故事中的人物，那个人有时叫“你”，有时叫“我”，时间假定在写作的一九九六年，事情是那个“你”或者“我”，回想起二十多年前的上世纪七十年代初。回忆是以这样一句话开始的：“难道，你的记忆都不算数。”于是，我们知道二十多年前的人和事都不复存在。大约和所有发展中的地区一样，个别性全泯灭在全球化的图景之下，那种自然演变中细腻的过程，所留下的小小的日常状态的里程碑，涤荡而尽。历史如此疾速地前进，个人的记忆本来只是历史的局部，可现在反了过来，历史成为记忆的局部，周期之短促，令人目不暇接。然而，在这全球化的大一统的主题底下，其实又隐匿着个别的情节，来自于共同发展中的不同命运，这些命运改变着现代化整齐划一的外形，使之涣散了。比如“你”小时候在台北这南亚城市里的小小遭际，却在二十年后，猝然出现在地中海城市的开罗——一对意大利年轻夫妇带着馋嘴小孩买街边零食，“你”说：“原来他们迁徙到这儿来了。”“你”的回忆活动似乎也是生发在这两不相干的开罗行旅中。再比如，“你”坐在京都旅馆的餐间里，对着窗外的行人过客说一声：“回来啦。”而这个国家已经与“你”生长的地方断了外交关系，可是“你”或者“我”，且和闺中好友、移居美国的“A”相约在这国家的旧都见面。

故事应当是在这里展开，“你”或者“我”来到京都，等待“A”来到，相聚和叙旧，回忆的活动将不再只是以思绪的方式呈现，而是具有了物质性的情节。等待“A”就好像等待戈多，无尽地延长着。不过，有了一个具体的等待对象，终究有了较为具体的细节，与“A”的往事历历再现，再说，等待本身也不失为一种情节。就在这等待中，“你”或者“我”流连在这异乡城市，然而，奇异的是，一些在故乡遗失的场景竟不期然出现，就像在开罗看见的那一家三口。你们高中时穿着校服坐过的红砖道；年轻时流行过的歌曲；那些地方用“你”的话说，就好像“你已经过门不入好多回了，但它总是在那儿，真叫人放心”。“A”终于没有来，这种约定犹如约向虚空茫然，居住在地球两端的人，在第三地见面，听起来就很玄。没有等到“A”，却也不全然失望，有意外的获得，“你”或者“我”对这城市的地貌和建制有了新发现，这样说吧，“若把台北古城当作皇居御所，那基隆河便是鸭川，剑潭山是东山，整个台北盆地在地理位置上便与京都相仿佛了”。这就像一个台北的拷贝，应该反过来说，台北就像京都的拷贝，只是蓝图尚存活着，而拷贝已经颓圮了。那拷贝且是以别样的方式颓圮着，就是说，在它之上覆盖着华丽的废墟——全东南亚最大的五星级酒店；繁华的嘉年华广场；一家连一家的婚纱摄影楼；“麦当劳佐丹奴三商巧福尼采精品”；“温蒂 7—11 米雪儿服饰 HANG-TEN”……都是新型的建筑材料所建成，在本土的生态上遍地开花，就好像在台湾最后一片湿地上建起重工业园区，出自谁的手？是流亡海外三十年后归来的反抗人士的手笔。开发与草创的日子尚在眼前，转瞬却成了古都，在南亚溽热的气候中，兴衰的周期难道就该如此急促？在小说进行的同时，有一条以不同字体时断时续呈现的叙写，到了终结时候，最后的一句，回到同一的字体，进入正文，陡然揭开了谜底，出自东晋《桃花源记》——“先世避秦时乱，率妻子邑人来此绝境”那一句。这才是真正的缘由吧，孤绝之地的命运。

《威尼斯之死》里难产的蛋这时候终于分娩了，是一枚思想的蛋。过于沉重和急切的叙述欲望，使故事的蛋壳变得瘠薄。情节只在单纯的等待和等待不来之间，游走和遐想，人物戴着面具，只是思绪的化身，没有姓名，没有性格，没有达成关系，因而没有事件发生。只有存在的焦虑，疑惑，检讨，无奈，情绪呈现出戏剧的紧张度，可是依然被更强大的思想控制住了，那是强大到对历史做出判断，承担使命，连思绪这样自由的载体都无法演绎出形象和角色来。文字和结构兜也兜不住，将本来就脆弱的情节的壳撑变了形。在朱天心，现实迫人，危机重重，每一个现象底下都有着无限深的历史渊源，现象显得过于肤浅，不够用的。尤为糟糕的是，在这现象越积越厚的时代，我们怎样去辨别什么才是原始的第一手的现象？小说的织体是现象，现在，我们面对的现象发生问题了，用什么去编织你？我们的小说。在朱天心的刻度之下，是满涨的水，几乎漫出河床，激流涌动，舟船没有一息的停留，与水中剑相逢，只能求诸偶遇。难免地，她多少会有故事虚无主义的观念。小说里的故事是模拟生活的现实，现实是有限的，因它多是由普通人创造，而知识的思想却无穷无尽，生生不止，远远超出现实可能提供的方式，可是，没有现实所制造的庸常的躯壳，思想无以寄身。这就像灵魂和肉身的关系，没有肉身，灵魂寄于何处？没有灵魂，肉身又是一具行尸。朱天心小说就很像是一场较劲，看谁能较过谁，这场较劲终是会留下踪迹，这大约就是朱天心的新小说。

提纲 2009 年 1 月 24 日　上海

成稿 2009 年 4 月 26 日　上海

寻找落伍者

这几个人是怎么走到一起来的？这一辑丛书将以何名义，也就是说，我们怎样去归纳概括他们的身份与写作？确是个难题。他们已经不年轻，就不能称作“青年小说丛书”；当然也不是女性，所以入不了“女作家丛书”——如今，出于成本核计、销售发行种种原因，中短篇小说集出版，往往是需要纳入丛书，方才有可能实现。而他们显然又都错过新时期文学发轫与上升的黄金阶段，那时候，中短篇小说收获着极大的阅读热情，出版社对小说集十分欢迎，市场尚未浮出水面，书籍的利润还保持着客观的比例，于写作者与出版方均未形成压力。可惜，几乎是在骤然间，换了年景，出版社转而青睐单本发行的长篇小说。于是，作者们趋之若鹜，等不及庄稼成熟，便开镰割青。却不知，在此热闹之外，中短篇兀自生长与完善。幸好我们有大量的期刊，可收容散兵游勇，不至于埋没。可是期刊的印量又在全面下降，趋向式微，自生自灭的命运几乎难以避免。

总之，这三个人脱掉头班车，接下来就班班赶不上，结果是至今为止，未有一本书出版。

大约是世纪初，上海文艺出版社策划“三城记小说系列”，台北由王德威主编，香港是许子东负责，我则是编辑上海部分，时间跨度为“1996—1997”“1998—1999”各一集。分工完毕，各自便去搜索作者与作品。其时，中短篇的写作已见冷淡，视野中的好作品大多在时限之外，有名有姓的作者或搁笔不写或扎在长篇中，只能扩大范围，向清冷处望去。印象中《上海文学》曾发表过一个短篇小说，名《情愫》，写的是上海城市边缘一对小儿女的情事。双方是贫寒家庭，世代为衣食生计奔忙，动荡的时政于他们并无大碍，对儿女也无大期望，因此，教育中辍就谈不上什么憾事，相反，能分配进工厂，做一名徒工，早日自食其力是让人高兴的。家中姑娘有少年垂青，无论从女儿终身想，还是在自家得帮手着眼，都不是坏事。所以，这一段小小的浪漫史，萌牙状态就被纳入柴米油盐的生存之道。然而，即便是在如此夯紧了的现实生活里，两个孩子的情感世界依然循着自身轨迹生长，情窦初开，互相吸引，渐生默契，大胆的追逐以及矜持的欲拒还迎，然后是莫名的分手，走完一个初恋的周期。这篇放于末条的小说不怎么起眼，没有激烈的戏剧性冲突自然是个原因，在题材上似乎也难以归向某个潮流。从故事背景看，当是"文革"后期，却不能说是对政治批判，或者说知青文学；写的是早恋则又缺乏成长故事中必有的青春反叛与挫折；背景确乎为上海，但没有任何一桩上海风尚符号，比如石库门、旗袍装、蔷薇蔷薇处处开，连法国梧桐都看不见一株，于是便与海派文学擦肩而过。而它所以吸引我的，也就是这独一份。当我循迹追去，发现小说发表于一九九四年，不在我们结集期限内。失望之余，我且向作者榛子写信，请他寄一些一九九六至一九九九年内发表的小说，就这样，我读到了中篇小说《渴望出逃》。

说实在话，这篇小说与"三城记"的主旨并不那么相符合，除了作者是上海居民这一项之外，无论题材、风格，都不在这城市以内，可我们定下的原则只要求作者是城中人，其余都由主编看着办。而我，本心就有意在这选本中呈现上海的另一面，那就是作为一个工业城市的粗粝面目，它向来是被消费的表情掩藏起来。《渴望出逃》这一个与上海毫无关联，发生在北方煤矿的恨爱情仇故事，具有着强悍的气质，不管怎么说，它总归是出自上海作者笔下，至少说明这城市里人，有着闯四方天下的阅历身世，还有粗犷的笔力。之后，又读到榛子的《坚硬的鸡汤》《老茶的呼噜》，写的都是大企业里的人和事，照理是合上了主流叙事，可偏偏两位主人公都有着别致的性格，这性格没带给他们好运气，而是让他们走背运。前者是技术工人，且有着极高的天赋，能够与时俱进，在每个工业革命阶段拔取头筹，但近乎病态的骄傲却让他处处碰壁，不只是事业，谋生，甚至女人运上，都陷于穷途末路。当同事将他从官司中捞出来，去对付五轴联动的数控机械，他的眼睛忽就亮起来，可这短暂的闪烁无从照耀整体灰暗的人生。后者老茶是以罪贬的身份进入工厂，所以，他还有机会成为"伤痕文学"的主角。当时代变迁，政治改正，老茶理应走到社会的正面，汇入主流。他又不像前者那样乖戾，甚至称得上温顺，可也就是这格外的温顺让他走霉运。无论多么不公正的遭际，他的态度永远是安然顺从，好比"马善被骑，人善被欺"的道理，命运就来欺他，一轮又一轮的，似乎是在走下坡路，他却依然是温顺的，就不禁让人怀疑，这温顺实在不是软弱，而是一种从容自若。榛子的故事往往是这样，人物的个体处境，要比时代、社会、意识形态更有决定性地主宰命运，因此很难纳入潮流，潮流总是被概括了的。

榛子的小说好就好在扎实，分量足，不短斤缺两，压秤得很，不免缺乏回味。像《情犊》这样微妙的小说，差不多是一不小心碰上的。但他就生成如此，很难要求他是另一个样子。然而，忠诚地沿着自己的路走下去，有时候，会有变化发生，或者说是量变到质变。《凤在上，龙在下》便是这一条道走到黑，突然撞开的一扇门，于是，光进来了。

倘若没有刘阳这个人，这篇小说也就类似于大多数描写经济转型时期平民生活变迁的作品，包括榛子自己的某一些写作，比如《且看满城灯火》《寻工记》《地铁的丁菊花》，好也是好，但终究不出窠臼，依然在你我他的一般经验之内。而刘阳的在场却使一切都不同了。刘阳是什么人？是个异数。他在性别取向上存在误差。这一类人，常常出现在现代主义小说中，就是台湾学界命名的“同志文学”，但在榛子，他显然并不打算回答身份认同、存在归向、第三性、酷儿理论等种种哲学问题。刘阳他，不像社会不适应症候群通常具有的孤寂表情，他甚至很开朗，用今天的流行语说，很阳光。除了恋爱婚姻这一桩，他偏执在自己的取向上落得孤家寡人，其他都与众人无异。出身市井人家，虽不至于穷苦困顿，却也需胼胝手足，谋生为第一要义。也同寻常的好人一样，总会遇到意气相投的好人，帮助他，又得他帮助。于是，他们几个便组成这么一个大家庭。以常贵珍与张家临一对夫妇为核心，张家临将昔日的师妹也是倾慕者沈小琴介绍给刘阳做朋友，刘阳则是常贵珍的旧同事。刘阳不拒绝与沈小琴交往，心里却暗恋张家临；常贵珍呢，曾经是喜欢刘阳的，无奈刘阳不开口。如此错综复杂，牵丝攀藤，互相拉扯着。都是不免落魄的人生，因有了伙伴倒也不显凄凉，反而是喧嚷拥簇的，于是就会起摩擦，也是和所有至交一样，摩擦自会消解，然后你知我知。这是一段好日子，正应了"好景不常在"的俗套，如此结构注定是短命的，首先对沈小琴不公平，她还要嫁人生子呢！沈小琴将她那老台商未婚夫带来一起过年那一晚上，令人动容。依然是这四人一桌麻将，沈小琴却提议下大注，接着便频频放"铳"，是报答麻将桌上人的爱，但毕竟有些事爱莫能助，所以又有负气在其中。沈小琴远嫁，刘阳自觉着不便再留，插足于夫妇之间，终也离去，生活又回到常规的伦理上，继续进行。那一个奇异的组合，留下无比亲切的记忆，从日常生活旁出去，险些儿出轨，又被主流涌推回来。这常规外的哀喜，正是现实里的灵异之光。

与王季明写作的第一次接触是《借个男友回家过年》，在本丛书集中，更名为《租借男友》，自然有他的理由，而我似乎更喜欢“借个男友回家过年”。这一句有些像歌谣，“回家过年”又有一股洋洋喜气，就像一个民间传说。二〇〇五年去香港岭南大学写作课程教学，有四堂大课，我设计每一课以分析一篇小说为内容。从提高学习兴味着想，专选择上海作者描写上海生活的小说，其中就有王季明的一篇。小说中人物所处的环境，地铁线，我以为差不多搭到这城市的脉，可说是象征。但故事还是循着现实的轨迹，诚实地叙述。以这一篇看，似可归入城市写作，事实上却也不尽然。在王季明这本集子中，有两篇小说颇引我注意，就是《天堂》与《和作家李图玩游戏》。

从这两篇小说看，王季明一定阅读过大量西文翻译小说，不只是因为这些阅读直接构成情节，还因为王季明显然从西文现代文学潮流中汲取养料，能够操纵形式。

就好比前面说的，《租借男友》里的象征性。比较榛子，王季明的小说更善于处理一些抽象的题材。《天堂》与《和作家李图玩游戏》，都有一个名叫李图的人物，都喜欢阅读，也喜欢写作，但同样缺乏天赋，写得不怎么样，后来又都死于同一种病，心肌梗塞。两个李图都有一个文友，就是"我"，名叫老禾。所以我宁可将这两个人当作一个，以小说情节虚构的顺序，编织李图与"我"的生活史，也是他们的思想史。

这两个人称不上知识分子，也称不上作家，充其量只是文学爱好者。他们是这城市最普通的市民，以《天堂》的说法，李图居住在人口密集的旧区，新建成的高楼之间，残余着的没有开发价值的断巷陋屋，"我"的居处也差不多，石库门弄堂，狭小的住房，外加天井里的违章建筑。倘若采信《和作家李图玩游戏》中的安排，那么，他们还都是一家破产后转型的中等国营工厂里的职工。然而，这两个潦倒的人，却有个奢侈的爱好，就是文学。他们都拥有与自己家境不符的大量藏书，老禾"我"，老婆没娶到，书倒收了一大堆，那间违章建筑就是专用于放书的。老禾与李图时常交换书，就像集邮爱好者交换邮票，同时交换阅读和写作的心得。如他们这样热爱文学却不能成就事业,简直是罪过。不顺遂的写作就也纳入现实人生,加剧了失意的心情,用什么来排解?喝酒聊天。聊什么呢?编小说,他们戏称为“游戏”——这就是意味所在,在写作这虚构活动之外又发生着一种虚构。在李图猝发心脏病去世后,留下小半部遗稿,是写他们企业兴衰历史的长篇小说,老禾对此并不感兴趣,倒是平时“游戏”的胡编乱造,让他惋惜,于是编辑整理,发表在网上。不久,就有网友指出,这故事是抄袭,来源于法国作家图尔尼埃的小说《礼拜五——太平洋上的灵薄狱》。这一个结局令人大为意外,也令人琢磨,应当如何理解?是对写作者李图脱离生活现实的讽刺?抑或是对其想象力不足的扼腕叹息?而我更愿意以为这是投向虚空茫然中的精神对话,那西方翻译小说在此成为象征,象征遥远的、不可企及却让人心向往之的不存在之存在。在《天堂》中,老禾“我”也死了,与李图的死不同,是死于非命,就更像是一个主动的选择,选择遁入虚空。小说末尾,那民工葛十朋载着老禾的骨灰回他临时住处,葛十朋是在李图死后出现在老禾“我”的生活中,就好像是“我”有意为自己培养一个文友,好填补李图的空缺。这位来自云南的“打桩模子”,年轻健康,体内还有充沛的活力,打算在这大城市混一番，却正渐渐被老禾引入现实生活边缘的虚空地带。他载着老禾回家，猛然想起雷蒙德·卡佛的小说《大教堂》起首第一句话，王季明写道："我把它改成这样：'这个瞎子，是我的老哥，他与我一起在路上，今夜要在我家过。'"

李图与老禾的故事，在这本集子中，只占一小部分，不足以形成王季明写作的一个体系。在其他部分里，也有一些颇不错的小说，比如那一个短篇：《一九七四年的丧事》，读了真叫人喜欢，在这城市浮丽的外表之下，其实有着几近部落式的朴素内心，也可惜仅此一篇，不足以成体系。在这些无法纳入潮流的写作里，多少有些力不从心，就是不能开掘得更深更广，这是自己要负责任的。一些无从命名的存在，被固定在文字之下，倘若能有十倍、一百倍的写作，这种固定便增了体量，从无名到有名。还是那句话，量变到质变，事情许会是另一番面目。

当我与两位作者商量编一套丛书，迫切要做的事情是搜寻同道者，因决定是为从未出过书的写作者结集，所以就必是如榛子与王季明这样的"白丁"。分头问一圈，凡写作者大多出过书，或者未出过书写作也未能令人满意。但两位共同推荐一位文友，大约如同李图与老禾的关系，那就是孙建成。在送来的零散篇章里，吸引我的是《一个人的来和去》。我注意到小说最初发表时间是在二〇〇四年，故事写的则是一九八四年，主人公从插队的内地回沪，适逢侨居新加坡的父亲重访故旧。知青小说的浪潮早已过去，孙建成显然也过了愤青的年纪；虽可纳入所谓海派的风尚，可故事却并不着意于地域；要说是"怀旧"倒名副其实，但是，"怀旧"中流行的感伤主义在此被日常生活的严峻涤荡而尽。四十年代，一个布店"小开"与邻家女孩的恋爱，在逛马路与吃零食中拉开帷幕，然后走入婚姻。聘礼是几十匹蓝士林布，于布店生意的人家，经济又实惠。聘礼转眼间被女孩的养母携回老家，是孤寡人的自保，也是自居有养育之恩，余下这对小儿女自谋衣食，做小学教师和店员。共同生活是这样，离别呢，亦不过是丈夫买来小笼馒头，看着妻子吃罢。三十年后的重逢，内容大多也是吃饭，或者到国际饭店吃烤乳猪，或者在家中饭桌吃自烹的菜肴。当然，也有穿，当年的新衣服，压在箱底，三十年还是簇崭新，布店小开的信物，都染着生计的戚容。久别重逢并没有上演预期中的激情戏，送走客人，生活依然回到原状，只有一点小小的余韵，那就是每年里有一日，母亲要携全家一同去国际饭店吃一顿饭，穿着那一件旧衣服，仿佛是纪念，或者说凭吊，总之是将这不了情了一了，不了又能如何？不如自己伸手剪断，还保持了尊严。这么说来，这餐饭是有些将饮食男女的常情仪式化，但孙建成用意似乎也不在此，他只是遵循世事常态而徐徐道来，相信事情自有定理，而表象上的秩序正是这定理的反映。

这种信赖既是孙建成写作的长处，也是短处。长处是在他能够认识并且领略恒常人生的趣味，他的写作显得很耐心，很诚恳，忠实于生活的本来面目。那一篇《结婚》，从相亲开始，每一次接触都不那么令人乐观，缺憾处处都在，内心不时起着抵触。可是磕磕绊绊之下，恋人间渐渐建立起同情、理解，还有，男女关系中也许更重要的，情欲也生长起来。似乎有许多次机会，两人可能走入别的命运，最终，期然与不期然，还是进到婚姻的归宿。谈不上多么鼓舞，却也决不是扫兴，开端总抱有希望。这是长处。短处呢，过度依仗于事情的本来面目，不免流于琐碎与冗长，而将更深刻存在，类似真谛的性质遮蔽在细节堆里。也能看出孙建成自觉到不足，《水中的男孩》与《隔离》两篇，显然企图作改变，用虚拟的环境取消写实性，走向形而上，在后一篇中可看出加缪《鼠疫》的影响，但似乎并不见有显著的成效。这一类小说往往需要哲学的准备,当然更可能与个人的禀赋有关系。而在孙建成,即便是外部强烈变形的故事中,还是那些源自于现实的细节触动着恻隐之心。再有那一篇《不眠今夜》,一个医生与一个性保健热线的女主持之间所发生的奇异关系,看得出精巧的布局,但显然不是孙建成的强项,情节突兀了。这种异峰突起的写作,不是不可以,而是孙建成本不是一种促狭的或者说机敏的写作者。怎么讲?老实人只能说老实话。

然而,如孙建成这样的诚实的写作,经过漫长的平淡的叙述之后,总归是会有意料之外的结果等待着,好像是在报答写和读的耐心。《隔膜》所写故事可归于"孽债"一类,不外乎当年知青在插队农村留下子女,长大成人后来城里寻亲。这故事在此处是由一个相当曲折的结构呈现出来,说实在,多少搅扰着阅读的顺畅。那名叫燕子的女孩身世复杂,却也没有增添内涵的丰富性,反而因为将悬念延宕过久而使人焦虑。事实上,情节真正表现出趣味是在燕子终于走上认亲的道路,母女相见。孙建成在此展现出人情练达。和《一个人的来和去》一样,双方都未见有伤感剧的情绪激动,彼此生分,女儿带了男友同往，更让母亲措手不及，倒反是没有血亲关系的继父与燕子相处起来，有一种轻松自在。结局同样是扫兴，同样是剪断，但燕子毕竟是年轻血气旺，这剪断的手势就要鲁莽和激烈许多。这一刻，如孙建成驯顺于命运的安排，也有一时迸发，故事随即到高潮，却也到好就收，戛然止住。

编这辑丛书的时候，恰好看了“纵贯线”演唱会，罗大佑、李宗盛、周华健、张震岳，自嘲为“四个老男人”。于是就想索性叫“上海老男人丛书”如何？只是再寻不到第四个人可以同类项合并参加丛书。看起来，这三位真是挺背时，要说文学史这张网编得够密了，可他们还是从网眼里漏下来。漏下就漏下吧，也没妨碍什么，他们依然一篇接一篇地写下去，散布在新时期文学的几十年时间段中，看看不起眼，搜罗搜罗，扫扫也有这一大堆了。

2010 年 11 月 26 日　上海

解　密

确如作者苏伟贞所说:《魔术时刻》是一组“魔术”。我说的“魔术”又还不是苏伟贞用意里,电影技术中的“狼狗时光”——“衔接白昼与黑夜的中间暮色”,而是真正的魔术。那就是公然展现给我们看的是一种情景,同时呢,又透露出某种暗示,暗示在表面的情形后面,还有另一个存在。似乎是,地上的花朵之下,还有隐匿的开放,其间神秘的关系,在小说里是以隐喻的方式显现,这样的隐喻方式,怎么说呢?

比如《孤岛之夜》,在选举即将揭晓的前夕,发生的一夜情,偶然的邂逅,本是逢场作戏,不料生出死生契阔的执手情义,却又一瞬即逝,留下的且是城池将失的苍茫,是“倾城之恋”吗? 又是又不是,是城也倾了,恋也倾了,这两者之间的因果链接断裂了,取而代之的是什么关系?相互的映照吗?比如《魔术时刻》,言静和成群,相隔一湾海峡,几千里陆路,在常伦的婚姻边缘,挤出一道狭缝的情欲,最奇异而刺激的是在摩天轮上肌肤相亲,雨天中的摩天轮除他们两人外,没有别的乘客,但地面有一个售票员,他们只能在摩天轮升高到十二点方位,五秒钟的时刻苟欢。尽管有这样的"魔术时刻",这爱恋还是与其他同类型的男女关系一样,落入无果,独留下一个飞扬的刹那,凸起在寻常之上,闪烁着光芒,是要点醒什么呢?《倒影小维》就更暧昧了,父亲和姑妈,我和小维,无常的离聚,纠结了打散,打散后再错接,错接又拆开,你中有我,我中有你,只有归回到那一帧旧照片上,方能各就各位,井然秩序。虚空茫然中,究竟是一个什么样的命运,主宰着照片上的家族呢?《候鸟顾同》,可说直接就是错乱的故事,包含有两重颠倒:顾同本是一重性别倒置,令人吃惊的是,他竟然与她——一个处于成长期的少女,还未来及显现性征,可是他又怎么能了解她的内心?或许是因为了解,才行使爱情霸权主义,强行将她倒置。她企图将颠倒纠过来,回到各自的原位,结果是什么呢?背叛和离弃。为寻找真正的伴侣,不惜自伤而入精神病院。

颇有意味的是那只被叫作“二分之一”的鸟，得名于她正等待一个百万小说大奖颁布，得与不得的几率为五十对五十。那阵子，窗前常有鸟叫，不知何兆，于是就称它“二分之一”。这个名字恰似暗指，指的是自己的另一半，不知在哪里，什么时候，需怎样的契机，合二为一。但要是以为小说的隐喻在这里，似乎又不够，她与顾同的离奇关系，内中的倒错里，自虐和他虐的关系，远不是一个“二分之一”够得上指认的，因此，另有机关所在。《老爸关云短》，这是“魔术时刻”中最为清醒的一刻，祛了魅似的，事情是以“显学”的方式体现，常态性的叙述在一连串的幻觉中却变得突兀，就好像梦久了，以为醒来才是梦似的，于是就成了梦魅中的梦魅，魔术中的魔术。徐徐道来的往事，切肤可感：从未涉足的原乡，至亲中的两隔，是抒发，又好像指涉题外的什么，是作者别有用意吗？暂时在阅读上打一个结，等以后再来解开。接下来，魔术又来障眼了，这一回化身为电影，《以上情节……》，宝圣，没有父亲，应该说，父亲是有的，却不能见光，是见光死。如此，存在就变得模糊不确定，于是，到电影院去，在恍惚的影像中，虚构一个身世。可是，即便这样虚无的存在里，宝圣也挡不住要成长起来，谙熟世故，免不了对影中人的训导:“我们只有这个世界,现在的这个。”发表严正的异议:“你错了,我们连这个世界都没有。”倘若透过影像,伸出手去,摸到的是什么?坚硬的墙体,抑或柔软的荧屏,无论坚硬还是柔软,都是结实可靠的物质世界,怎么能说没有呢?宝圣说的“没有”大约是指另一桩东西,不只是个体的具象的人生,这人生哪怕有缺陷,也还是摸在手里、存在心里的啊!真正遗失的缺席的是什么呢?这是又一个谜语,魔术其实就是谜语。在《使者》,写实的叙事性又好像回来了,安南随母亲回原乡去了,可到底不是如《老爸关云短》那么肖真,小说最末一句:“安南站起身的时候已经长成现在这么高了。”这可不是一个巨型魔术吗!而那一路上的水汽朦胧、烟雾弥漫,更是一个大幻术,将虚和实混淆互换,这就是安南的原乡,一个大谜语。《日历日历挂在墙壁》跨越安南的旅程,直接到了过往的日子,时间隧道是魔术中连接真实与骗局的机关。这个旧式家庭的老故事里,我最留心的是那个“冯冯”,她就像那类灵异故事中的偶人,一张永不长大的娃娃脸,没有意志,却又无所不达,时不时地作祟,但等阿童来到,便附上肉体,嵌入长幼尊卑的排序。可那阿童,难免罩了冯冯的魅,而且会洇染,带了一大族人都变得飘忽不定了……

每个故事都有一种不完整性,就是说在事情的某一部位呈出遮蔽的状态,比如《孤岛之夜》,女主人公到底也没听清楚周伟属哪个党,支持对象是谁,我们都知道,就她不知道;《魔术时刻》里那一对男女也是身世模糊;《倒影小维》呢,真是只看见倒影,小维的命运,就像小说里说的,“经过他们这样错乱的打岔”,余下的是印象的碎片,不知以什么原则来组合它。事情总是呈出一个缺口,但这缺口不是那缺口,而更像一个通道,通向另一条路径。就像魔术师的诡计,将要你看的给你看,不要你看的蒙蔽起来,就像《候鸟顾同》里那只“二分之一”鸟,先听见声音,再看见它,随后呢,事情又变得可疑,出现的是同一只鸟吗?《老爸关云短》,事情还原到自然状态,不由小说家操纵,可还是隐匿着罅隙,比如老爸教“我”游泳,问道:“在你的身体和水之间,是什么?”再比如那原乡的树种,桦树干上的眼睛,“非常非常非常非常……深邃的生命内里”——可以视作一种修辞法,亦可以归作风格,含蓄,而我宁可以为这是一条秘密通道,通向另一个,俗话叫作“形而上”的所在。《以上情节……》整个故事都是在虚实间来回进出,却又假亦真时真亦假,是以那一条说明揭露的:“以上情节纯属虚构”。《使者》里的同行者小洁，没头没尾的故事，莫测的性格，看不见路数的前途，是要人猜的谜底，谜面是什么？又是一个大缺口和大断裂："安南站起身的时候已经长成现在这么高了。"《日历日历挂在墙壁》，臆想的冯冯和实体的阿童之间，潜在未明的昏暗……没错，那遮蔽住不让我们看见，被魔术的机关锁住了的，是什么样的真相？

首先必须要找到那把开锁的钥匙，遍地搜索，事情颇有些类似《以上情节……》，"以上情节纯属虚构"这一条说明如今不再出现在片头和片尾，于是，"有一条裂缝分明缝合起来"，可是，再精明的手艺人，总也不免留下一个接头，陶土坯子在转轮上转啊转，那收梢的一点转进均匀的螺旋纹里，到底有那么针尖般的线头。每一个魔术时刻，都会有蛛丝马迹，或者一个动作，或者一件器物，抑或是一个背景，暗露端倪——《孤岛之夜》里的龙舌兰酒，喝法是"左手虎口撒了细盐，就着柠檬片"；《魔术时刻》，没商量的，就是摩天轮；《倒影小维》中的家族旧照片；《候鸟顾同》里的"二分之一"；《老爸关云短》是什么呢？写实的自然状态似乎将一切隐喻都排除出局，或者是《三国》故事，或者暂时没有，略过去再说；《以上情节……》是电影；《使者》里，是那个旧地名"晴隆"；《日历日历挂在墙壁》是冯冯……回过头去检索一遍，都对得上。唯有《老爸关云短》不那么贴切，《三国》故事是砌在整个讲述中，是老爸心事的借题，作为隐喻缺乏一定的孤立性，换一个说法，故事太完整了，没有先前说的那个缺口——就这个结捋不平伏，然而，不期然间，却有了惊天发现，原来，原来，《老爸关云短》本身就是一个大隐喻，是“魔术时刻”的暗扣，魔术的机关就在魔术内部，钥匙就在锁里，这是变幻的原则！于是，豁然间，谜语全都解开。所有那些缺口，全被这一个大缺口收复了。

在那倾城倾恋、摩天轮的苟欢、旧照片的魅影、倒错又倒错的情欲、电影的光影交互、雾蒙蒙雨蒙蒙的晴隆、日历上的纪实与虚构……其实都来自于那个命运的深渊中——距离原乡越来越远的归程，追溯往昔越来越近的去路，鬼附身的前生，见光死的后世，徒劳无益的往返，无处归向的爱、义、恩、怨、愁！可是，谁知道呢？也许我解的只是我的阅读的谜，在伟贞那里，还存着一个她的书写的谜，是决不让外人接近、触碰、释解、破译，我们只能看和想象，却无法为它命名。

2011年6月5日　上海

麻将与跳舞

这次世界达沃斯夏季论坛给我的演讲题目是“MODERN FICTION IN CHINA”，我理解为“中国的现代性虚构”，在这大题目之下，我又拟了一个小标题，叫作“麻将与跳舞”。

美国著名的华裔女作家谭爱美(AMY TAN)，她的成名小说《喜福会》(*THE JOY LUCK CLUB*)，后来改编成电影，故事就是在一张麻将桌上引发出去的。四位中国女性，从上世纪上半叶动荡的时局逃亡到美国旧金山，携带着各自的中国记忆，终于尘埃落定，聚首于喜福会，享用下午茶，打着麻将，谈论往事。在谭爱美之前至少三十年，还有一场著名的麻将，就是张爱玲的《色·戒》(*LUST CAUTION*)，二次大战沦陷的上海，汪伪政府官员府上所设的牌局,其中有一名年轻的牌友是潜伏的刺客,企图从麻将桌上接近这名投靠日本人的政要,以实施抵抗运动计划。在这两桌麻将来看,麻将确是个隐匿有多种时机的空间。它是四人游戏,将单挑的对峙分配成多方角逐,它的胜负就不纯粹以力量强弱决定,而是在于全盘性结构调整,所以,麻将的紧张度是潜伏在外部的松弛底下,不是箭在弦上,一触即发,更是行云流水,顺其自然。它有一种闲定的从容的节奏,可嵌入许多牌局之外的事故的成因:故旧新识,恩怨情仇,欲念勃动,又暗藏杀机。反而言之,一切端底又在麻将的有闲表情之下消解了严肃性,变得颓废。在一九四九年工农政权的新中国,作为腐朽时代的物事,麻将被清除出民间的娱乐生活。

我的小说《长恨歌》(*THE SONG OF EVERLASTING SORROW*)里也出台过一桌麻将,是在上世纪六十年代初期上海的弄堂房子里。四名牌友分别是:一位企业家的太太;一位私人护士,曾经是政要的外室,旧日金主的遗泽是她生活的大半来源;一位大学毕业拒绝前往西北就职的闲散于社会的无业青年;第四位的来历要复杂一些,他是共产国际的俄国布尔什维克与中国革命烈士短暂婚姻的产物,因患结核病而免于工作,受供养于政府的抚恤。后来,《长恨歌》改编话剧,由上海话剧艺术中心上演,编剧赵耀民先生对这一场麻将情有独钟,他特别强化和突出这一幕的戏剧性。牌戏在胆战心惊中开场,博弈的乐趣渐渐抵消了负罪感,不免忘乎所以,唱起了老曲子《麻将歌》。顿时,都会上海的糜费空气浮云般升腾起来,弥漫在麻将桌上。正陶醉之时,门被敲响了,进来一位邻人,原来家中小孩子发烧,请这位护士上门注射针剂。说话间,发现了麻将,四座皆惊,仿佛大祸临头。然而,事出意外,那位病家恳请护士自行前往打针,他则摩拳擦掌,顶缺上桌。每每演出到此,观众便爆发大笑,久久不能息止。由此可见,一九四九年之后,麻将这一消遣,多少负起着反叛的意味,很自然地,它被虚构者用来作一个隐喻,隐喻主流意识形态之下,边缘的价值。而我今天着重描绘的,是在九十年代的一桌麻将,此时,麻将已经完成革命的使命,进入日常市井生活。

上海作家榛子写于新世纪的小说《凤在上,龙在下》里,一场四方大战也是由两男两女组成,他们曾经是这城市骄傲的市民——全民所有制,用今天的话说,就是国企的员工。其中一男一女为服装店的店员,服装店的店名颇有时代气息,叫作“向阳”。他们是师兄妹,照惯例,很可能成为一对。但世事难料，女店员是与牌桌上的另一位，机器厂的车床工结为秦晋之好。第四位沈小琴则是车床工的师妹，如通常情况，暗恋师兄，结果是被带来介绍给老婆的师兄做朋友。两个单身男女配成一对，本是天经地义，然而，又一回世事难料，男店员无意与沈小琴结缘，也不像对自己的师妹有所觊觎，似乎更是对剽悍的车床工有向往之心。在那个年代里，人们对同性恋情没有普遍的认识，男店员本人在懵懂中意识，自从看见车床工，他就再不可能爱上任何异性。这错乱的情欲将他们纠结起来，拾不起又放不下，麻将成了他们四人关系的最平衡，它既是情节的本身，同时担负象征的意义，故事就在这有效的形式里演绎。他们所服务的企业在改革大潮中快速式微，现代时装业以及销售模式一夜间扫荡了城市，经济向市场开放，计划体制内的生产系统全面动摇，工厂关停并转，他们这几个从社会的中坚阶层坠落于弱势群体。事实上，他们都成了失业者，各奔生路：开小杂货店，做交通协管员，到货场扛大包，驾驶抓斗车，劳务输出去日本……可是生活的磨难还在继续，小本经营的买卖不是收进假货就是收进假钞，凭体力谋衣食人的患上重症肌无力，办日本打工的蛇头卷款逃跑，而沈小琴真情落空，她爱一个落空一个，眼睁睁看着青春荒废。最终，经人介绍，嫁了个年迈的台商。平心而论，除去年龄这一点，应该说没什么可挑的，经济宽裕，身体健康，人品厚道，对年轻的妻子称得上宠爱，可说是整个下滑的遭际中唯有的一点好运气，可是，个中原委不能多想，想想就要落泪的。新年新禧中，四位牌友又打了一场麻将，是为沈小琴送嫁，也是惜别。牌桌上，沈小琴提议加注，人们瞠目结舌时，她兀自开局，局局放水，到手的好牌生生送出去，就只见那三人跟前的钞票节节高涨，这才明白沈小琴不是打牌，是给他们送钱。送的又不单是钱，而是感谢，感谢他们多年来帮她，陪她；还是负气，气他们帮忙帮不到地方，陪也不能陪一辈子，可是有些事情爱莫能助，所以就是怪自己不争气。这场麻将面带戚容，走的不是牌路，而是世道人心，在大时代的潮起潮退中，就好像一具小小的方舟。麻将的隐喻性在此面向了更广大和深厚的人生，游戏原本轻浮的内心，变得持重起来。

说过麻将，现在说说跳舞吧！上世纪三十年代，有文学流派称为“新感觉派”，初起源于日本，注重感性的体验和表达，到了中国，尤其上海，演变为“洋场文学”，穆时英可算作代表人物之一，其笔下有一篇作品，题目就叫作《上海的狐步舞》。小说写的是上世纪三十年代上海的夜晚，在这个暗潮涌动的夜晚里，城市边缘地带，帮派们内讧格斗；英国投资商信步丈量开发房产的地皮；比利时珠宝掮客搭识电影明星，策划做一笔交易；租界上酒店里开着麻将桌——注意，麻将又来了；黄包车夫拉着喝醉的美国水兵；启蒙派作家为拯救普罗大众，结果被当成悭吝的嫖客；印度巡捕在街上梭巡；企业主的长子与年轻的继母陷入不伦之恋……一切动静声色都是在舞场上华尔兹的旋律伴奏下进行，踩着爵士乐的拍点，多么奢华而又糜烂啊！呈现着殖民地商埠城市的病态面貌，文明历史的秩序道德全被践踏和摧残。这篇小说里有一句非常微妙的话："开着一九三二年的新别克，却一个心儿想一九八〇年的恋爱方式。"我们的前辈穆时英万万不会想到，一九八〇年，这个城市的爱情，将是以进步的方式退回到"狐步舞"里。在抵达一九八〇年之前，我们还需经过许多年代。让我略作跨越，直接跳跃到中华人民共和国的六十年代。

上海女作家陈丹燕写于世纪初的长篇小说《慢船去中国》，很明显，题目来自美国的老爵士乐曲"I'D LOVE TO GET YOU ON A SLOW BOAT TO CHINA"，是穆时英时代的遗韵了。小说写的是一个发迹于鸦片交易的买办家族,一九四九年留在大陆的后代的命运。其中有一个人物,老买办的长孙,名字叫哈尼,这是一个暧昧的名字,字形为中文,发音则兼顾于中文和英文。共和国建国之际哈尼还在幼年,然后长成少年和青年。他崇尚西方,在世界冷战格局中塑造成的西方想象,其实只是一些碎片:爵士乐的旋律,美国画报上的图画,本土化的西餐,坊间流言,如此而已。二十岁那年,哈尼与一些气味相投的朋友——要知道,六十年代的上海,有的是这样崇尚美国的青年,他们组织一支小型爵士乐队,在家中举办舞会,这样的家庭舞会被命名为“黑灯舞会”。从这名字就可看出它的地下性质,为法律所不容。所以,当舞会暴露,成员们无一例外受到惩罚,对哈尼的处理是,中辍学业,去往新疆农垦劳动,他的人生就此改道,与西方世界越行越远。许多年以后,经过无数艰难曲折,终于来到纽约,他坐在格林威治村的小酒馆,听到那支“慢船去中国”的曲子,歌曲所抒发的老黑奴的乡愁中,他辨识出的却是在中国的荒芜青春。这一个邂逅也是阴差阳错,离群索居的中国就这样与全球化接上轨。

沿着时间来到七十年代,很奇异地,狐步舞和黑灯舞会在此有了一个变体，出现在上海女作家殷慧芬写于一九九〇年的小说《欲望的舞蹈》。那是在工厂的车间，其时，上海这座城市已经从消费型成功转向生产型，车间里来了一支毛泽东思想宣传队，就是“文化革命”中群众业余组织的歌舞队，以宣传为名义举行娱乐活动。车间里的演出中最引人遐想的节目是新疆风格的单人舞，“新疆”这地名又来了，但这一回不是实施惩罚，而是体现异域文化，在多民族的国家里，这文化自有合法性。舞者名叫惠子，在异族人的舞蹈中充分展示了她的身体和热情，还有性感。此时，“性感”的概念还未登陆社会主义中国，它是以受诱惑的心理进入人们的意识领域。在“性感”的概念来到之前，中国汉语中有一个词专用来指认相似的类型，就是“尤物”。这是一个十分不肯定的词，它既不是正面的，甚至也不是中性，但并非绝对的负面，在它的含义里，多少有着被玩弄的意思。在这里，跳新疆舞的惠子，便在人们心中成了一个“尤物”。人们先是用眼光狎昵她，继而有了语言，再接着行动也来了。最不幸的还不是邪恶的侵犯，而是正派的好男人都在离她远去。看起来，跳舞这件事，总是和欲念联系在一起，还和违禁联系在一起。在那样一个禁欲的年代，舞蹈中的身体已经隔离了接触，但依然以意淫的方式挑战了政治意识形态，挑战者也因此蹈入毁灭的命运。

时间终于接近八十年代，“文化革命”结束，思想解放运动兴起，正是前辈穆时英在五十年前向往的“未来”，“狐步舞”从幽暗的历史中溯流而上，我格外地要向大家讲述女作家唐颖写于上世纪末的小说《冬天我们跳舞》。小说中的时间在一九七八年底，上海这城市又暗香浮动，舞会悄然兴起，故事里舞会的主持者，晚辈们都称“裘伯伯”——这个名字也像是刻意为之，在上海话中，“裘”和“旧”谐音。“旧伯伯”时年五十二岁，屈指算来，年少于《上海的狐步舞》中，那个与继母私通的青年，又比《慢船去中国》那个因“黑灯舞会”发配新疆的少年年长，正是目睹过都会浮华夜晚，且世故地规避了新政权对旧社会的肃清整治，隐居到改革开放的年头，这一位前朝遗老可谓如鱼得水，活跃非凡。小说中的“我”，是一名青年，正在复习功课，准备参加恢复不久的高考，每到周末，便跟母亲去赴“旧伯伯”家的舞会。高考，在这里也是一个有意味的细节，似乎暗示舞会其实代表生活终于回到正常轨道。对于这位出生于共和国的青年，跳舞不只是单纯技术性问题，它包含有社交、礼仪、淑女、夜生活的诸项学习。小说写道:“周末下午我的家就像个卖旧衣服的铺子”,母亲,“旧伯伯”的同时代人,尚有箱底可翻,“我”呢? 两条腿走路,一是用妈妈的旧衣服改,二是抓紧购买新上市的时装。衣服有了,身形与风度又成了问题,总算凑合完毕,开始接近参加舞会的模样,却迈不出门去,正是冬天,北风料峭,这一回就全仗着勇敢和决心。走过寒冷的大街,去到“旧伯伯”家也不怎么暖和的客堂间,音乐响起,舞会开场,更大的难堪来了,那就是没有人邀请跳舞。会跳舞的男宾成了稀缺动物,他们往往自带舞伴,又总是寻找时髦的会跳的女客。真就好比革命成功,大浪淘沙中,奋勇者多是出局。然而,更有意味的情节还在最后,当“旧伯伯”在舞场上翩翩飞翔的时候,他的妻子,一个从不跳舞的女人,陪一个从不跳舞的男宾聊天,聊天,终于聊到红杏出墙。故事这一发展,令所有人意外,它将跳舞的颠覆意义,又来了个颠覆。同时,也像是一个预告,预告跳舞这一事物的隐喻性,不足以覆盖历史前进的脚步。无论是跳舞,还是麻将,对于前一个时代的抵抗,已经穷尽象征的资源。

在更年轻的作者笔下,又有另一些更具挑战性的事物,继续向时代的局限进发。比如七十年代出生的上海女作家棉棉，她有一篇著名的小说，名叫《啦啦啦》，其中呈现出新一类的物质：酒吧、摇滚乐队、"坏孩子"、滥交、大麻，甚至海洛因……至于前一代小说中的西方国家，圣诞节、咖啡馆，这些带有隐喻性的物质，在《啦啦啦》已成为写实的日常状态。现代中国的虚构就这样不断地更替指涉的符号，现实生活则不断地从旧符号中蝉蜕，寄身新符号，再蝉蜕。

报刊与电视里的征婚启事，常常有这样的文字："麻舞不沾"或者"麻舞者勿扰"。前者是表示品质的正直无不良嗜好，后者则声明有嗜好者谢绝，总之是出于道德的要求。"麻舞"两个字便是麻将和跳舞的简称，这两项活动，卸下曾经承担的思想重负，回到本来面目。

写于 2012 年 7 月 25 日

归 去 来

蒋晓云这十二篇小说，分开来各自成立，集起来又相互关联，比如：《百年好合》里的女主角是母亲金兰熹；《女儿心》是女儿陆贞霓。第三篇《北国有佳人》另起一路，商淑英出场了，但那个恩客黄智成看来怎么有些面熟？不就是陆贞霓的先生！与商淑英舞场邂逅，轰轰烈烈过后，回到父母身边，然后与世家陆氏联姻；商淑英离乱中的知交翟古丽则在《凤求凰》中正面亮相，演绎生平事迹；与黄智成的非婚生女杜爱芬的罗曼史又独立一章，名为《珍珠衫》；那个不起眼的小丫头，商淑英的表妹应雪燕，原是替表姐顶缺，进舞场挂牌，到了《昨宵绮帐》，早已经大红大紫，富商陆永棠做她的恩客，陆永棠这人曾记否？正是金兰熹少她五岁的老公——顺便说一句，众星捧月登台的应雪燕悲情，却让妒妇金舜美后来居上，于是，一幕伤感剧转变成严肃的成长小说。《凤求凰》中，翟古丽的女儿琪曼将尾上的那个梢继续下去，成为旖旎的《红柳娃》，《红柳娃》尾上的梢，宝宝，不知道将延到哪里去——总之，事情远远没有个完！接下去的《朝圣之路》里的安太太，显然是金家“舜”字辈的姐妹中的一个，《百年好合》的金兰熹本名金舜华，居长，《昨宵绮帐》的金舜美最幼，居中的金舜蓉，之子于归，金、陆两大世家外，又多出一个安姓。安家有一双女儿，安静和安心，再有一个前房大妻的儿子亦嗣，三人各有一段。属安静的是《朝圣之路》，安心是《人生若只如初见》；亦嗣呢，略往后推一推，他的母亲辛贞燕，“五四”眼睛里封建婚姻的遗物，其实不过是人世间的苦命，即便是弃之如敝屣的遭际，也还是有值得念想的珍爱，就会有一段《独梦》，然后才轮得到亦嗣呢。长在时代的畸裂中的亦嗣，演出的是校园情事，本来是青春剧，类似“那些年，我们一起追过的女孩”，可是拖尾久了，进入到庸碌的中年，于是成《落花时节》。这也是蒋晓云的小说观，总是从长计议，有时会发生嬗变，也有时，传奇回复人生本来面目。《蝶恋花》又为安心的故事添上一笔旁枝，主角是郭宝珠，郭宝珠的女儿郭小美应是与《红柳娃》中宝宝同时代人，故事也是在母亲的收梢上开头，隐逸于茫茫。

犹如套曲，一曲套一曲，曲牌如海。这是外形，内容来看，这里的人且出自一个族群，盘根错节，也就是渊源的意思了。开牛肉面铺的翟古丽是草根，可皇帝也有三门草鞋亲，那近代资本主义，不是胼手胝足苦做，谁又上得财富榜，跻身上流？何况又有一个更强大的命运，笼罩社会各阶层，那就是离乱。

这些故事，无一不是从原乡起头，拖曳他乡，有时在地收手，又有时归去来，就更令人感佩了。《女儿心》开篇时，陆永棠越洋电话买进卖出，离土几十年，依然搭得着脉动，草莽中起家的第一代生意人，嗅觉最灵敏，闻风而动。越过计划经济时期，再度复兴市场的上海，多少有些回到源起的日子，带着蛮荒的气象，正对陆永棠们的路子，适逢其时。电话那头的中介商，就算是人称"老克勒"的人物，怀旧领新，也要勤力勤为，才跟得上趟。《北国有佳人》中的商淑英，是在七十大寿之际，随旅行团重回故地上海，凭窗而坐，举着高脚香槟杯，同团的年轻人觉着眼前的老太太比实地的上海更为"上海"——"雍容华贵"，事实上，她的一生倒是和窗下九十年代满城的土木工地相似，粗粝和坚硬，不惜摧毁，最终又建设起新的价值。《朝圣之路》的安静，离开美国踏上回乡路，那一个瞬间，可说归纳总和两代人飘零的心路，时间忽然倒流，汹涌奔来。自从与父母走出内陆的家门，几聚几散，几走几停，几回下马，又几回拍鞍。一个小孩子，哪里识得了惶悚与颠沛里的历史变迁，只有依着本能，将自己收缩起来，以为最安全。即便是个大人，所谓和命运奋争，有多少出于自觉的选择？那些盲目的主动性，只怕伤自己伤得更惨。

《昨宵绮帐》里的金舜美，比安静长十岁，已过二十岁生日，就比单纯的孩童多一重烦恼。待字阁中，不知所措，眼看青春荒废。这一篇倒更合乎"女儿心"的题名，倘是以舜美做主演，然而，方才说了，舞台追光里的人是应雪燕。应雪燕本是陆永棠的藏娇，然后一箭双雕，射中两颗青年的心，一个是空军飞官，另一个还是空军飞官，一个钟情于她，另一个被她所钟情；一个为她守志，另一个则是她为他守志，占尽人间情爱，却又极无辜。最多数女子的感情经历却是匮乏以至贫瘠的，体面地将自己嫁出去，几乎是古今中外的普适价值。简·奥斯汀笔下的那群没有嫁妆的女儿，张爱玲笔下一大群，蒋晓云这里又是一伙——金兰熹，就是金舜美她同父异母的大姐大，因是继母不好管，生性又强势，有一些些像张爱玲《金锁记》里的曹七巧，曹七巧好歹有哥哥替她作嫁出去，奋斗是从婚姻中开始，金兰熹的争取要推得远一步——这也是蒋晓云有叙述的耐心，追根溯源，源头找到了，说不定接下来的事就不是预定的那一个，而是旁出去，成为另一支，就像《昨宵绮帐》，我怀疑初衷是作应雪燕哀史，结果推出的是金舜美——金兰熹自筹婚事已经算得上悲壮，且不论减去五岁年龄的窘急，只说走出深闺，担当钢笔公司广告小姐那一着，当然不是受启蒙，挑战封建家规，革命的性质却是一样，风险则更上一筹，不一定收获新式婚姻，但肯定回不去旧式了。不过，社会到底空间大，机会就多，不是有照相馆开票的女职员被电影公司发现，最后成明星的？小家小户的女儿比较不容易被耽误，也是这缘故。金兰熹这一着还有一些些像张爱玲《倾城之恋》，白流苏跟范柳原去香港的险棋，都是豁出去的，也都成了，是她们有运气，还因为世道还未大乱，事物的理数尚存，所以有志者事竟成。轮到舜美，情形就不同了。

可怜她跟了哥嫂和大姐夫的“小三”，这一队组合本身就不伦不类，阻在旅途，稍纵即逝的豆蔻年华无限期地耽搁下来。生在富家，而且是暴富，没什么根基，不及立规矩。舜美又是排末，“奶末头”常常不大靠谱，一是宠溺，二是父母上了年岁，监管不力，难免失教，再加上兵荒马乱，改朝换代，更顾不上，由她自生自灭。这舜美绰约有一些儿曹七巧女儿长安的影子，不通常情，看不懂形势，最终错失大局。长安的命运是放任自流，舜美略有不同，也是蒋晓云和张爱玲不同。她的人物族谱与张爱玲的某一阶段上相合，就像方才说的，要追踪得远一程，然后呢，拖尾再长一截，好比是张爱玲人物的前生今世。张爱玲攫取其中一段，正是走下坡路且回不去的一段，凄凉苍茫，蒋晓云却是不甘心，要搏一搏，看能不能搏出一个新天地。是生成血气旺，更是生辰不同，越过时代的隙罅，视野逐渐开阔，有了生机。因此，金舜美就走出长安的窠臼，砸锅卖铁，到底挣了个铁价钱！一人拉大一对儿女，又自养自老——“从前让人背后叫‘十三点’的上海闻人金八爷的千金小姐最后变成了一个健康独立，对一切有规划的老人”。蒋晓云就能将事情坚持到最后，决不中途退场，倒不定有大团圆等着，而是水落石出。读她的小说，就过瘾在这一点，她不会让期待落空，要说，这期待也是她给出的，给出的期待越高，兑现的任务越艰巨。

情节的陡峭，非一般能量对付得了，要洞察世故，要叙述策略，要想象力，不得已处，就凭蛮力上了。这几项，蒋晓云都具备。

《北国有佳人》里，商淑英的一生，哪一段都可以打一个结。恩客黄智成离开上海去香港，太平洋战争爆发，天时地利都可以不回来，作为小说也可以成立，一百年前就有《蝴蝶夫人》，可黄智成偏偏回来，再续前缘。恩爱难抵父母之命，几番周折只得协议分手，给出的条件有金圆券、美金、金条，还有去台湾的船票，这就有意味了：漂泊，聚离，不归，歌里不是唱"这一张旧船票，能否登上你的客船？"就此打住亦有余音缭绕。可还是不然，过了海峡，故事所向披靡。想也是，商淑英还年轻，还得继续往下走。可是，小说并不为真实的人生负责，而是攫取要义，加以虚构，成作者自己的果实。蒋晓云的手笔却是阔绰，称得上豪奢，攫取的内涵大，虚拟的体积就要增量。其实，海峡这边的情节，在那边就安下了楔子，所以并非单纯的加法，而是因果相衔。那楔子的名字叫作老张，老张的进行时里，又揳进老贾——事情玄了，不留神就落入类型小说，言情加特工，叙述的体量里往往潜伏着陷阱，要守严肃文学的节操必拒绝诡黠的诱惑。此时此刻，商淑英都摸到老贾床上的枪了，剑已出鞘，何以回头？然而，蒋晓云气定神闲，刀刃行走如履平地，老贾其人渐去奇情，显现严酷现实，那就是外攘方平，内战又起，海峡相峙，南北分离……“北国有佳人”的“北国”二字有多少家国情仇，老贾的北方乡音仿佛是无限的隐喻，其中当然也有枪的机锋。蒋晓云至此并不放过商淑英，逼她再上一程，“淑英感觉自己像故事里遇鬼的书生，次日清晨醒来看见昨夜的亭台楼阁变成了土丘荒冢”，这就有点儿张爱玲的遗韵了，可新一代的作者只稍稍沉溺一小会儿，紧接着便咬牙奋起。时势逼迫，末世的悲凉，在具体境遇不免是奢谈，相比较之下，曹七巧白流苏们的苦衷几可称为闲愁。这里的女人可都是存亡之际，前者还是“下坡路”，后者可是临悬崖之危。张爱玲为苏青画像，世故的眼睛仿佛在说：“简直不知道你在说些什么！大概是艺术吧？”这也可以用在蒋晓云身上。蒋晓云有几分苏青的结实直率，除去个人性格，也有时代的缘故。

《百年好合》居小说集排位之首，大约有提纲挈领的用心，更可能是，作为全书大结局的预告。百岁寿筵上好命的老太太，众星捧月簇拥着的亲朋好友，一个接一个登场亮相，演绎各自故事，不论尊卑贵贱，全有始有终，功德圆满。又好像循着盛极而衰的自然物理，生命达至辉煌之后，就有下降的趋势，一代逊于一代。金兰熹，商淑英，应雪燕，翟古丽，自是不消说了，堪称巾帼中的英烈。甚而至于屈居"冷宫"的废妻贞燕，一旦到关键时刻，也出其不意，安置了独生子亦嗣。舜美略晚生，吃亏就大一些，最终成长起来，却付出惨痛的成本。到下一代，声色逐渐平淡，商淑英的女儿爱芬，有些像金舜蓉家的安静，小小年纪流离失所，改了性子，所幸有强悍精明的母亲，为她们作规划，只是顺从应变，结果柳暗花明有了新境界；亦嗣的处境复杂一些，除去流离之苦，还有身份的不确定，这样的孩子保持平淡性格许是最安全，但青春总是焕发的，无奈转瞬即逝，复又偃旗息鼓，归入庸常中年；最让人戚然的是安心——《人生若只如初见》，这一则故事可借用《红楼梦》某一回的题目，就是"尴尬人难免尴尬事"。安心的脾气有些像她的小姨舜美，都是排行老小，娇惯成性，婚姻家庭一团糟。但舜美糟得响亮，爽脆，轰轰烈烈；安心则是滞涩的。舜美的男人同是异乡飘零人，几近亡命之徒，不是鱼死就是网破；安心的男人是在地的本省人，就有投诚与收编的意思，安心像是半蝶半蛹，一头在空虚茫然中游离，一头已着土生根。迁徙中的悲壮激烈平息下来，日常生活静好是静好，却也是沉闷的。安心的“小三”欣玲，何其乏味；安心的男人银俊何其乏味；安心自己呢，在爱和恨里，照理应是戏剧性的，依然是乏味，乏味！

说到银俊，就又有一段枝蔓，名字叫作《蝶恋花》。银俊婚前罗曼史与郭宝珠，是本书中唯一一对本省男女。银俊家是从台北近郊菜农发迹起来的企业主，郭宝珠则是他家台湾中部的远亲，进企业做员工。这一对小男女的恋情是纯肉体，也是纯情，如同小猫小狗一般，两相投合，如胶如漆，一刀下去，各归各所，是草根的清新和利落，另有一番生机，是不是作者别有用意？他们的私生女郭小美，还有韩琪曼与志贤的私生女宝宝，小说中最新的一代，同是私生的身份，又在暗示着什么？她们还有一个共同之处，就是对往昔不存丝毫眷顾，一味向前。那宝宝为生父的仕途着想，到竞选现场亮相，代母亲忏悔，做“剃光头”仪式，出演这一场台湾民主政治的“中国秀”可是有条件的，就是父亲送她出国留学。宝宝回家后对外祖母翟古丽说的一句话，也是有意味的，她说：“姥，以后我出国发财了，带你去麦加！”“姥”的称呼是北方话，麦加的朝圣者是穆斯林，这一路多么远啊！是漂泊人生的继往开来，又是改弦易辙，另起篇章。凭蒋晓云展现出的叙述的膂力，我们有理由相信她能够兑现承诺。

2013 年 3 月 11 日　北京

"丛书"将分辑陆续推出,"蜂鸟"将一只只飞来。愿读者诸君,在外国文学的花海中,与"蜂鸟"相伴,共同采集滋养我们生命的花蜜。

人民文学出版社编辑部

二〇一六年一月

恩古吉·瓦·提安哥

Ngũgĩ wa Thiong'o

出版说明

二十世纪，世界文坛流派纷呈，大师辈

为将百年间的重要外国作家进行梳理，使读

了解其作品，人民文学出版社决定出版“蜂鸟

丛——二十世纪外国文学大家小藏本”系列

书。

以“蜂鸟”命名，意在说明“文丛”中每本书

如美丽的蜂鸟，身形虽小，羽翼却鲜艳夺目；

虽短，文学价值却不逊鸿篇巨制。在时间乃

人阅读体验“碎片化”之今日，这一只只迎

的“小鸟”，定能给读者带来一缕清风，一丝

这里既有国内读者耳熟能详的大师，

在世界文坛上留下深刻烙印、在我国译

名家。书中附有作者生平简历和主要作

冀读者能择其所爱，找到相关作品深度

译 者 序

肯尼亚著名作家恩古吉·瓦·提安哥一九三八年出生在肯尼亚的利穆鲁。一九六四年毕业于乌干达的麦克雷雷大学,曾先后在内罗毕大学、麦克雷雷大学和西北大学任教,后任内罗毕大学英文系主任。

早在二十世纪六十年代初期,恩古吉·瓦·提安哥就开始从事创作。六十年代初至七十年代末,他发表了不少短篇和长篇小说以及戏剧作品。他的作品可分为早期作品和近期作品。前者指六十年代发表的作品,主要描写肯尼亚最大的部族——吉库尤族在国家独立之前为争取独立、夺回白人强占的土地、同殖民统治者进行斗争的情况。其代表作有以"茅茅运动①"为题材的长篇小

① "茅茅运动"是一九五二年发生在肯尼亚的一次声势浩大的反殖斗争运动。这次运动旨在推翻白人殖民统治,争取独立,夺回白人强占的土地。

说《孩子,你别哭》(1964 年);以反对殖民统治和白人文化专制为主题的长篇小说《大河两岸》(1965 年),以及反映肯尼亚人民争取独立、反对殖民暴政的长篇小说《一粒麦种》(1967 年)等。

恩古吉·瓦·提安哥的近期作品主要是揭露肯尼亚独立以后存在着的失业、贫困、经济萧条、部族纠纷、土地争端、贫富差别和特权阶层与普通民众之间的矛盾等社会问题。这个时期的主要作品有长篇小说《血色花瓣》、剧本《我高兴什么时候结婚就结婚》。此外还有《恩古吉短篇小说集》、中篇小说《十字架上的魔鬼》《殉难者》和剧本《明天这个时候》等。《血色花瓣》和《我高兴什么时候结婚就结婚》这两部作品发表于一九七七年,富有极大的吸引力和影响力。它们深刻地揭示了肯尼亚社会内部存在的矛盾和当前亟待解决的土地问题,体现了一个民族对未来的热切期望。这两部具有强烈时代感的作品发表以后在社会上引起极大的反响。

《孩子,你别哭》是他早期发表的三部曲中最成功的一部。小说一发表就受到社会广泛的注意和极高的评价,是他的成名作。这部长篇小说的时代背景是肯尼亚独立前的一九五二年，当时肯尼亚正处于白人殖民者统治之下，尤其是广大农民生活在自己的国土上，却没有自己的土地。肥沃的土地被白人强占去了，白人强迫农民在这些土地上进行无偿的或者报酬很低的劳动，汗水换来的收获全被白人占有。甚至白人还将强占的土地出租给当地农民，收取高额地租，盘剥农民。此外，白人殖民当局还制定了名目繁多的条例、法令来束缚广大农民的手脚，使他们不敢轻举妄动，安于白人的压迫和剥削。然而，哪里有压迫，哪里就有反抗。为了生存，为了自由，为了夺回白人强占的土地，广大农民揭竿而起，举行了震撼非洲大陆的"茅茅起义"，他们提出了"废除种族歧视，要求生存，要求独立，把白人抢走的土地夺回来！"的斗争口号，与白人殖民者进行了艰苦卓绝的斗争。小说的主人公是恩戈索和贾科波，作者围绕土地问题描写了穷人恩戈索和依附白人的富翁贾科波两家人的不同境遇、对待土地的不同态度以及在革命斗争中所走的不同道路。富翁贾科波倚仗白人殖民统治者，骑在黑人头上，欺压黑人群众。贾科波站在"茅茅运动"的对立面，出卖黑人的利益，最终受到“茅茅”战士的处决。深受压迫剥削的恩戈索一家却走上了一条与贾科波截然不同的道路。小说用大量的篇幅描写了他们一家人——妻子恩杰莉和妮约卡比，儿子波罗、卡马乌和恩约罗格对“茅茅运动”从同情到支持直至最后走上斗争道路的整个过程。

小说中还穿插了恩戈索儿子恩约罗格和贾科波的女儿姆韦哈吉的爱情故事，用细腻的笔触描写了这两个来自不同家庭、有着不同阶级立场和利益的青年的恋爱和他们的矛盾心理，使他们爱情的发展一直处于社会、家庭的复杂的矛盾斗争之中，这就使故事情节更加曲折动人，更富有生活气息，内容更加丰富。

小说用《孩子，你别哭》作为书名也是耐人寻味的。正如作者在第十四章中所写的那样：“……他唯一能给正在哭泣的孩子以安慰的，就是对未来美好生活的期望。”当时肯尼亚正处于黑暗时期，革命者对待广大备受压迫剥削的人民就像慈祥的母亲对待正在哭泣的孩子那样，劝慰他们在黑暗中要看到前途和光明，不要悲观失望，要有勇气去进行斗争，要坚信“明天朝阳一定会从东方升起”(第十一章)。这个主题就像一根红线贯串小说的始终。

《孩子,你别哭》这部小说,语言生动流畅,笔调细腻,着重刻画人物的心理活动。故事情节具有时代特色和浓厚的非洲生活气息。

本书根据海涅曼教育书刊出版有限公司一九六四年英文版和一九七一年斯瓦希里文版译出。在翻译过程中,以英文原著为主,参照斯文译本,但在碰到英、斯两种版本的意思或表达方法不一致时,则按斯文译本译出,因为斯瓦希里语是肯尼亚国语,在某种程度上说斯语比英语更能确切表达肯尼亚各部族的风俗人情和文化传统。由于译者水平有限,译文中不妥之处一定难免,敬请批评指出。

蔡 临 祥

一九八四年二月于北京

孩子,你别哭
我亲爱的,你别哭
让我用热吻抹去你的泪水,
贪婪的云不会一直得逞,
它们不会一直占领天空……

瓦尔特·惠特曼

《夜晚在海滩》

第一部

暗淡

第一章

她个子不高，皮肤黝黑；在她饱经风霜的脸上，那双眼睛虽然不大，但明净而敏捷。不难看出妮约卡比曾是一位容貌秀丽的姑娘。然而，生活的困苦和岁月的流逝已经悄悄地带走了她的青春年华。尽管如此，她还保持着昔日那种热情端庄、落落大方的风度，黝黑的脸上依然经常挂着笑意，放着异彩。

“你想上学吗？”妮约卡比问了孩子一声。

“唉！怎么不想呢，妈妈！”恩约罗格惴惴不安地回答说。他有点害怕妈妈突然收回这句话。一阵短暂的沉默之后，妮约卡比说：

“我们是穷苦人家，你知道吗？”

“我知道，妈妈。”他的心在激烈地跳动，声音微微颤抖。

“因此，你就要像其他孩子那样吃不上午饭了。”

“我知道。”

“你不会因某一天逃学而给我丢脸吧？”

啊！妈妈，我绝不会给你丢脸，只要你让我上学，只要你同意，一切你都放心好了……恩约罗格沉思着。孩提时代天真的梦想又浮现在他的眼前，他回味地沉醉在甜蜜的梦想之中，一切若隐若现，梦中只有他自己，还有那美好的未来……“我要上学！”他激动地叫了起来。

他说得很慢，声音洪亮。他妈妈全听见了。

“好吧，你从星期一开始上学。你爸爸一领到工资，我们就到商店去，我给你买一套衣服。”

啊！妈妈，您简直就是天使。是的，您就是。这时，在幼小的恩约罗格心里骤然产生一种奇异的感觉。妈妈难道请教过巫师？否则她怎会知道我从未说过的愿望呢？现在，我虽然只穿着这件破旧的粗布衫，可是不用多久，我就可以第一次穿上一套像样的衣服了。

“非常感谢您,妈妈。”恩约罗格觉得有必要再说一句。他虽不太习惯用言语来表达自己内心强烈的感情,但他的眼睛已经表达了他心灵中的一切。妮约卡比已把这一点看在眼里,心中也异常兴奋。

这天傍晚,卡马乌回到家里时,恩约罗格将他叫到一边,低声告诉他:

“卡马乌,我要上学了。”

“上学?”卡马乌用略带惊讶的口气问。

“是的。”

“是谁告诉你的?爸爸?”

“不是。是妈妈告诉我的。你也上学吗?”

“不,兄弟,我正在学木工,不能半途而废。但你能上学,我也很高兴。”

“是真的,我要上学了,我心里特别高兴。但我希望你也能上学。”

“兄弟,你不要替我担心,以后一切会好的。你学文化,我学技术,以后我们就可以过上好日子,我们全家也能住上好房子了。”

“是这样,”恩约罗格若有所思地说,“这一切是我向往的。正如你所知道的,我想贾科波能像霍尔兰斯先生那样富裕，就是因为他有文化。这就是他们将自己的孩子一个个都送到学校念书的原因，无疑，他们都明白有文化的价值。”

“确实是这样。不过，有些人要念书，有些人倒不一定，他们可以干这样那样的工作。”

“但是我想，如果我们都能像贾科波的大儿子约翰那样到学校念书，那就更好了。人们总说，他已在肯尼亚完成了学业，现在要远走高飞了……”

“到英国。”

“要么去缅甸。”

“英国、缅甸、孟买或印度都一样，都是远方的国家，要到那里去必须漂洋过海。”

“霍尔兰斯先生就是从那边来的吗？”

“是的。”

“我感到奇怪，为什么他要离开英国那样一个有文化的国家到我们这里来呢？他一定是个笨蛋。”

“这就难说了，我们很难看透白人的心。”

一条又长又宽、乌黑漆亮的柏油马路横贯肯尼亚整个国土。在烈日炎炎的日子里，如果你走在这条马路上,你可以看到不远处路面布满了无数小湖泊,可你走到跟前,这些远看闪闪发光的小湖泊便突然消失了,然后又出现在前方的路面上。有些人将它称为神水,因为它常常使你产生幻觉,可望而不可即,尤其当你口干舌燥时,情形更是如此。这条公路平坦地伸向远方,没有尽头。只有少数人知道它的起点。你沿着这条公路向前走去,就可以直达都市。穿过都市,然后又往前通向人们所不知道的远方,也许一直通到大海之滨,与海相接。这条公路是谁修筑的呢?众说纷纭,有人说是白人修筑的,也有人说是世界大战期间,当战火从远方烧到这里时,由意大利战俘修筑的。其实,人们根本就不了解世界大战的情况,因为他们绝大多数人根本就没见过那次动用飞机、毒气弹、炸弹和其他火器互相残杀的大规模战争。他们更不知道当时从空中投下的炸弹往往在顷刻间将整个国土夷为平地的战争惨状。参加过那次大战的黑人同伴们说大战规模确实巨大,因为当时就连英国人也坐卧不安,甚至常常为战争祈祷。以前曾经爆发过一次战争,那就是第一次世界大战,大战的目的是要赶走那些扬言要征服黑人并将黑人变为奴隶的德国人。这一切都是很久以前发生的事情了，并且都是从别人口中听来的。只有老人或成年人还多少记得这些事情。但是无论如何，那次战争也没有第二次世界大战的规模大。因为当时没有炸弹，黑人也没有到埃及和缅甸去。

修筑这条柏油路的意大利战俘在这里是声名狼藉的，因为他们中间的一些人与当地黑人妇女寻欢作乐，黑人妇女给他们生下了孩子，这些孩子的皮肤虽然看起来是白的，但根本不是真正的"白"。更令人难堪的是，这些孩子面目丑陋，身上长满了疮，一直长到嘴边，一大群嗡嗡叫的苍蝇无时无地不围着他们转。人们议论说，这简直是一种惩罚，因为黑人本来就不该和白人统治者谈情说爱，白人从来就不把黑人当人看待。

那么，白人为什么要互相打仗呢？这一点，你根本无法理解。你只能知道他们都是白人，用毒气、火器和炸弹互相残杀。他们每到一处，甚至还强迫当地人帮助他们打仗。事情本身令人费解，他们说他们是打希特勒（希特勒可是一位英雄！他的存在常常使英国人谈虎色变，你要知道，他并没有被杀死，他的消失只是暂时的），可是希特勒本身也是白人,因此他们的这种解释不过是为了愚弄别人而已。最好还是不要去打听这些,能够了解自己的国家、自己的家乡以及你的左邻右舍也就够了。如果你觉得这还不够,还想了解其他的人和国家,甚至大洋彼岸遥远的国家,如俄国、英国、缅甸等国家所发生的事情,那你可以找个借口,悄悄躲开你的妻子到吉潘加城里去,你可以告诉你的妻子到城里买肉,至于到城里以后买不买肉,那就是另一回事了,你说呢?

"好,这是个好主意,你去吧,可你别到城里瞎游荡,别耽搁太长的时间。你们这些男人我是了解的,不想干活就到城里去,到了城里,没有别的,就是饮酒作乐,而我们这些奴隶们,却永远待在家里干活流汗。"

"我很快就回来,不会待太长的时间。"

"你那双眼睛滴溜溜地乱转,就不好好看我一眼;你要在城里待一整天的……"

"你相信我好了,我很快就会回来的。"

"让我相信?你呀!"

从马胡阿村到吉潘加城里,有许多条道路可走,有一条大道经过城郊,你可走大道。同时,你还可以穿过山谷走小道。在这个山脉连绵的国度里，就像吉库尤的土地那样，有许多山谷和小小的平川。就是走那条大道，也要穿过一道山谷，然后才能到达山的那一边。那一边是两个山谷的会合处，逆折回川，豁然开朗，形成一个平原。这个平原近乎一个正方形，四道山谷各自与平原的一角相连。有两道山谷直通黑人的国度，另两道山谷则成了黑人和白人土地的分界线。平原周围四道山梁相对而立，虎踞龙盘，各自雄峙一方。有两道山梁又缓又宽，相距很近，仿佛相互依偎；对面两道山梁又高又陡，犹如刀削。如果你站在山梁上，你可放眼千里，对山下的一切饱览无遗，还可辨别出山下的土地哪些是黑人的，哪些是白人的。因为黑人的土地是贫瘠的红土，而且杂乱无章。白人移民的土地都是黑黝黝的，到处都很规整。

吉潘加城就坐落在这块平原上。它虽不是一个大都市，但城里也有一个大鞋厂，许多黑人都在这个厂里当雇工。城里的街道两旁，印度人开的商店鳞次栉比。据说这里的印度商人都腰缠万贯，很富裕。他们还雇佣一些黑人青年替他们干活。你不可能对这些印度人产生好感，因为他们的风俗习惯与本地的差别很大，而且相当奇异，令人讨厌。可是，对他们做生意的那一手却不能小看；他们的商店琳琅满目，各类商品应有尽有。白人移民常常带着妻子和孩子到这些商店去购买东西。印度人害怕白人，比如说，你正在他们的店里买东西，这时白人正好进来，那他马上就会搁下你要买的东西，转身迎了上去，战战兢兢地先应付白人。有人说这是狡猾的印度商人蒙骗白人妇女的一种手法，因为白人妇女购买东西时，看到印度商人害怕的样子，就会认为商人绝不会在价格上欺骗她们，因此商人说多少，她们就付多少，从不讨价还价。

除了在印度人的商店里购买东西，黑人也常到城市另一头邮局附近的非洲人商店里去买东西；在非洲人开设的商店里，商品可没有那么齐全，而且价格也昂贵。此外，非洲商人的态度也比较粗暴，一遇到妇女去买东西，他们就会用妇女所熟悉的斯瓦希里语粗鲁地骂她们。所以大家认为最好还是到印度人的商店去买东西。也有人建议，如果要到非洲人的商店去买东西，最好三五成群一起去。有一天，一位普通妇女说："我们黑人一块儿去吧,一定要他们廉价出售。必须这样才行。谁让他们瞧不起我们穷家妇女,谁让他们剥夺我们买东西的正当权利呢?为什么白种人、红种人可以买到廉价的东西呢?”

在黑人、白人和印度人混杂的大商场里,你简直就不知道应该如何称呼那些印度人。他们也是白种人吗?他们也是从英国来的吗?有些去过缅甸的人说,印度人在自己的国家里也贫困潦倒,也受白人的统治。在印度有一个叫作甘地的人,他是一位不同凡响的先知先觉者。他一直为印度人的独立而斗争。他个子瘦削,穿着朴素,干瘪的身上总是披着长长的一块布。如果你到印度人的商店去,就可看到每家店铺里都挂着他的肖像。印度人称他为祖宗。据说这位祖宗实际上就是他们心中的上帝。他告诉人们不要去参战,因此大战期间,当黑人被迫应征参战时,印度人却公开表示拒绝,结果谁也不敢干涉他们。肯尼亚国内流传着一种说法,认为白人不喜欢印度人,因为印度人拒绝打希特勒;而且有人还说印度人是胆小鬼。因此,后来非洲人对印度人几乎也有这种看法。

非洲人经营的商店都在一条街道的两旁,彼

此相对,那里整天嘈杂不堪、空气污浊。肉店附近弥漫着强烈的烤肉味。常有一些游手好闲的青年人在街道上游逛,消磨时光。有些人也许能在白天为肉店干点活,最终领到一磅肉的报酬。市民们称这些人为懒汉。乡村的人说这些人最终不是变成小偷,就是变成流氓犯罪分子。这种说法常常使人提心吊胆,因为犯罪分子意味着他们可能从事凶杀,而凶杀是很残忍的,不管凶手是在阴间或人间总是受到诅咒的。人们很容易认出这些青年人,因为他们常在咖啡馆里、肉店里,甚至在印度人的商店里游荡,等待店主给他们什么活干,以便能得到一点充饥的东西。有时这些人还自称希特勒分子。

城里有一家小小的、但很有名的理发店。理发师个子不高,淡褐色的皮肤,头发总是修剪得整整齐齐,平素很喜欢开玩笑。他能滔滔不绝地讲上半天,谈天论地讲故事,常常使人高兴得捧腹大笑。远近的人都认识他,他也非常了解周围的人。人们习惯地称呼他"理发师",而不叫他的名字。如果你说不认识这位理发师,也不知道他的理发店在哪里,那么人们就会认为你不是陌生人就是傻瓜。城里人所谓的“傻瓜”,是指妻子不让靠近她的大腿的男人。这么一个小理发店,那些能唱会跳甚至满口流利英文的人都去过。

“这一切,我是在世界大战期间知道的。”

“大战的规模难道真的那么大吗?”

理发师住了手,翻转着手里的剪刀,剪刀发出一阵阵咔嚓咔嚓的声音,人们都屏住气,满腔热情地等着理发师讲些有趣的故事。

“乡亲们,你们要是亲临其境的话,就不会问这些了。当时大小炸弹一起扔,爆炸声夹杂着机枪声,震耳欲聋,弹片横飞,人们血肉模糊,鬼哭狼嚎。啊,你当时要是在场就好了。”

“它的规模有第一次世界大战那样大吗?”

“不!不!不!第一次世界大战简直就像孩子们打着玩儿似的,范围也很小。那些参战的非洲人也不过是一些挑夫。但是第二次世界大战……将头转到这边,啊!不,转到这边①……在第二次世界大战期间,连我们也拿起枪来打白人啦。”

---

① 此处是理发师向顾客说的话。

“白人?”

“是啊,当然是白人。他们并不像我们过去想象的那样是上帝。我们还同白种女人睡过觉呢!”

“那么白种女人的味道如何呢?”

“一样,没有什么差别。我倒更喜欢黑种女人,浑身肉墩墩的还带点儿汗味。可是那些白种女人……你知道吗……干瘪干瘪的……没有意思。”

“奇怪的是,当你开始……”

“对了!还没有开始……你会认为……嗯,有些新鲜……但是过后……白搭。但你还得付钱。”

“有那样的女人吗?”

“有的是,她们都是卖淫的女人,甚至在耶路撒冷也能见到。”

周围的人听得简直入了神。

“你说有个地方叫耶路撒冷?”

“啊,你不知道,我们还亲自去过,就是现在……你剪好了,不!再等一会儿……”他拿起剪刀,咔嚓咔嚓再剪了两下,“好,现在好了,这下子你变得更精神了，要是你去耶路撒冷的话……”

“哎呀，天黑了！”

“我得走了。家里人还等着我买吃的呢！”

“我也得走了，我答应过妻子今天给她买点肉回去，你看，天黑了。”

“这些女人！”

“是呀，全是为了这些女人。”

恩戈索一边唠叨，一边随着人们走出了理发店。他是这家理发店的常客。理发师的故事使他想起过去的经历，也想起他自己在第一次世界大战期间所受的苦。当时他还年轻，大战期间被迫当了挑夫，为白人士兵挑行李，同时还要披荆斩棘，为他们筑路修桥。他们虽说也在打仗的行列里，人家却不允许他们有枪。就像理发师所说的那样，战争本身残酷极了。他的两个孩子也参加了那次战争，战争结束以后，只有一个孩子活着回来。回来的这个孩子对战争常常保持沉默，有人提起的时候，他也只是说那次战争太残忍和可怕了。

恩戈索在肉店里买了四磅肉，将它平分成两

份,准备一份给大老婆恩杰莉,另一份给小老婆妮约卡比。做丈夫的处理这类事情必须格外小心,只要有点儿差错或者稍有点儿偏心,一下子就会惹起一场家庭纠纷。恩戈索生怕家庭里平静的气氛遭到破坏。他知道两个妻子彼此亲如手足,相处很好,全家也很和睦。但他也总以为不能完全相信她们,因为女人往往心胸狭窄,容易产生嫉妒心。女人动怒的时候,用殴打的方式对付她们是肯定解决不了问题的。恩戈索平时不太殴打妻子,因此他的家庭是远近有名的和睦家庭。尽管如此,恩戈索心里仍然明白,处理家庭大小事情还是小心为妙。

恩戈索买好了肉,穿过平原匆匆回家。他没走大路,也没走穿过山谷的那条便道,因为两条路都得绕弯子。他一边走一边揣摩,妻子们见到他时会说些什么。尽管他曾答应她们很快回家,可他实际上没有履行这一诺言,也根本不想那么快就回家。他觉得两个妻子都是温柔、善良的女人,在这样的岁月里要找到这样好的女人是很不容易的。她们就是理发师所说的那种黑女人,肉墩墩的还带点儿汗味。这一点儿也不假。你就看老板的老婆吧，虽说是白女人，可是看到她那瘦骨嶙峋的样子，人们甚至会怀疑她身上是否有肉。男人为什么喜欢这样的女人呢？男人喜欢的女人应当是膀大腰圆的，就像他自己的两个老婆那样；其实他刚娶她们时，她们比现在还胖，但是随着时光的流逝，她们渐渐变了……他对理发师所说的事感到惊讶，关于和白女人谈情说爱的情况，为什么他能谈得那么入情入理呢？但是谁又会相信，像霍兰德斯夫人那样的白女人会那么容易上手。难道她会为了钱而同意和黑人睡觉？不过现在的人也难说，人们不管说什么，他都会相信的。他很想知道，他的儿子波罗是不是也干起这种事来了。说实在的，他由于有了这样一个孩子而感到自豪，因为他……但是当他想起社会上只有金钱才能起作用时，他心里就很不安。波罗要娶老婆的话，如果他一无所有，还是娶一个黑人老婆好。

“你回来得真早！”他回到家里时，妮约卡比是这样迎接他的。

“难道你不知道，男人每天回家总是很——很——早？”恩杰莉用挑衅的口气补充说。往常的晚上，他不在家时，两个妻子常常待在一起聊天,消磨时光。妻子们的话里虽有埋怨的成分,但恩戈索心里却是甜滋滋的,他知道她们的做法是亲昵的表现。

"我理发去了。"

"当然啰,因为我们不会拿剃刀替你理发,难道不是吗?"

"现在好了,时代变了。正如霍兰德斯所说的那样……"

"你也想赶时髦,学白人吗?"

"你们这些爱管闲事的女人,真没办法!先把肉拿去吧。"

妮约卡比和恩杰莉从丈夫手里各自拿走了一份肉。

"现在我要找孩子们去了。"恩杰莉说。恩戈索的孩子们和马胡阿山区的男女青年们常常聚集在恩杰莉的屋里谈笑玩耍,这已成了习惯。一碰到这种情况,恩杰莉常常让出地方来给他们,而她自己则去找妮约卡比。当这些年轻人聚集在妮约卡比的房间时,妮约卡比同样也给他们让出地方,自己去找恩杰莉。有时候,年轻人还喜欢和恩戈索或者两位夫人在一起,听他们讲各种各样的见闻和故事。

“告诉恩约罗格上这里来，把新买的衣服拿来给他爸爸看看。”恩杰莉正想离开时，妮约卡比告诉她说。

孩子即将上学了，恩戈索心里感到说不出的高兴。现在如果有人问他，孩子上学了没有，他随时都可以自豪地回答说：“上啦！”这件事使他觉得现在他可以和贾科波比高低了。

“什么时候开始上学？”

“星期一。”

“他愿意吗？”

“看来很乐意。”

妮约卡比说对了。其实恩约罗格何止乐意。当他知道自己将和贾科波的女儿姆韦哈吉一样上学读书时，他激动得连心都快要跳出来了。

第二章

星期一，恩约罗格上学了。他不知道学校在哪里，虽然他知道学校就在那边，但他从来没到那边去过。上学那一天，带路的是姆韦哈吉。她是一个漂亮的小姑娘，恩约罗格一直很欣赏她。记得有一次，有几个牧童和她的兄弟们打架，彼此扔石头，有块石头正好打中了站在旁边的姆韦哈吉，牧童们一溜烟跑了，她的兄弟们气愤地追赶他们，留下她一个人，急得她直哭。这一切全被站在附近的恩约罗格看见了。他朝她走过去，当时他觉得应该安慰她。可是现在，她已经比他有知识，还带着他上学咧。

姆韦哈吉是贾科波的女儿；贾科波就是恩戈

索住处的房地产主。恩戈索是一位穆霍伊①,恩约罗格不理解他父亲为什么会成为穆霍伊。这也许是因为孩子们不理解大人的事情吧,这些事情对他来说太深奥了。贾科波有三男二女,一男一女已长大成人,其他两个男孩年纪还小。大女儿叫露西亚,是一个教师。在恩约罗格看来,露西亚这个名字美极了,在他们兄弟姐妹的名字中,最美的就是露西亚。

学校里的同学们很粗鲁,喜欢放肆地开恩约罗格的玩笑。他不喜欢这样开玩笑。他想,如果他也这样做,妈妈是一定会生气的。

"你是恩朱卡!"一个同学无礼地对他说。

"不……我不是恩——朱——卡。"他虽不明白恩朱卡的含义是什么,但他明白这是骂人的话。

"那你是什么?"

"我是恩约罗格。"

周围的同学们一阵大笑。恩约罗格心里很恼火,"这到底是指什么呢?"他想。

"你就是恩朱卡,你背这个包吧!"旁边另一个同学淘气地对他说。

---

① 村民们成立的一个秘密组织的成员的名字。这个组织的宗旨是反对白人统治。

恩约罗格走过去正要背那个包时，姆韦哈吉站了出来，替他解了围。

“他是我的恩朱卡，不许你们碰他。”

有些同学放声大笑，有些同学讥笑说：

“放开！放开姆韦哈吉的恩朱卡！”

“他是姆韦哈吉的男人！”

“他是姆韦哈吉顶好的男人，喏！恩朱卡是姆韦哈吉的男人！”

“既然是恩朱卡，就必须替我背包。”那个同学不服气地说。

这些侮辱性的语言使恩约罗格又急又气，不知所措。这时，姆韦哈吉忍无可忍，大叫了一声：“他是我的恩朱卡，怎么样！看你们谁敢碰他一下！”

周围平静下来。恩约罗格非常感激她。可以看出这些同学怕她；因为她的姐姐是他们的老师，他们怕她在姐姐面前告他们的状。

学校，对恩约罗格来说是陌生的，但又是令人神往的。校园里，高大、宏伟的教堂深深地吸引着他。在恩约罗格眼里，那是神灵的圣地，也是上帝之宫。然而，使他感到惊讶的是，在如此圣洁的地方，有些同学竟然大吵大嚷。因为，他从孩提时代起，大人就嘱咐他，对那些神圣的地方，如墓地或攀藤附蔓的丛林，要虔诚尊重，不能轻举妄动。

老师身穿白色短袖衬衫和浅绿色裙子。恩约罗格对白色和绿色有特殊的爱好。每年雨季，百草萌动，大地一片翠绿，万绿丛中夹杂着朵朵盛开的白色花朵，显得格外可爱、素雅。在他看来，穿着白色上衣和绿色裙子的老师简直像是青翠欲滴的芳草丛中一朵盛开的雪白鲜花。尽管如此，恩约罗格对老师还是怀着一种敬畏的心理。因为就在此后两天，他看见老师用棍子打学生。啪！啪！“将另一只手伸过来！”棍子打在学生手掌上，发出一阵阵“啪！啪！啪！”的声音，后来棍子都折断成了好几截。恩约罗格觉得老师的棍子好像打在他身上一样，心里隐隐作痛。老师惩罚学生时，面部显得那样难看。恩约罗格不愿看到学生挨老师打。他看到这个学生挨打时，同情之心油然而生，可又觉得这个学生不该用“恩朱卡”这个外号来骂他。就在这一天，他才明白“恩朱卡”的意思是指新来的人。

恩约罗格上学放学，总是一个人独来独往。

每天放学,他总比同村的其他同学回家得早。他不喜欢天黑才回家。只有那些懒惰的学生才愿意在外边闲逛。因为他们知道早回家就得帮家里干活,因此他们常常在放学的路上追逐玩耍,或者慢慢徘徊,以消磨时间,回家后他们就对家长说:“露西亚老师(或伊萨卡老师)让我们这时才回家的。”

这些谎话有时也被识破,一被识破他们就得挨打。恩约罗格不愿意这样做,更不愿意挨打。

大约过了三个星期,有一天,恩约罗格真的惹他妈妈生气了。这应该说是姆韦哈吉的过错。放学时,姆韦哈吉约他一起回家,因为他们两家住得很近。况且姆韦哈吉告诉过他,她害怕几个男同学。恩约罗格欣然答应。在回家的路上,他俩一起有说有笑,慢慢地朝家走去;路过离村不远的一座小山时,他俩在山顶上坐了下来,开始掷石头玩,比赛谁掷得远。对男孩来说,能和家庭地位比自己高的女孩子一起玩,是一件很快意的事情。他们玩得太高兴了,以致太阳下了山他俩还不知道。妮约卡比眼看太阳已经下山,山谷中已经暮色苍茫,夜幕即将降临,她就心急火燎,匆匆走出家门来找他了,凑巧看见了他俩。虽然恩约罗格当时没挨打，但他心里明白，妈妈是不会轻易放过这件事的。妮约卡比确实不喜欢她的孩子和富家子女来往，她觉得这种交往对孩子不会有什么好处。

恩约罗格认为这是姆韦哈吉的过错，她也许不是一个好姑娘。因此他暗下决心从此不再跟她玩了，放学时也不再等她了。

一天，恩约罗格放学回家时，妈妈像往常一样正在剥蓖麻子，这种蓖麻子可以榨油。过去，妈妈常把几个月里慢慢剥出来的蓖麻子集中在一起，然后拿到市场去卖。

"妈妈，我来帮忙。"

"不，先做你的作业去。"

孩子上学了，妮约卡比心里就别提有多高兴了。每当她看到孩子低着头在写字板上写字或者高声读书时，她心里总觉得亮堂，感到快慰。每当她叫孩子去念书或做算术时，她心里更感到无限的满足。如果她有朝一日见到孩子能写信、计算和讲英语，那将是她当妈妈的最大的荣誉。她在琢磨霍尔兰斯夫人关于自己的儿女在学校念书的心理。她也一定和自己有同样的想法，或者就像贾科波的妻子朱莉安娜那样。她一定也感到非常自豪，因为她有一个女儿当老师，一个儿子据说很快就要乘飞机到国外留学去了。这是生活中的一件大事，是真正的生活。如果有一天，他或她能荣幸地对人说："看，我也和其他当父母的一样，有一个有学识的好孩子。"那么就是穷死了也心甘情愿。

这是常理，就是没有学问的人也明白这一点。做妈妈的，一生中最大的愿望和最有意义的事莫过于此了。这就是她极力劝说丈夫恩戈索让一个孩子上学的原因。她的另一个孩子在世界大战期间丧生了。这件事在妮约卡比心里留下了难以愈合的创伤。他为什么要为白人的战争去卖命？妮约卡比从未想过自己的儿子竟会成为别人的牺牲品。如果恩约罗格现在就有白人那样的学问，那么恩戈索还有必要继续为霍尔兰斯先生干活吗？他家还会像阿霍伊①那样寄人篱下、受人白眼吗？一切希望和全部热情汇集在一起，全是为了一件事——盼望儿子学业有成。这几天，妮约卡比甚至还想，如果她手里有许多钱的话，她甚至想将已

① 指无业的、在街头流浪的人。

经成家的女儿们也送去上学。这样,她家的孩子们都会有学问,并且会讲英语了。

“妈妈,你再给我讲讲以前讲过的故事吧!”恩约罗格习惯地跪下,帮妈妈剥蓖麻子。

“嗯……嗯……”妮约卡比用嘴吹着手中蓖麻子的皮,一边嗯嗯。停了一会儿,微笑着说:

“你这孩子,你帮我的忙,原来是想让我讲故事?”

“妈妈,呃,你一定要讲!”恩约罗格耐心地说服妈妈。

“为什么我一定要讲?”她停了手,不耐烦地回答说,然后又继续剥蓖麻子。

“今天老师要我在课堂上讲一个故事。但我从座位上站起来时,同学们都看着我,我心里扑通扑通乱跳,害怕极了。”他停了一会儿,继续说:

“当时,我曾想起你给我讲过的关于伊利穆的故事①,但一害怕,就把故事给忘了。”他声音很低,愁容满面,显得很难过,好像犯了什么错误似的。

---

① 《圣经》里的一个故事。

“男人是不该有害怕心理的。当时你应该动动脑筋,另讲一个故事。其实你知道好多故事,我们过去给你讲过我们部族中的许多故事,如果你都忘光了,那我们不就白费了时间吗?”

“妈妈,我告诉你,真的,那些故事我全忘啦。”

恩约罗格说得那样真诚。妮约卡比心里不知是喜是急。她笑了。一向不易动感情的恩约罗格也笑了。妈妈一笑,他觉得妈妈更可亲了。妈妈牙齿雪白,一生中从未生过气。

“真是胆小鬼。好吧,今天晚上我给你讲故事……啊,对了,我差点儿忘了,你大妈让你去找哥哥,你现在马上就去。”

恩约罗格到屋里放下了书包和写字板,回头就匆匆地往外跑。

“恩约罗格!你回来!”他刚跑出几步,妈妈就在后面叫了他一声。

他又走了回来。

“你为什么不脱下校服?”

他看上去有点儿难为情。真的,要是没有忘记就好了。他又回到屋里,小心地脱下了校服,换上破旧的粗布衫。是的,应当好好地保护这件衣服，尽可能多穿一些时间。

恩约罗格必须经过姆韦哈吉家附近的一条小道。姆韦哈吉家绿树环抱，周围就像有一道高高的篱笆；透过树缝，隐隐约约可以望见她家豪华的房舍——铁皮房顶和木板墙，带有浓厚的欧洲特色，它给人一种望而生畏的感觉。从前，恩约罗格曾不止一次来过这里，那是和同伴们替贾科波摘除虫菊以后为了领工钱时去的，但他只是待在门口，从未进去过。这座房舍里究竟是什么样子？恩约罗格怀着好奇心，总想有一天能进去看看。

有一年的圣诞节，恩约罗格和其他孩子们得到朱莉安娜的邀请，去参加节日聚餐活动，终于有机会到过她家的厨房，厨房在房屋的一侧，是一个用草和泥建成的富有乡土特色的圆形建筑，那是厨子们做饭的地方，也是仆人的住处。朱莉安娜是一个粗壮的女人，圆圆的脸，面目清秀，眼神里常常露出一种傲气。但是，她虔诚，有同情心，喜欢所有的孩子。每年圣诞节，她常常给孩子们准备很多香甜可口的面包。

这一天，盘子里全是香喷喷的面包，堆得像一座陡直的、闪光的小山，可爱极了；孩子们馋涎欲滴。恩约罗格直冒口水,但又不好意思往下咽,生怕咽口水的声音被朱莉安娜和孩子们听见,在他们面前丢脸。然而,对孩子们来说,这一天中最倒霉的时刻到了。正当孩子们闭着眼睛做饭前祈祷时,突然有个孩子发出一声使人好笑的怪叫,随即恩约罗格也禁不住咯咯地笑了起来,紧接着另一个孩子也笑了,而且声音更大。最后又有两个孩子一起放声大笑,这样一来,祈祷被打断了。朱莉安娜非常生气,因此开始滔滔不绝地对恩约罗格和其他孩子进行长时间的训话。孩子们肚子都饿了,对朱莉安娜的讲话都不感兴趣,但她还在口若悬河地说着。她说,如果他们(两个没有礼貌的孩子)是她自己的孩子,她将把他们赶出去,两天不给饭吃。她述说她自己的孩子一向很听话,从来不做这样不懂礼貌的事。她把自己的孩子都教育得既讲文明,又懂礼貌。最后她告诉孩子们说,她的意思是希望父母们能使孩子们受到良好的教育,就像她教育她自己的孩子那样,使他们都讲文明、懂礼貌。但是有些父母对此却熟视无睹。因此,她不允许自己的孩子和那些没有受过教育的野孩子来往。恩约罗格心里闷闷不乐,觉得朱莉安娜的话是指他，是对他的非难和埋怨。也就在这一天，恩约罗格在一个偶然的机会中对姆韦哈吉开始有了好感。那是在她妈妈发表了长篇大论之后，姆韦哈吉走了过来，态度诚恳、热情，似乎是来安慰他被妈妈的高谈阔论惹恼了的心。然而，这已经是很久以前的事了，这些往事就像蓝色的远山渐渐沉入了茫茫的暮霭。

没走多远，恩约罗格见到姆韦哈吉从另一个方向朝他走了过来，如果他一直朝前走去，他就会和她相遇。但他突然觉得还是不见她为好，因为他穿的粗布衣服，只能勉强遮住身体，风一吹，下身就会露出来。他顿时紧张起来，犹豫不决，为自己身上的衣服感到难堪，但在他上学以前，他从未在意自己所穿的衣服，就他所知，这件衣服是他出生以来绝无仅有的一件。他凝神伫立一会儿以后，猛然回头朝左边的另一条路走去。周围的山坡地全是贾科波的除虫菊种植园，往前走，有一片树林，穿过树林再往前走，那里有印度人和非洲人开设的商店。从这里远远望去，只能看见几家商店的屋顶。霍尔兰斯的土地与右边一片狭长的山坡地交界，这片山坡地是恩约罗格的父亲恩戈索经常干活的地方。恩约罗格每天上学都要从这里走过。

他离开了除虫菊地，改道穿过另一块土地。这里离木工恩加恩加的院子就不远了。卡马乌就是跟这位木工当学徒的。为了卡马乌学木工，恩戈索曾送给恩加恩加一只羊和一百五十先令的酬金。恩加恩加一家在村中可算是富庶人家了。因为他自己有土地，村里任何拥有土地的人都被当作富人。相反，尽管某人有许多钱，还有许多辆车，但是自己没有土地，那他在人们眼里绝不会是富翁。一个人虽然衣着褴褛，但他自己有土地，哪怕只有一英亩肥沃的土地，那么人们就会觉得他比有钱的人神气得多。

恩加恩加娶了三个妻子，虽说他比恩戈索年轻，但他已经完全有能力供养她们。他没参加过第一次世界大战，第二次世界大战他也没有沾边。尽管他为人处世有些华而不实，但人们认为他还是有点儿小聪明的。他有手艺，人们常常将大刀、镰刀和锄头之类的农具送到他那里，请他修理或安上把柄。他还常常替人修理篱笆、做各式桌子和床之类的家具。他还会讲各种各样的故事。这在村里的人们眼里，男人有这一手，也是一种能耐吧！

恩约罗格还未走到木匠的院子，就已看见哥哥朝他这边走来。卡马乌刚刚干完当天的活。恩约罗格一见到哥哥，心里就很高兴。论年纪，卡马乌比他大得多，但他们兄弟俩亲密无间。

“走吧，弟弟。”卡马乌拉着恩约罗格的手说，他脸上显得懊恼和失望。

“今天你回家晚了！”

“他就是那样的人！”卡马乌紧绷着脸说。

恩约罗格猜想，今天一定发生了什么事情，否则哥哥是不会这么生气的。

“他不是好人吗？”

“好人？要不是父亲付了那么多钱给他，我才不去他那个鬼地方呢。我拜他为师学木工已经半年了，直至昨天他才开始让我动刨子。他整天将我当小工使唤，一会儿拿这，一会儿拿那，整天让我在旁边看着，学手艺光看不动手能学会吗？每天不是让我扫院子、倒垃圾，就是替他拿工具。你要是碰他的一点儿什么东西，咳……”卡马乌越说越生气，“他的小老婆还叫我整天替她抱孩子,她自己装得就像白人的太太,她简直把我当保姆了。啊！我的天哪,光是这件事就够你烦恼和……”

“你为什么不告诉爸爸呢?”恩约罗格没等哥哥说完,就插嘴问道。

“你不知道,告诉爸爸有什么用呢?对于光看不动手的办法,他显然是和恩加恩加的看法一样的,因为这套学艺的办法,古往今来一直是这样的。可是他们哪里知道,今天一切全变了!”

他们各自沉默着朝前走去,一路上闷闷不乐。夜幕降临了,周围灰蒙蒙的。恩约罗格沉思着,脑子里突然出现了疑云,问道:

“为什么他要那样对待你?他不也是黑人吗?”

“关键不在于是不是黑人。”卡马乌沮丧地说,“有那样一种人,无论是黑人还是白人,他满怀嫉妒心,总怕别人比他好,总想垄断一切,对于那些没有天分而有求于他的人,他从来就是吝啬的。木匠们和有一技之长的人就属于这种人。甚至富人也是这样,他们总是怕别人也富起来,总想唯我独富。”

“也许是这样。”恩约罗格深有感触地说。对他来说，他从未见过卡马乌像今天这样侃侃而谈。

“……有些白人甚至比非洲人还好。”

恩约罗格再次被他的话所吸引，若有所思地沉默不语。

“这就是父亲说他愿意为自己干活的原因。因为白人本来就是白人，可是黑人却要装成白人，因此往往比白人更坏更粗暴。”

恩约罗格不太明白卡马乌指的是什么。但他很同情哥哥的遭遇。他向哥哥发誓，一定要好好念书，永远不当木工。恩约罗格打算改变话题，因而改口说道：

“妈妈今晚要给我们讲故事。”

“真的吗？”

平时，兄弟俩都喜欢听故事。讲故事成了他们全家的共同爱好。科利也和恩戈索一样，巧舌如簧，讲起故事来绘声绘色，常常使听者时而乐得眉飞色舞，时而惊心动魄，意欲拂袖离去。波罗曾参加过大战，但他不爱谈他在战争中的经历，平素沉默寡言。后来他与酒结下了不解之缘。他常常喝得酩酊大醉，这时他就破口大骂政府，大骂白人移民：

“我们为他们作战，替他们卖命，将他们从他们自己的白人兄弟手中解救出来……”他生气了，也只有在生气的时候，他才能谈点战争的情况。但他也很少提起兄弟姆瓦恩吉在战争中死去的伤心事。可以看出他们兄弟之间情义之深。大战爆发以前，他们兄弟之间的感情就非同一般，据说这已经是不祥之兆。

波罗、科利和卡马乌是同胞兄弟，是恩戈索的第一个妻子恩杰莉生的。恩约罗格真正的同胞兄弟是在战争中死去的姆瓦恩吉。尽管如此，恩约罗格还是和其他兄弟和睦相处，情如同胞兄弟。科利在非洲人开设的“绿色旅馆”里当雇工。这家旅馆脏得难以形容，苍蝇满天飞，屋里充满腐烂发霉的臭味。但是这里因为有一台收音机而成了人们向往的场所。恩约罗格经常盼望科利回家，因为他一回家就会带来使人感兴趣的消息。约莫从英国回来的消息，就是他回家时告诉大家的。对于他们来说，家里可真是个好地方，他们兄弟们有时就在这里和本村的许多男女青年欢聚一起，围着灯火，说笑玩耍，谈论他们各自耳闻目睹的一切。恩约罗格多么盼望自己早日长大成人，到那时，他就可以自由自在地和姑娘们坐在一起，甚至有时还可以像其他青年人那样碰碰她们。兄弟们有时不回家，家里就显得冷冷清清，这种沉闷的空气只有在父亲或母亲们心情舒畅地讲故事时才得以打破。

他们回到家里时，黑夜已静静地来到了人间。“大妈叫你。”一进门，恩约罗格就告诉卡马乌说。当妮约卡比成为恩戈索的第二个妻子时，孩子们便称恩杰莉为“大妈”，而称妮约卡比为“妈妈”。这种称呼是她们彼此同意了的，并且成了一种习惯。

“她叫我有什么事？”

“我不知道。”

卡马乌转身走了出去。恩约罗格静静地目送他跨出门槛。突然，他提高声音叫道：“喂，别忘了过一会儿就回到这里来，今天妈妈要讲故事。”

“一会儿就回来。”卡马乌回答说。他那低沉的回答声消失在沉沉的夜色之中。

不一会儿，卡马乌回来了。

“给我们讲故事吧！”

“现在? 不,现在别来打扰我。”妮约卡比说。

“真是一个不怎么样的女人,我要是我爸爸就不要你。”卡马乌总喜欢这样和她开玩笑。然而今天这种玩笑却有点儿勉强,因此并没有给他们带来欢笑。

“哎,他舍得吗?”

“不见得吧!”恩戈索刚进门就幽默地说。从他眼里可以看出他那若隐若现的得意神情。

“我向她求婚时,你就别提她有多高兴了。她差点嫁不出去。后来我同情她,因此娶了她。”

“当时有许多小伙子都喜欢我,向我求爱,我都一一拒绝了。如果我当时拒绝你爸爸的话,他心里会有什么滋味,他自己知道。”

“她的话不可信! 绝不可信!”恩戈索无可奈何地摇着头说。

饭菜端上来了,恩戈索开始就餐,一家人都若有所思,默默无言。孩子们在父亲面前感到拘束,谁也不敢随便开玩笑。恩约罗格的话打破了这种难堪的沉默:

“给我们讲故事吧,别忘了这是你自己答应的。”

“你们这些孩子呀！好啦，你们还没有让你们爸爸讲过故事，今天就让他给你们讲吧。”妮约卡比说完，微笑着瞧了丈夫一眼。看来今天她的心情很舒畅。

“好吧，你们上我的床来，我给你们讲。”

恩约罗格一向对父亲有畏惧心理，因此对父亲言听计从。

“……那一天，风雨大作，雷电交加，震撼着喀林亚加的土地和森林。刚刚被创世主投进山林的飞禽走兽惶恐不安。当时一连数天，日月无光，天昏地暗，野兽停止了活动，树木花草停止了生长，大地一片死寂。只有那可怕的雷电，还在劈天砍地，想毁灭世间的一切生灵。就在这一天，天地黑沉沉的，谁也说不出到底有多黑，就只知道连最强的阳光也照不透它。

“就在那一天最黑最黑的夜里，在喀林亚加山脚下，有一棵小树苗破土而出，开始时是一株苗苗，慢慢越长越高，最后竟冲破了黑暗，去寻找阳光。树本身有精灵。这棵树继续往上长，长得根深叶茂，最后又是满树繁花——你知道吗，这是一棵在惊雷大作的黑夜里成长起来的圣树，这棵树叫穆库尤树，上帝之树。那时正是开天辟地之时，就在这棵圣树底下，上帝造出了一男一女，男的叫吉库尤，女的叫穆姆比。不久之后，风止雷息，万丈红霞捧出了初升的太阳，霞光万道冲走了沉沉夜幕，黑夜消失在光灿灿的天宇之中。金色的阳光给天地万物重新带来温暖，飞禽走兽恢复了常态，又开始活跃起来了。它们再也不为黑暗而怒吼哀鸣，而是为创世主、吉库尤和穆姆比的仁慈而歌唱。

"当时，创世主还有一个圣洁的名字叫穆鲁恩故。他将吉库尤和穆姆比从圣山送到西利安纳附近的丘陵和峡谷交错的国度，然后又将他们安置在你们常常听人提到的穆库鲁韦·瓦·加萨恩加。创世主赐给他们土地——这就是，孩子们你们听见了吗，这也就是上帝赏赐给他们的土地，然后还对他们说：

"'喂，善男和信女，我将这块土地赐给你们；

"'这里的一切属于你们，你们可以播种耕耘，安居乐业，并向我进贡；

"'你们都在我的圣树之下，只有我才是你们万能的主……'"

恩戈索眼里闪耀着神奇的光芒。他似乎已经忘掉了周围的一切,忘掉了眼前的卡马乌、恩约罗格、波罗、科利和其他前来听他讲故事以消磨时光的男女青年。他隐约觉得心里产生了一种从未有过的灵感,好像自己发现了什么难以言宣的秘密。波罗坐在父亲背后的一个角落里,人们看不见他脸部的表情。他若有所思地凝视着前方,似乎觉得已经看到了故事里的一切:他见到了一轮红日从东方升起,夺目的光芒冲散了沉沉黑夜。阳光普照大地,天地间的悲伤和恐惧已经烟消云散。圣树底下,造就了万物生灵,创造出了一个崭新的大千世界,吉库尤和穆姆比无疑是这个新世界最幸运的人,他们陪着高贵的穆鲁恩故漫游整个新的王国……恩约罗格心里想,他要是能在穆鲁恩故身边多好,伴随着他那高贵的身影,也能踏遍这个王国的山山水水。这时他突然情不自禁地叫了一声:

"这片国土在哪里?"

青年们闻声转过脸来,惊奇地看着他。

"……现在我已经老了,我也常常朝夕问自己:从前发生过什么呢?喂,尊敬的穆鲁恩故,你赐给我们的土地到哪里去了呢?伟大的创世主啊,你不是答应过给我们土地吗?有时候,我想放声大哭或毁灭自己,以摆脱那种由于土地被无理夺去而留下的怨恨。我曾对天发问:尊贵的穆鲁恩故,你留给你的子孙是什么呢?难道你要他们赤身裸体,一无所有吗?

“后来,妒忌人间繁荣安宁的魔鬼给大地带来了灾难,那是个大旱之年,火一般的太阳烤着大地,赤地千里,寸草不生,鼠疫流行,牲口死亡,灾民们贫病交加。当时人们想知道,是不是因为穆姆比的子孙们忘了给穆鲁恩故祭品,所以穆鲁恩故没有给人间洒下滋润万物的圣洁的眼泪呢?从前,吉库尤的一位叫穆戈·瓦·吉比罗的预言家曾警告部族的人们说,不久的将来会有一个白人到我们部族里来。嗣后,白人确实来了,他是从一个遥远的国家来到这里的,他占领了我们的土地,不过,开始时,他只是占领了我们的一部分土地。

“后来爆发了战争,那就是第一次世界大战,那时候我还年轻,虽已行过割礼,毕竟还是小孩。我们都被强迫参加了战争,为白人士兵砍树、开山、铺路。战争结束以后,我们虽然重归故土,但一个个已精疲力尽,元气大伤。我们期待英国人能给我们一点儿什么报酬,更希望能够回到我们原来的土地上,精耕细作,丰衣足食,重整家园。可是,不,实际上绝不是这样,土地没有了,我的父亲和其他的乡亲们已经从我们原来的土地上被赶走了。父亲日夜盼望有朝一日白人离开这儿,归还他们土地。穆戈不是也曾预言过白人总有一天要离开吗?但白人一直没有离开,因此可怜的父亲就在绝望之中像穆霍伊那样离开了人世。后来,这些土地在没有卖给贾科波以前成了查希拉的财产。我就是在这块土地上一边替人干活,一边长大的。"恩戈索停顿了一下,环视四周听他讲故事的一些年轻人,见他们一个个安静地听着,脸部表情很严肃,因此他摇了摇头继续说:"……在我们自己的土地上当雇工……"

"你指的是霍尔兰斯先生耕种的那块土地吗?"波罗突然用讥讽的口气问道。

"就是那块土地,从前父亲曾经亲自告诉过我。后来,我一边在这块土地上干活,一边等待着有一天归还我们土地的预言能够成为现实。"

"你认为能够成为现实吗?"科利的提问打破

了恩戈索回答后的短暂的沉默。

“我也不知道。古时候，在我们这个山峦重叠的国度里，仿佛到处都卧着一只只沉睡的狮子。有一天，山崩地裂，诞生了一位伟人。人们认为他是一位能将白人赶出去的人。后来，他主张人们联合起来，因而被坏人暗杀了。我一直在等待着土地归还我们的那一天，也许在我有生之年，这个愿望再也不可能实现了……然而，我的穆鲁恩故，我是多么希望那一天早日来到啊！”

他们之中不知有谁咳了一声，然后是一阵沉寂。旁边角落里有一个年轻人想开玩笑讽刺白人的行径和人们想象中的白人的皮肤，但是没有人理他，他自己笑了一声，最后也安静了。恩约罗格觉得今天似乎得到了一种启示，使他明白了这样一种事实，那就是现在霍尔兰斯占有的土地本来是属于他家的。

波罗正在沉思，父亲昔日的境遇历历在目。父亲参战回来，可是土地却被别人强占了。他自己也参加过战争，是反希特勒的。他去过埃及、耶路撒冷和缅甸，开阔了眼界，增长了见识。在战争过程中，他在死亡线上挣扎，生命常常是朝不保夕的。但这一切已成过去,随着时光的流逝,往事已在记忆中慢慢消逝了。唯独一件使他终生难忘的事是他兄弟姆瓦恩吉的死;他常常问自己,他的死是为了什么?又是为了谁呢?

战争结束了,波罗重归故里时,再也不是天真幼稚的青年了,他成了一个稍经世故的成年人。但他回到家乡以后,也是一无所有,赖以生存的土地没有了。他聆听父亲所讲的故事,听着听着,触景生情,不觉怒从心起。难道人们能这样日复一日无所作为地允许白人占领他们的土地吗?什么预言不预言,全是骗人的鬼话。

在年轻人的喧闹声中,他突然大叫一声:“让预言见鬼去吧!”

有人在低声地议论什么,还有人问他父亲:“你为什么还要为抢走我们土地的人继续干活呢?为什么要为这样的人效劳呢?”

波罗站了起来,愤然跑出门外,去寻找“为什么”的答案了。

第三章

今天恩戈索去上工，早早就离开了家。但他没像往常那样穿过田野。论时令，一年中他最喜欢雨季；一到雨季，田野里绿茵茵的，万绿丛中还盛开着一簇簇五颜六色的鲜花。晨曦初露，绿叶含着露珠，与红艳艳的霞光相映，滴滴露珠放射出晶莹的光芒，令人赏心悦目。他突然回头去看走过的田间小道，看到被他的双脚撩倒的路旁庄稼上的露珠，他感到自己好像犯了什么错似的，心里茫然若失。有时，他喜欢用手轻轻地抚摩绿叶上一滴滴晶莹的露珠，甚至还像小孩那样，用微微颤抖的手捅开露珠，看看里头到底有什么秘密；当透亮的露珠形消体变、瞬间变成水时，他心里又感到无限怅惘。大地一片寂静，近于死寂，这时他经过耕种过的熟悉的田地，心里油然产生一种难以言状的对穆鲁恩故的感激之情。

恩戈索沿着一条又宽又直的柏油马路走去，这条马路没有尽头，但它直通城里。大小车辆从他身边不断奔驰而过，男男女女熙熙攘攘地经过他的身旁，有的去白人的地里干活，有的到城里的鞋厂做工。恩戈索一边走一边沉思，今天在他身边到底发生了什么呀？他为什么会在孩子们面前那样难堪？波罗的话深深地刺痛了他的心，给他多年来耐心等待的热诚的心泼了一盆凉水。也许他和其他的人等待的时间太长了，现在他们害怕自己因为无所作为而无法实现这种愿望，或者更坏的是，害怕自己被出卖了。

恩戈索来到印度人的商店区，几年前他曾在这里的一家商店当过雇工，那是在第二次世界大战爆发前几年，当时他为一个印度商人干活，但这个商人常常拖欠他按月的工资。商人是有意那样干的，他想通过这种办法使恩戈索永远为他效劳。因为，恩戈索如果中途不干了，就会损失一个月应得的报酬。但他最终还是损失了，那是在他开始到霍尔兰斯的土地上当一名庄稼汉的时候。到了那里,开始时他什么活都干:劈柴烧火,料理茶园,打扫房间。他走过印度人商店区,从理发店附近穿过,继续往前走,便来到了霍尔兰斯先生的庭院,走进了他多年来熟悉的地方。

霍尔兰斯已经起床。他平时睡觉不多,不像他的妻子苏扎娜那样,因为她平日没有太多的事可干。就是睡不着也要躺到十点。霍尔兰斯常常有做不完的事,但他所做的事神秘莫测,往往使恩戈索费解。

"早上好,恩戈索。"

"早上好,先生。"

"昨晚过得愉快吗?"

"很愉快,先生。"

恩戈索在用人当中是唯一受到霍尔兰斯这样问候的人,这种习惯,日复一日,已经公式化了。霍尔兰斯说话时常常心不在焉,但他无论如何确实在经常动脑筋考虑什么重大的事情。他的心经常挂念着土地,土地与他的生命和灵魂已经紧紧地联系在一起。一切与土地有关的事情,他都认为是有意义的,否则就是没有意义的。比如说,如果他妻子不能很好地替他料理家务，以便让他无后顾之忧地管理土地，那么妻子对他来说就会毫无意义了。他将家庭的一切事务都交给了妻子，从不过问。比如说，妻子闹着要再雇一个用人，他会简单地认为这大概是妻子还需要另一个“男人”，雇就雇吧。再过几天，妻子殴打这个“男人”，而且闹着要解雇他。在他看来，这有什么关系呢，值不得为此多花心思，解雇就解雇吧，可能是因为妻子嫌用人的皮肤是黑色的。至于是不是因为其他原因，他也不想再去深究了。

他竭力反对妻子解雇的唯一的一个人是恩戈索，这并不是因为他对恩戈索有什么特殊的感情，而是喜欢恩戈索勤于耕作的态度。恩戈索热爱每一寸土地，他眷恋土地就像眷恋情人那样，他将土地上的一切都看成是自己的财产一样……恩戈索的一切也与土地紧紧相连，难以分开。此外恩戈索还能将农场里的雇工们管理得有条有理，这是其他任何人比不上的。恩戈索来农场时，他的农场正处于财源枯竭、濒临破产的危难时刻，可是自从恩戈索来到以后，他就时来运转，化险为夷，情况一天天好了起来。

霍尔兰斯,中等身材,显得很壮实,两腿很短,大腹便便,浑圆的脸上长满了浓黑的胡子。从他的长相看,他是在肯尼亚的典型的白人移民。他是在第一次世界大战期间来到肯尼亚的。在这之前,他曾经在自己的国家里过着和平安宁的日子,可是有一天他突然被征入伍,当时他认为打仗就是光荣,因此他怀着年轻人充满幻想的心理加入了战争的行列。然而,在流血的、毁灭性的战争中度过了四个年头,他和其他年轻人一样,对战争失望了,他自己也变得讲究实际了。最后他逃离了战争。到哪里去呢?东非可是个理想的地方,那里有广袤的待垦的荒原,要占领和控制这些土地是合适的、轻而易举的。

在相当长的一段时间里,对他来说,他的祖国——英国已经成了一个遥远的国家。尽管他也怀念故国,但他从未想过要回去。后来,他突然觉得自己需要一个妻子,又不打算像别人一样和本地的女人恋爱结婚,因此他像陌生人一样回到了“家乡”,很快选中了一个叫苏扎娜的姑娘,并且娶了她。她是一个心地善良的好姑娘,容貌虽说不上很漂亮,但长得也不俗气。她对英国呆板的生活方式感到厌倦,曾想有朝一日离开英国,换换环境。但她不知道应该上哪儿去好。后来,她听说非洲是一个引人入胜的好地方。因此她断然做出了决定,跟着男人来到了非洲。可她从未想过眼前的非洲是一个生活如此艰苦而且远离欧洲的穷乡僻壤。她失望了,她再一次对生活感到了厌倦。霍尔兰斯对她这种情绪毫不在意,也从不过问,他绝对相信她离开英国以前所说的完全能忍受丛林生活的话。

过了不久,苏扎娜得到了作为女人所需要的安慰;她生了一个男孩。从此她将自己的全部精力都放在孩子身上,现在她甚至能整天待在家里,和孩子说话玩耍。有时她还能从打骂用人中寻求乐趣和安慰。她给孩子起了一个名字叫彼得。后来彼得又有了一个妹妹,这样一来,这个由妈妈、儿子和女儿组成的小家庭,顿时热闹起来。因为孩子们的父亲常常早出晚归,从未在家安安稳稳地待过一整天。幸运的是他们这个家就在内罗毕附近,孩子们能到城里上学。做母亲的,眼看孩子们一天天长大并且彼此亲密无间,心里常常感到无限的自豪。她爱孩子们,孩子们也非常爱自己的母亲。可是,后来不久,彼得开始亲近父亲,霍尔兰斯也越来越喜欢他,父子俩常常在夕阳西下、晚霞满天的黄昏漫步于田间小道上,这不是因为霍尔兰斯有什么父道尊严的想法,打算表现一下自己,而是心里高兴。每当他想到有了孩子——未来的土地继承人,他心里就感到亮堂。

时光如流水,随着日月的流逝,霍尔兰斯开始产生了想回故国与亲友团聚的愿望。时间越久,跟祖国——英国言归于好的愿望就越强烈。他先后将儿子和女儿送回英国去上学。最后欧洲的文明竟又再一次临到了他的头上:他的儿子必须当兵参战。

霍尔兰斯先生的希望彻底破灭了。他悲恸欲绝,几乎再一次想毁灭自己。然而,他心中的上帝——土地拯救了他。他将自己的全部精力倾注在土地上面,成了一个名副其实的土地崇拜者。他那全部的也是唯一的欢乐,是如何精心安排和利用这些拿生命换来的土地;为此,他甚至可以一连数天不用吃饭,而只靠几杯茶过日子。苏扎娜整天一个人待在家里,形孤影单。她常常随意打骂用人,解雇了一个又一个。然而上帝对她是仁慈的，不久她又有了一个儿子，取名“史蒂芬”。现在，她身边只有这个唯一的孩子了，因为她的女儿在彼得阵亡以后已经当了修女。

一主一仆，一个是白人，一个是黑人，他们并肩而行，从这个地方走到那个地方，细心地观察茁壮成长的茶苗，有时还顺手拔掉茶苗间的杂草。他俩都若有所思地欣赏着这片碧绿可爱的茶园。恩戈索感到内疚，觉得自己对这里的一切负有责任，对已经死去的、还活着的以及尚未出生的人负了债，偿还债务的方式就是要保护好这些土地。霍尔兰斯心里却是另一个天地，他觉得只有他才有资格来征服这片荒芜的草原。现在他每次走过这里时，常以胜利者的姿态，傲视着眼前的一切。

他们在一片坡地上停住了脚，放眼远望，经过精心耕种的土地从脚底下整齐地延伸到对面的山坡，然后又从那里再延伸到另一个山坡。恩戈索在这里还清楚地看到，从那里开始，就是非洲人的土地了。

“你喜欢这里的土地吗？”霍尔兰斯心不在焉地问。他为拥有眼前这片土地而扬扬得意。

“当然喜欢,这是全国最好的土地。”恩戈索有意加重语气说,这完全是他的心里话,一点也没有装腔作势的意思。霍尔兰斯点了点头,无限感慨地想道,史蒂芬能替他接管这片土地吗?

“我不知道,谁能来替我管理这些土地……”

恩戈索的心紧缩了一下。他也正在考虑他的孩子们。难道预言会这样快实现吗?

“为什么,先生,难道你要回……”

“不。”霍尔兰斯回答说。

“……回你的家,家……”

“我的家就在这里嘛!”

恩戈索感到迷惑,难道这些人永远不走吗?吉库尤以往的预言家不是说过,这些人怎么来最终就会怎么去?此时霍尔兰斯却在思考,史蒂芬真能继承他的事业吗?他可不像在战争中死去的那个孩子。想到这里,他心里感到无限的悲伤和惆怅。

“战争夺去了他的生命。”他自言自语地说。

恩戈索以前不知道他另一个儿子的下落。现在他全明白了。他很想把他自己孩子的遭遇告诉霍尔兰斯。他更想对霍尔兰斯说:“是你们白人夺去了我孩子的生命。"但他没说出口。他心想，霍尔兰斯没必要抱怨什么，因为战争是他们自己发动的。

第四章

在学校里，恩约罗格是一名优秀学生。他常常回忆起入学那天第一堂课的情形。老师走进教室，站在学生们面前。老师，矮矮的个子，留着一小撮胡子，平时总喜欢把它摸一摸或者捋一捋。学生们叫他伊萨卡，这是他作为一个基督教徒的教名。学生们很少有人知道他的真实姓名。对他这个“伊萨卡”的名字，学生中间少不了有些议论，有人说他根本就不是虔诚的基督教徒，因为他抽烟、喝酒、搞女人。这些都是作为一个老师所不应该干的。然而，由于伊萨卡老师乐观、开朗的性格，孩子们都非常喜欢他。恩约罗格也喜欢老师，可是他更喜欢和羡慕老师的那小撮胡子。据说老师和女老师聊天时常常不停地抚摩或揉卷他的胡子。这样一来,老师的这种习惯常常成了顽皮的男孩们在一起聊天时的内容。

开学那一天,老师走进教室,在黑板上写上了一个“A”;对恩约罗格和其他同学来说,这个字母简直是枯燥无味的。

老师:一起念 A。

学生:A——A。

老师:再念一次。

学生:A——A。

声音如电闪雷鸣,铁皮屋顶差点儿被震塌了。

老师在黑板上写了另一个字母。

老师:一起念 E。

学生:E——E。

当他带着学生们一起念时,声音变得圆润多了。

老师:念 I。

学生:I——I。

老师:再念。

学生:I——I。

老师:这就是从前吉库尤人敲门的方法,进门以前先敲敲门，说一声“I——I”，然后再问，“可以进来吗？”

一阵哄堂大笑，孩子们觉得老师如此教法很滑稽。老师又在黑板上写了另一个字母。这时恩约罗格的心在激烈地跳动，他意识到他已经真正开始上学了！他要将这里的一切告诉妈妈。

老师：念 O。

学生：O——O。

老师：再念。

学生：O——O。

黑板上又写了另一个字母。

老师：念 U。

学生：U——U。

老师：妇女们在危急时是怎么呼叫的？

学生：（男孩子们得意扬扬地看看女孩子们）U——U——U。

又是一阵哄堂大笑。

老师：念 U——U——U。

学生：U——U——U。

老师：有哪一种动物是这样叫的？

一个男孩举手，但还没有等他回答，其他孩子已经一起大声回答:“是狗,”又是一阵大笑,中间还夹杂着低声的议论。

老师:狗喜欢干什么呢?

孩子们交头接耳,议论纷纷,有的孩子大声回答说,狗喜欢叫 U——U——U。有的孩子却说,狗喜欢吠叫。

老师:对,狗喜欢吠叫。

学生:狗喜欢吠叫。

老师:狗吠时的声音是什么?

学生:U——U——U。

这一天开始,老师的名字又成了“U——U”。

恩约罗格非常喜欢老师的这种教法,尤其在举例子时更是绘声绘色,形象逼真。放学回到家里,他的头一件事是想把当天所学的东西教给卡马乌,可是卡马乌不感兴趣,恩约罗格只好作罢。

“最近你为什么总是单独一个人,为什么躲着我?”姆韦哈吉问恩约罗格。

恩约罗格感到难为情。那天妈妈看见他们在山头上玩耍时的情形,他记忆犹新。当时妈妈没有说他,但妈妈的沉默是一种更严厉的惩罚,因为她让他去慢慢琢磨她心里的想法。尽管如此,恩约罗格觉得他在姆韦哈吉面前应当表现出尊严和礼貌。

“你总是那么晚才从家里出来。”恩约罗格胆怯地说。这时已经放学,他们在回家的路上边走边欣赏周围的一切。鸟儿们欢叫着从他们头上飞过,掠过田野,飞向远方。

“不是我晚出来,而是你有意躲着我。”姆韦哈吉打破了彼此间的沉默。

“你父母打你吗?”停了一会儿,姆韦哈吉又问他。

“不,只是在我有什么过错时才打我。”

姆韦哈吉心里感到惊讶,像他这样的男孩子也会有过错吗?他诚实、孤芳自赏,常常一放学就独个儿赶紧回家。

“为什么你要问这些?”恩约罗格反问道。

“我想,如果不是因为他们打你,为什么你会怕他们呢?”

“那你呢?你父母打你吗?”恩约罗格用同情的口气问她。这时姆韦哈吉在恩约罗格眼里显得娇嫩、温柔和文雅。也许女孩子都是这样的吧,恩约罗格想道。

“是的,他们有时打我。妈妈不打我时,也常常用难听的话奚落我,其实那比打还难受,我怕我妈妈。”

“我也怕我爸爸妈妈。”恩约罗格不想在姆韦哈吉面前更多地责备父母。他永远不会忘记有一次他和妈妈上街时碰到的事情。那一天,他和妈妈走在路上,正巧遇见一个印度小孩,那小孩大概想和他交朋友,热情地送给他一块糖。他过去曾认为印度人是从来不会对人热情的,他对这种热情感到意外,因此欣然接过了这块糖,但他正想把糖放到嘴里时,妈妈突然转过脸来对他骂道:“你好像是一年没有吃过东西?馋到这种地步!连这样脏的印度小孩手里的东西你都要,以后什么人手里的东西你都想要啰?”他赶紧把糖扔掉。但他心里非常难过,因为刚才的一切,那个印度孩子都看到了,他真想跑过去向他道歉几句,但他当时没有这样做。过了几天,他到那里去找那小孩时,那孩子已经不在了。

“你认为爸爸妈妈所做的都是对的吗?”

“我想是这样,但也说不准,有时我也觉得自己所做的似乎也有道理……你有过这种感觉吗?”

“我也有过这种感觉。”他顺水推舟地说,因为他不想被人看成是傻瓜。

过了不久,他们已将刚才所说的一切忘在脑后了。他们开始说笑嬉闹,又在一起玩起来了。恩约罗格显得庄重矜持,姆韦哈吉则活泼诙谐。她摘了几朵花朝恩约罗格轻轻地扔去,恩约罗格心里很高兴,也想同样报复她一下,可他并没有动手摘花。他想,盛开的鲜花一旦采摘下来,就会失去鲜艳的颜色。因此他对姆韦哈吉说:“算了,咱们别玩花了。”

“嗯,但我喜欢花。”

他俩从霍尔兰斯先生的院子旁边走过。庭院里的房舍高大豪华,比姆韦哈吉家的房子还要阔气。

“我爸爸就在这里干活。”

“这是霍尔兰斯先生的房子。”

“你认识他?”

“不,我不认识他。但我爸爸经常提到他,还说他是一个非常出色的农民。”

“他们是朋友吗?”

“我也不知道。不见得吧。白人是不会和黑人交朋友的。他们是上层人物。”

“你去过他的农场吗?”

“没有去过。”

“我多次到这里来找爸爸。里面还有一个身材和我差不多的小伙子,皮肤很白,我想他大概是霍尔兰斯的儿子。但我看不惯他整天抓着妈妈的裙子跟在妈妈后头转,只有胆小鬼才会那样。可是,我发现他的两只眼睛在好奇地打量我。我第二次见到他时,只有他自己一个人。他看见我来了,就站了起来,并且朝我走来。我心里真有点儿害怕,因为我不知道他想干什么。我回头拔腿就跑。他没有追上来,而是停住了脚,远远地瞧了我一会儿,后来他就回去了。往后每次到他那里,我总是紧紧挨着爸爸。”

“他想跟你说话吗?”

“我也不知道,说不定他是想和我吵架呢,他很像他爸爸。啊,你知道……”恩约罗格突然想起了爸爸给他讲过的故事,但这是他隐藏在心底的秘密,不能告诉姆韦哈吉,因此话到嘴边又收了回去。

“这里所有的土地都是属于黑人的。”

“是呀，我也听爸爸这样说过。他说，如果我们的人有文化，那么白人无论如何也不会那么轻易得到这么多的土地。我常在想，为什么我们过去的人、死去的长辈们，在白人来的时候都没有文化呢？”

“当时，没有一个人能教他们学英语。”

“可能的，也许是这样。”姆韦哈吉将信将疑地说。

“你们上课时教英语吗？”

“啊，不，只有到了四年级才能开始学英语。”

“你爸爸会讲英语吗？”

“他大概会讲。”

“他在哪里学的？”

“在一个教会的什么地方……啊，对了，在西利安纳①。”

“你要比我先学英语。”

“为什么？”

“你比我高一年级。”

---

① 一个县城的名字。

姆韦哈吉沉思了一会儿，脸上忽然放出异彩，高兴地对他说："那，我教你……"

恩约罗格心想，这样不一定好，但他没有吭声。

新学年就要开始了，恩约罗格将跳班升入三年级。三年级才是实际上的一年级。原来的一、二年级实际上是预备班。恩约罗格在一年级里成绩突出，因此没有必要再上一年的预备班了。这也是姆韦哈吉在新学年里要升入的班级。这样一来，恩约罗格就赶上姆韦哈吉了，他心里非常兴奋。在正式开学以前，有一天他和卡马乌在树林里打猎，正当追逐一只羚羊已经无望的时候，恩约罗格问：

"你为什么不喜欢上学？"

"你总是问这件事。"卡马乌摇摇头，微笑着说。

恩约罗格没有吭声，他想，对于孩子们来说，上学是再好不过了，念书是生活中最快乐的一件事。他觉得每一个人都应该上学。

"不，不是我不喜欢上学。"卡马乌若有所思地说。

“为什么?”

“你就不要明知故问了。难道你没有看到我们家的情况吗?一个人如果没有土地就要学做生意。父亲一无所有。所以现在我做的一切都是至关重要的,如果恩加恩加不那样吝啬,我早就成为熟练的木工了。那时候我就会有钱,然后我们还可以全力支持你上学。你上学念书不仅为了你自己,也是为了我们全家,爸爸也是这样说的。他盼望你有学问,能给我们全家带来希望。在肯尼亚有文化就有出息,这个道理约莫也曾经讲过。”

恩约罗格听说过约莫这个人。约莫刚从海外来时,许多人还到内罗毕去欢迎他。恩约罗格希望自己有朝一日也能像约莫那样有学识有文化,然后也能漂洋过海到远方白人的国家去。姆韦哈吉的哥哥最近就是要到那边去的。

晚上,恩戈索走到恩约罗格跟前,问他:

“你们什么时候开学?”

“星期一。”

“嗯——嗯。”恩戈索“嗯”了两声,他上下打量了孩子一番。妮约卡比正在准备晚饭。“有文化就有一切。”恩戈索喃喃地说。但他心里却在琢磨到底是不是这样,因为他曾一直认为有土地就有一切。有文化当然好,因为它能引导人们收回被夺走的土地。

“你必须学会如何摆脱我们目前的这种境况。人们要生活,但又没有一寸土地,这种境况是多么令人难以忍受啊。”

恩戈索很少像今天这样怨天尤人。他以往一直坚信,今后的生活一定会发生重大的变化。这就是他不想离开应该属于他自己的土地的原因,同时也是他忠实地为霍尔兰斯干活,并且爱护每一寸土地和土地上的一切的原因。为此,他曾引起儿子对他的疑虑,所以他开始对孩子产生一种畏惧心理。他觉得波罗变了。这一切都是战争造成的。他觉得战争给他带来了不幸。战争夺去了一个孩子的生命!留下来的孩子现在又开始非难他。

“霍尔兰斯对土地有什么想法?”他一边琢磨,一边自言自语。他不理解霍尔兰斯对土地为什么如此热心。他觉得有时候霍尔兰斯显得极端懊恼和失望,好像在躲避什么。

恩约罗格心领神会地听着父亲的每一句话。

他觉得自己虽然还小,但人们已开始赋予他一种难以言喻的使命。他心里明白,对他来说,有文化就能实现更崇高的目标和更美好的未来。这不仅是爸爸、妈妈和兄弟姐妹们对他的希望,也是全村的人对他的希望。这个目标使他精神焕发、信心百倍。他觉得他正在向着这个崇高的目标迈进。

第五章

恩戈索家门前有一个小山包,那是多少年来的垃圾堆积而成的。白天,站在山包上,贾科波的全部土地可以一览无余,这片辽阔的土地与白人的土地相比毫不逊色,土地周围以浓密的灌木丛做篱笆,除虫菊花盛开,香气沁人肺腑。贾科波很幸运,因为他是多年来唯一被允许种植除虫菊的非洲人。因此,据说他成了其他非洲人要求种植除虫菊的障碍。白人不愿看到更多的非洲人种植除虫菊这样的经济作物,因为他们的农场也种植除虫菊,物以稀为贵,种植多了就会影响他们的除虫菊的市场和价格。

恩约罗格常常伫立在小山上眺望外出归来的

妈妈或兄弟们。如果他看到有谁回来了,他会高兴地跑上前去,帮助他们提行李什么的。不管对谁,对恩杰莉还是其他孩子,他都很乐意这样做。要说恩戈索一家与其他同样一夫多妻的家庭有差别的话,那么差别就在于恩戈索一家人不分彼此、亲密无间。平时,不管是下地还是去市场,恩杰莉和妮约卡比常常是来去双双、形影不离。对于家里的活,谁该干什么,她们也彼此默契,互相配合。这一切应当归功于恩戈索,因为他是这个家庭的顶梁柱。事情往往是这样,一个家庭如果有一个有威望的家长,这个家庭就会和睦。

那是一个幽静的夜晚,恩约罗格和卡马乌站在小山上,仰望高高的天宇,寂静的太空银钉般的星星不断闪烁,就像人的眼睛。妮约卡比曾经给他们讲故事说,那是一个个小小的天眼,人们可以通过这些天眼看到上帝的灯火。恩约罗格对此说法一直将信将疑。

“你见到远处的灯光了吗?”

“是的,见到了。”

“那不就是内罗毕吗?”恩约罗格的声音有点儿哆嗦。

“是呀。”卡马乌用含糊的声音回答说。

恩约罗格在黑暗中抬头朝前方望去，远处无数灯光闪闪烁烁，就像一条火龙；城市上空，雾气腾腾，发出银灰色的幽光。他凝视着这个充满奇迹的神秘的大都市，就是它使他的兄弟们一个个离开了家。这个近在咫尺、远在天边的陌生城市居然有那样的吸引力，这使他困惑莫解。他深深地叹了口气。他不明白为什么他的兄弟们要到那里去。这一点，只有天知道。

“你认为他们已经找到工作了吗？”

“科利说，在城里很容易找到工作。”

“啊！”

“难怪是大都市……”

“是——大——都——市。”

“霍尔兰斯先生经常去那里。”

“贾科波也常去——你认为他们会忘掉家吗？”

“我想不会，没有一个人会这样做。”

“为什么他们喜欢跑到城里，而不愿意在这里找点儿活干呢？”

“你认为他们是不愿意吗？在这里也好，在

他们现在待的地方也好，他们最终会发现，他们除了那点儿工资，是一无所有的，就连一小块可以耕种的土地也没有。你看霍尔兰斯，他就没有必要去找什么工作，也不用去当什么雇工，他也会发财致富，生活过得很舒适，这是因为他有土地。你再看看贾科波，生活过得也很不错，也是因为他自己有土地……可是，波罗却没有土地。他找不到工作。你知道吗，他和爸爸生活在一起是多么烦恼，因为他认为由于父辈的无能，土地才被抢走的。你想他能再这样继续待下去吗？波罗最终不会是我们这里的人。”

恩约罗格沉思着，他想，要是他有能力改变这种状况就好了，也许有了文化就……

“是的，波罗的脾气有些古怪。”

“他常常发火。”

“对爸爸吗？”

“对我们所有的先辈。尽管他们也曾想……”

“想收回被占的土地？”

“是的，爸爸说过，过去的人为争取正当的权利曾经进行过长期的斗争。第一次世界大战刚结束，就有许多人到内罗毕去举行示威游行，强烈要求释放被逮捕的领导人。这些人遭到枪击,其中有三个人惨遭杀害,人们坚信被逮捕的那个年轻领导人一定能够带领他们赶走白人。”

“爸爸这样说过?”

“这样说过,我听见他跟波罗这样说过。呃,你看得出来吗?爸爸好像有点儿害怕波罗。”

“波罗说什么呢?”

“他没说什么。他只是两手托着下巴,眉头紧皱,好像在思考什么。波罗是一个古怪的人。大妈曾经说过,战争以后他变了。也有人说,这完全是由于那个死去的兄弟。”

“姆瓦恩吉?”

“是他。他们说他是被英国人打死的。但是,不管是不是英国人,他毕竟是被白人打死的。”

“是这样。”

他们在黑暗中继续眺望这座灯火辉煌的都市。卡马乌和恩约罗格担心其他两个兄弟也会像他们那样消失在灯红酒绿的花花世界之中。但是科利倒是说过,他们一定经常回家看看。

“我也想离开这个城市。”

“为什么?”恩约罗格焦急地问。他正在思考,一旦他有了学问,有了钱,他一定要帮助兄弟们……他的思路突然被打断了。

“这只是一个初步的想法,要这样做必须先放弃恩加恩加交给我的工作。”

“你的学徒期还未满呢。”

“我已经学会了做桌子、椅子和床之类的家具,我想我可以单独干了。”

“那么,你要到哪里去呢?”

“到白人农场或者内罗毕去。”

恩约罗格拿定主意要打消卡马乌的这个念头。因为他不想让卡马乌离开家。

“你很可能找不到工作。”

“我会找到工作的。”

“你忘记那次罢工了吗?”

“嗯!”

“你知道吗,爸爸经常提起那次罢工。”

“我不知道,我认为罢工也是为了像爸爸这样的人的。”

“但爸爸说,罢工是为了要求黑人获得自由。”

“也许是这样,我说不清楚。”

恩杰莉正在叫他们，他们听到喊声后，从山上走了下来。路上恩约罗格突然又想起了一个问题。

“爸爸说土地是属于黑人的，你认为这种说法对吗？”

“完全是这样。黑人在自己的国土上有自己的土地，白人在他们的国土上同样也有他们自己的土地，这是大家知道的。我想，这本来是上帝安排好了的。”

“英国也有黑人吗？”

“没有！英国只有白人。”

“那么，他们这些白人为什么要离开自己的国家到我们这里来强占我们的土地呢？”

“这些人都是强盗。”

“所有的都是？”

“所有的，连霍尔兰斯也是。”

“霍尔兰斯……我不喜欢他，我也讨厌他的孩子那天的行为。”

“羊的孩子总是羊。”

恩约罗格突然又想起了什么。

“贾科波是坏蛋。你认为姆韦……”他没有

往下说，但很快改变了话题，问道：

“约莫是什么人？”

“波罗称他为黑色摩西①。”

“《圣经》里的人？”

“我也不知道。”

“我记得《圣经》里好像提到过他。”

恩杰莉的喊声在黑暗中回响。他们也就没有再往下说了。

夜里，恩约罗格躺在床上翻来覆去，久久不能入睡。

他反复思索，他将来不能像爸爸那样替白人干活，或者更糟的是替印度人干活。爸爸曾对他说，当雇工很劳累，希望他不要再走他的路了。是的，他一定要找别的出路，而且要帮助他所有的兄弟找到出路……他坐了起来，低声祈祷说：“主啊，保佑我吧，让我学到文化，我要帮助爸爸、妈妈、卡马乌和其他兄弟。我向你乞求，耶稣基督，我的主啊，阿门！”

---

① 摩西是《圣经》中的人物，根据《旧约全书》记载，他是神的使者，是将以色列人从埃及人统治下解救出来的英雄人物。

这时他又想起了什么。他停了一会儿,接着说:“……上帝,请宽恕我吧,不要让姆韦哈吉在学业上超过我。啊,上帝……”

他躺在床上,不一会儿就沉沉地进入了梦乡,还甜甜地做了一个梦,梦见自己要到英国去留学。

姆韦哈吉和恩约罗格在一起时,心里常常感到轻松愉快。她觉得,和对她漠不关心的亲兄弟相比,跟恩约罗格在一起更有安全感。她信任他,每次放学回家,她总希望和他一起走。姆韦哈吉聪明伶俐,在同学中,甚至在男同学中,她的成绩一直是出类拔萃的。现在,恩约罗格也升到她们班上来了,这样,她和他说说话,问问课堂上或者作业中的问题,都更方便了。

他们在四年级开始学英语,姆韦哈吉的姐姐露西亚是他们的英语老师。有一天,露西亚走进教室,学生们整齐地坐着,用期待的眼光望着黑板和老师。在人们眼里,懂英语的程度是衡量一个人学问深浅的尺度。

露西亚在黑板上用英语写上了“站立”一词,然后她用英语讲解,并且要求学生们用英语回答她的问题。

老师：我站着。我干什么呢？

学生：你站着。

老师：再念一次。

学生：你站着。

老师：（用指头指学生）你——不——你，对。你叫什么名字？

学生：恩约罗格。

老师：恩约罗格，请站起来。

恩约罗格站了起来。他想，学英语当然好，但最好不要让他站起来回答问题，这样他会在同学面前出丑的。

老师：你干什么呢？

恩约罗格：（声音很低）你站着。

老师：（提高声调）你在干什么？

恩约罗格：（他清了清嗓子，但声音依然很低）你站着。

老师：不，不对，动脑筋想一想，你在干什么？我是问你。

周围的同学都举起了手，要求回答这个问题，恩约罗格的心扑通扑通乱跳，他一时不知如何回答才好。

老师:(指姆韦哈吉)你站起来。你干什么呢?

姆韦哈吉:(她歪着头回答)我站着。

老师:回答得好。现在恩约罗格回答:她在干什么呢?

恩约罗格:我站着。

同学们一阵大笑。

老师:(面有怒色)同学们,她在干什么?

学生们:(拉长声音)你站着。

老师:(怒气未消)我问你们,她在干什么?

学生们:(声音变得很低,而且有点颤抖)你站着。

老师:你们听着,你们这些蠢货、笨蛋,我教给你们的东西,你们何时能记住?昨天我们不是复习过了吗?明天如果你们再错,我就要狠狠惩罚你们。

老师严厉地将学生们训斥一阵之后就离开了教室。恩约罗格心里很懊丧,他埋怨自己刚才为什么那样胆小。现在他心里平静下来了,也开始明白应该如何回答刚才的问题了。因此他对同学们说,刚才应该回答:"她站着。"这时有一个全班公认是最笨的同学站起来斥责他说:"老师在的时候,为什么你不敢开口,简直是马后炮!"

就这样经过老师多次反复的发怒和训斥,数周之后,学生们已能比较熟练地掌握所学的英语句子了。现在恩约罗格也能顺口说:

我站着。

你站着。

她站着。

我们站着。

你们站着。

他们站着。

你要上哪去?

我要到门口去。

他还仿效老师指着黑板说:

你在干什么?

我指着黑板。

每当其他老师进教室用英语说:"孩子们,早上好!"学生们都能齐声回答:"早上好,先生!"

有一天,一个白人妇女来到了学校。正如她所期望的那样,学校里打扫得干干净净,整理得有条有理。老师还预先告诉学生们一定要懂礼貌。

恩约罗格过去很少有机会就近看到白人。现在他看到白人妇女又白又嫩的皮肤，心里很惊讶。他想，他要是碰碰她的皮肤，会有什么感觉呢？这个妇女走进教室时，学生们都站了起来，教室里鸦雀无声。有的学生甚至张开了口，按照预先的布置，准备向她问好。

“下午好！孩子们！”

“早上好！先生！”

露西亚差点气哭了。她不是多次教过他们吗？真丢脸！客人向孩子们解释说，吃过午饭，十二点以后应该说“下午”，又因为她是女的，因此应该称呼她为“女士”。

“明白了吗？”

“明白了，先生！”

“女士！”露西亚声嘶力竭地大叫了一声。她气得简直想杀人。

“明白了，女士！”

“下午好。”

“下午好，女士！”同学们齐声说。但是有的孩子还喊“先生”，这是他们平时养成的习惯，因为平时甚至同学们互相问候，也称“先生”。

客人走了。孩子们对今天发生的一切感到很遗憾。露西亚将学生们狠狠地训斥了一顿，借此发泄心中的怒火并消除孩子们给她带来的耻辱。从此以后，孩子们再也不会忘记“上午”和“下午”“先生”和“女士”的区别了。

在一次放学回家的路上，恩约罗格告诉姆韦哈吉说：“你知道吗，我记得在什么地方好像见过这个白人妇女。”

“你见过她？在哪儿见过？”

“想不起来了，我总觉得她很面熟。”

他们路过恩戈索干活的地方时，姆韦哈吉问他：“最近你见到那个白人孩子吗？”

“没有，我想他已经上学了。”

“后来他是不是还想和你说话？”

“不！我常常避开他，但他常常孤孤单单一个人。”

“他大概是独生子。”

“他可以找别的孩子玩去。”

“到哪儿找去？”

他们没走多远，恩约罗格突然叫了一声：“哦！我想起来了。”

“什么?”

“我想起来了,我在霍尔兰斯的家里见过那个白人妇女,大概见过一两次。她可能是霍尔兰斯的女儿。爸爸提到过她,说她是一个修女。”

“啊!对了,我也听爸爸这样说过。”

“我感到奇怪,她是白人的女儿,怎么会当修女呢?”

“也许她与众不同。”

“羊的孩子总是羊”,恩约罗格突然又想起卡马乌曾经说过的谚语,他顿觉开窍了。

卡马乌离开了恩加恩加,但他并没有像他所说的到内罗毕或白人农场里去,他和另一个木工一起在非洲人的商业区里找到了一份工作。这样,恩约罗格如愿了。近来,恩约罗格突然发现卡马乌已经长大成人,按照惯例,将会为他举行“将多①”仪式,并进行割礼了。恩约罗格常用畏惧的眼光看着他,担心卡马乌经过割礼之后会疏远他,而和同年龄的青年们在一起。可这还不是他最担

① “将多”是非洲国家一些部族专为青年人举行的传统仪式。这种仪式举行之后,年轻人就算成年了,可以成家立业了。

心的地方,因为他俩现在反正也不经常在一起。他最担心的是卡马乌有一天也会像其他兄弟那样被拉进都市生活里去。城里的兄弟虽然也经常回家看看,但他们都变了。尤其是科利几乎变成了另一个人。如果卡马乌走了,这个家庭最终就会破裂,过去全家引为自豪的和睦的家庭气氛将会消失。卡马乌是一个善于持家的人,能够吃苦耐劳,家庭重担他一身挑,整天辛辛苦苦,但他毫无怨言。恩约罗格有时到非洲人的商业区去看望他。这个地区的情况和以前一样,各种各样的人在街道上、茶馆里或肉店里盲目地游逛,熙熙攘攘,消磨时光。恩约罗格对这些无聊者的前途感到担忧,他一边走着,一边不自觉地用手紧紧捏着学校发给他的书本。

恩约罗格长高了,中等的个子,黝黑的头发,浅黑色的皮肤,两只又大又亮的眼睛显得炯炯有神。从他的体态看来,他已经开始成熟了。然而,就他这种年龄的青年而言,说他成熟也许还早了一点儿。

和其他许多青年一样,他认为学问是打开光明前途之门的一把钥匙。他和贾科波的孩子们

(姆韦哈吉除外)没有什么交情,因为他们是怀有优越感的中层阶级人物。他和他们很少来往,只是一心读书。他对学问如饥似渴,什么都学。《圣经》是他最喜欢的一本书。他还非常喜欢《旧约全书》里的故事。他崇拜大卫那样的英雄人物,常常拿自己和他相比。《约伯记》里的故事虽然常常使他悲痛难忍,但还是深深地吸引着他。在《新约全书》中,他喜欢年轻的耶稣的故事。

恩约罗格对《圣经》已有很深的信念。作为一个受教育者,凭他的灵感和远见,他对上帝的公正是深信不疑的。公正与正义存在于人世间,如果你行善和信仰上帝,天国就将是你的。每一个心地善良的人都可得到上帝的赏赐,邪恶的人也必然会自食恶果。妈妈给他讲过的部族里的故事,更坚定了他的成功来自勤奋与耐心的信念。现在,他对全家和全村前途所抱的希望,不仅寄托在高深的学问上,同时寄托在仁慈的上帝身上。很久很久以前,上帝曾在吉库尤和穆姆比,或者亚当和夏娃的陪同下周游了人间。现在,如果将吉库尤当作亚当,将穆姆比当作夏娃,他觉得没有什么差别。在上帝之下,所有的男人和女人是兄弟般地紧紧团结在一起的。由此他又有了一个想法,吉库尤人的土地被白人强夺去了,这些白人不是别的,就是《圣经》里提到的以色列人的后代。常言说四海之内皆兄弟也,因为黑人也是上帝的子孙,因而黑人在世界上也应该有自己的组织。这就证实了波罗关于约莫是黑色摩西的说法是完全正确的。恩约罗格每当有机会和姆韦哈吉在一起时,常常希望向她解释这些事情,但他每当想用言语来表达时,却不知从何说起。因此,他只好将这些想法深深地藏在心底里。他常常喜欢单独在田间小道上漫步,甚至还与黑夜交上了朋友。

第 六 章

有时候,也有人来看望爸爸。从孩提时代起,恩约罗格就觉得爸爸是家庭的中心。在过去的岁月里,他家的生活平静得像一泓秋水,一切都很顺遂。随着时光的流逝,恩约罗格也慢慢长大了。他对父亲又尊重又敬畏,当然也绝对地信赖。

来看望恩戈索的人,一般都是先到恩戈索的房间,但有时也先到妮约卡比或者恩杰莉的屋里。来了人,恩约罗格心里常常很兴奋,因为他喜欢在旁边倾听大人有启发性的谈话。这些来访者多数是村中上了年纪的人,他们谈的往往是国家大事。一到周末,科利和波罗也常带一些年轻人到家里来,但是使人感到,这些年轻人和村里的年轻人不一样,村里的年轻人和年纪大的长辈在一起聊天时,常常让年纪大的人先说,他们则在旁边静静地听着。可是,和科利、波罗一起从内罗毕来的这些年轻人,好像什么都懂似的,聊起天来,口若悬河,滔滔不绝。在这些人中间,有许多人参加过战争,到过许多地方,因此他们谈到外国情况时,常常拿他们在不同国家里见到的不同情况来做比较。他们不像一般的青年聚在一起时总是消遣作乐、开开玩笑。他们一个个都很严肃,每当谈到外国,谈到战争、祖国、失业和被夺的土地时,总是怒容满面。

听到他们谈起约莫时,恩约罗格就很敏感。他更加相信确实有这样一个人。因为以前他曾在《旧约全书》中读过有关他的故事。摩西带领以色列人离开埃及到普罗密斯特去。因为黑人实际上是以色列人的后代,因此摩西不是别人,而是约莫本人。这是千真万确的。

他们还谈到将要举行的大罢工,所有为白人和政府工作的人将要举行一次大罢工。他们要用实际行动向政府当局和白人表明:黑人不是胆小鬼,更不是低三下四的奴隶;他们也是人,也要抚养和教育自己的孩子。那么,黑人为什么整天只是为了白人的孩子吃、穿和教育而去流血流汗呢?基阿里埃,矮矮的个子,留着一小撮黑得发亮的胡子。他善于辞令,经常和波罗在一起。恩约罗格对他所讲的一切有极大的兴趣。

"你认为这次罢工能成功吗?"有人问。

"毫无疑问!每人都参加罢工,各地的黑人,甚至警察局里和军队里的黑人都会来参加。"

"我们的工资是不是真的应该和印度人或白人一样?"

"那当然!"基阿里埃点头回答说,"所有的黑人如果都停工,那么国内各行各业就要瘫痪,因为一切都是靠我们黑人去干的。这样,政府当局和白人就要我们复工,那时我们就可以说,不!不!要复工必须首先给我们增加工资。我们的血汗不是那样廉价的,我们也是人,我们再不能只靠这区区十五先令的月薪生活下去了……"

村中的男女老幼怀着极大的兴趣倾听他的讲话。他们从前很少听到有关罢工的事,因此听起来觉得很新鲜。如果罢工能够增加工资,这倒是一个好主意。正如恩约罗格感觉到的,基阿里埃严肃而有说服力的讲话大大鼓舞了周围的人,加强了他们的信心。

“对那些黑人雇佣的人又怎么办呢?”

“我们要首先向那些为政府和白人工作的人强调指出,所有的黑人都是亲兄弟。”

恩戈索没有吭声,因为他知道他认识的一两个在政府工作的黑人就不是什么亲兄弟。

睡觉时,恩约罗格为这次罢工的成功祈祷。他希望罢工很快就能开始。如果爸爸能挣到更多的钱,那他就可以像贾科波那样买一辆卡车。这天晚上,恩约罗格睡得很香,还甜甜地做了一个梦,梦见罢工胜利以后,他们家丰衣足食,日子过得挺快乐。

霍尔兰斯将所有的雇工召集起来,这种做法是异乎寻常的。因为他怕浪费时间,所以只是简单地说了几句。他向工人们警告说,谁敢参加罢工,谁就会马上失业。是的,他怎么会允许这种可恶的罢工干扰他的农场事务呢?他的农场就连政府也不敢轻易插手。黑家伙们可以提出这样那样的要求,也可以随意提出威胁,这些都是政府当局处理的事,与他的农场无关。尽管如此,罢工日期还是日益临近。霍尔兰斯要求政府采取强硬措施，给这些苦力们一个教训，让他们明白应当到哪里去寻找正义。

恩戈索只是听着这种警告，沉默不语，脸上毫无表情。你根本不知道他心里想些什么。

对这次罢工，恩戈索还没有认真考虑过。他不知道这次罢工能否成功。如果罢工失败了，那就意味着失业，他就必须离开那些土地。后果是严重的，因为土地是他的，应当好好爱护它。说实在的，还没有一个人像他那样爱惜土地。

恩戈索心神不安地朝家走去，经过非洲人商店区时，他看到理发师还在忙着干活。这些天来，理发师聊天又换了一个新话题，说的净是罢工的事。恩戈索没有进理发店，径直朝回家的路上走去。

恩约罗格从未见过爸爸和妈妈吵架。以往他们吵架时，往往避开孩子。这一天恩约罗格从学校里放学回来，看到妮约卡比正在伤心地流眼泪。他惊愕不已。他记得妈妈以前也曾这样哭过一次，但那是很久以前的事了，大概是在饥荒年头或者更早一些。可这一切已经过去了。现在她为什么哭呢？恩约罗格木然地站着，心里忐忑不安，他甚至害怕到屋里去。

恩戈索，高高的个子，虽然年纪大了，但他那男人的气概不减当年。他阴沉而严肃地站在妮约卡比面前。恩约罗格看到，妮约卡比脸上的眼泪就像断了线的珠子那样不断往下滴。和睦的家庭突然起了风波，恩约罗格急得心如火燎。

“看来我要整天守着这个家了。”

“是的，你将要因为失业而整天待在家里。”

“我有我的自由，我从不听女人的指挥。”

“那我们就要饿死……”

“饿死！这次罢工对黑人来说是事关紧要的，罢工胜利后，我们还可以增加工资。”

“人都饿死了，谈重要不重要有什么用？”

“住嘴！对这个苦差事，你想我还要忍耐到什么时候？难道我还要继续为白人和他们的孩子干活吗？”

“但你也没白干，他们还付钱给你呢！如果罢工失败了，那又怎么办呢？”

“别婆婆妈妈的！”恩戈索像疯子似的吼叫了一声。罢工能不能成功正是他最担心的事。妮约卡比已经看出了丈夫的心思。

“如果罢工不成功,你说该怎么办呢?”

恩戈索再也忍耐不住了,举起粗大的手,“啪!”地狠狠打了妮约卡比一记耳光,正想举手再打时,恩约罗格跑上去拉住他说:“爸爸,请不要这样!”

恩戈索倒退两步,放下了手,两眼瞪着孩子,然后走了过去,双手紧紧地按住孩子的双肩。恩约罗格感到爸爸的双手沉甸甸地压在他的肩膀上,他的心激烈地跳动起来。恩戈索嘴里含糊不清地叨咕着什么。他忽然松开双手,转过脸,朝门口大步走去。

“妈妈!”恩约罗格低声叫了一声。

“他们为什么要缠住他呢?我的丈夫变了……”她一边哭一边喊叫。

“不要这样,妈妈!”

妮约卡比伤心地抽泣。

恩约罗格不知所措,泪水不由自主地夺眶而出。这天夜里,他心乱如麻,就连平时他所喜欢的露出笑意的星星,今晚在他眼里也丝毫没有快慰的感觉了。黑暗中,他在院子里心神不安地来回徘徊。他想,如果姆韦哈吉此时也在的话,他将把今天发生的一切告诉她,也许还能从她那里得到一点儿安慰。

远处都市的灯光像往常那样闪着耀眼的光芒,那里正是发生罢工号召的地方。闪闪的灯光好像在不断地暗示他、召唤他。但他没有回答,他多么希望自己能消失在沉沉的黑夜之中,他觉得必须在爸爸和妈妈的两种不同看法中做出明确的抉择。

他沮丧地回到屋里,跪在床上祷告说:"上帝啊,怜悯我吧,我有罪过,可能是我给家里带来了不安宁。宽恕我的罪过吧,赐福给爸爸和妈妈吧。赐福给你的孩子们吧。宽恕我们吧,阿门!"

"主啊!你认为罢工能成功吗?"

他想得到肯定的答复,也想预测一下未来。《旧约全书》不是说,上帝曾经向他的子民说过话吗?现在,上帝肯定还能这样做。恩约罗格认真地竖起耳朵听着,耐心地等待着,等呀,等呀,但还没有等到回答,他已经沉沉地睡着了。

第七章

新的学年开始了，教室里吵吵嚷嚷，挤满了人。毕业班的同学们都想知道他们到底考没考上中学。恩约罗格静静地坐在一个角落里。姆韦哈吉也挤在同学们中间。她已经长大了，变成了一个眉目清秀、步态轻盈的大姑娘，再也不是五年前带领恩约罗格上学的姆韦哈吉了。随着年龄的增长，他俩更接近了，彼此分享着对方的欢乐，也分担着对方的忧愁。恩约罗格常常暗暗地想道，她要是他的姐姐的话，那该多好呀。有一个男同学在教室的角落那边饶舌，还发出一阵怪笑，同学们没有理他，但有几个同学回过头去狠狠地盯了他一眼，他才老实地坐下。有人朝他讥笑了几声，然后教室里就安静下来了。

伊萨卡老师拿着一张长长的名单走进教室，恩约罗格焦急等待的这个时刻终于到了。他忐忑不安地暗暗安慰自己,万一没有考上,也要保持镇静。他竭力控制自己的感情。老师准备公布名单时,恩约罗格的心在激烈地跳动,他真想一下子钻到课桌底下去。后来,他听到老师第一个念到他的名字,而且在录取的名单上也有姆韦哈吉,这时他就和姆韦哈吉高兴地跑出教室,精神抖擞、非常兴奋地手拉手往家跑去。他们抿着嘴笑,谁也没有说话。心里都想尽快回到家里,将这激动人心的好消息告诉爸爸妈妈。恩约罗格想让妈妈知道他要上中学了。他们来到姆韦哈吉家附近,两人面对面凝神伫立一阵以后,不约而同地伸出手紧紧地握了握,然后猛地转身各自朝回家的路上快步跑去。

姆韦哈吉比恩约罗格早到家,她一进门就看到家里的孩子们正围着妈妈坐着;由于兴奋,她没有留意眼前这种异乎寻常的情景。

“妈妈！妈妈!”

“什么事?”朱莉安娜冷漠地回答了一声,脸上露出沮丧和悲伤的神情。她看了姆韦哈吉一眼,然后用不耐烦的口气问:"又发生什么事了?说呀! 要不,为什么这样慌慌张张往家跑?"

"没发生什么,妈妈。"姆韦哈吉安详地回答说,"我是说我考上了。"她回答的声音很轻,她显得那样温柔、恬静,丝毫没有傲气。

"就这件事吗? 你姐姐露西亚在学校里吗?"

刚说完,朱莉安娜又突然哭了起来,她一边抽噎,一边喃喃地说:"我早就说过,这些阿霍伊都是危险人物。但是男人从不听我们女人的话,等他明白了,往往就太晚了,我不让他去,他不听,偏要去!"

"发生什么事啦,妈妈?"姆韦哈吉急切地问。

"哎哟,你问得好自在! 我早就说过,你爸爸迟早要死在别人手里!"

"怎么啦! 他死了?"姆韦哈吉惊叫了一声。

没人回答她,屋里充满沉闷难堪的气氛。

恩约罗格到家时,看见院子里站着许多人,有男有女,还有小孩。有些人朝他爸爸的屋里瞅着,还有一些人却朝市场那边不断地张望。妈妈上哪里去了呢? 他走进屋里,看见妈妈坐在一张小板凳上,邻居的两个妇女也坐在她旁边,她们都默默地坐着,相对无言,但眼睛却不断朝院子张望。妮约卡比铁青的脸由于哭泣不断地抽搐。面对此种情景,恩约罗格原来那种喜悦的心情顿时烟消云散。

"发生什么事了,妈妈?"他郁郁寡欢地问。他真怕听到有谁死去的消息。

妈妈抬起头来,紧绷着脸,两眼呆呆地看着他。恩约罗格直打寒战。聚集在院里的人越来越多了,他们中间有些人还在低声地议论什么。

"这就是罢工!"有一个妇女告诉他说。这时恩约罗格记起来了,今天是举行大罢工的日子,据说这次罢工还将震撼全国。

人群像潮水一样从四面八方涌向会场,他们都是来参加罢工头一天的集会的。大家心里明白,这是黑人的重大日子。恩戈索也随着人群来到了会场。这次集会也许能给人们带来福音。但是又谁说得准呢?在这时局动荡的时刻,还埋头在霍尔兰斯的农场里干活有什么意思呢?他为自己的行动感到宽慰。妮约卡比的话还在他耳边萦绕。理发师走了过来,坐在他的旁边。此时理发师的话更多了,他说东道西,常常使人禁不住纵声大笑。主持会议的人是从内罗毕来的,其中有波罗和基阿里埃。波罗在城里找不到固定的职业,最后他还是加入了这场政治斗争的行列。恩戈索看到自己的孩子能和那些大人物坐在一起,心里感到无比自豪。现在,他为自己也能参加集会而感到高兴。

基阿里埃第一个在大会上讲话,他用悲壮和低沉的语调讲述历史,他说:“所有的土地都是属于我们的,属于我们黑人的,这些土地是上帝赐给我们的。每一个民族都有他们自己的国家。印度人的国家是印度,欧洲人的国家在欧洲;同样,非洲人也有自己的国家,那就在非洲,非洲是黑人的国土。(欢呼声)有谁不知道我们这里的土地是上帝赐给吉库尤、穆姆比和他们的子孙后代的呢?(热烈欢呼)”紧接着,他又解释这些土地是如何被白人用《圣经》和剑从他们手里夺走的,“我们的土地就是这样被夺走的,说穿了,就是《圣经》先行,为剑铺路。”他埋怨父辈太傻,不该对那些人有怜悯之心,甚至还伸开双手欢迎他们进来!

“这些人进来不久,我们的父辈就像俘虏那

样被抓去参战，为他们卖命。第一次世界大战结束后，幸存者好不容易回到了自己的家园。可是等待着他们的命运又是什么呢？土地没有了，全被白人士兵占领了。你们说说，这样公正吗？（不！）我们的人被抓去为白人移民干苦活。土地被夺走了，他们还能干什么呢？非但如此，他们和妻子还要向异国政府缴纳繁重的租税。一旦有人出来为争取权利而斗争时，他们马上就会惨遭枪杀。尽管如此，政府当局和白人还不满足。第二次世界大战爆发时，我们的人又被抓去打希特勒——其实希特勒没有得罪过我们。为了拯救大英帝国，使其不遭灭顶之灾，我们的人在战争中流血死亡。现在，上帝已经听到他们呻吟的声音，因而给人们派来一位叫约莫的使者，他是黑色的摩西，上帝授权给他，让他告诉白人法老说：'让我的人民走吧！'

"因此，我们今天在这里集会，我们要用强有力的声音向英国人大声疾呼：是时候了，让我们的人民走吧！我们要求归还我们的土地！现在就归还！"（暴风雨般的掌声）

恩戈索感到有点儿不舒服，隐隐约约觉得在

闹肚子。因此，他只好毫无表情地坐着。他仰视着一个个欢呼雀跃的身影。眼前的一切慢慢地变得斑驳迷离，一个个身影变成了一尊尊模糊的偶像。难道他在哭吗？他周围的形象开始变换颜色，他们由灰色变为蓝色，继而又变成黑乎乎的一片。啊，那不是黑色毛衣吗！他揉了揉眼睛，再一看，还是黑色毛衣。最后，他自觉不是在做梦时，才发现穿着黑色毛衣的警察已经将整个会场团团围住了。

现在，基阿里埃大声说：

“请你们记住，这是一次不流血的罢工，我们要求增加工资。真理和正义在我们这边，我们一定能胜利！今天，如果他们打我们，我们也不要还手……”

白人警长冲上了主席台，随着他上台的还有贾科波！起初，简直把恩戈索弄糊涂了，这一切是怎么回事呢？可是，贾科波在主席台上毫不理睬内罗毕来的那些一无所有的人，开始劝说人们复工，这时恩戈索一下子全明白了。这位全国屈指可数的富翁，原来是被带来对付罢工的人们的。人们静静地坐着，脸部毫无表情。恩戈索沉思一阵，突然间似乎得到一种异乎寻常的启示：贾科波是叛徒，就在刚才短短的时间里，他那出卖黑人利益的叛徒嘴脸已经在大家面前暴露无遗。他是人们多年来要求归还土地的障碍，是黑人遭受折磨的根源。

恩戈索霍然站了起来，朝主席台大步走去。人们用惊奇的眼光望着他，猜测将会发生什么事情。他来到贾科波跟前，两人面对面站着，横眉冷对，俨然两军对垒——贾科波站在白人一边，恩戈索则站在黑人一边。

刹那间发生的事情使人们感到惊讶和意外，然而就在同一瞬间，人们好像接受了恩戈索无声的命令，一齐站了起来，不约而同地朝贾科波冲去。警察开始行动了，他们向人群打催泪弹，后来又开枪射击，有两人当场倒了下去，人们大声惊叫，仓皇地向四方散去。此时，恩戈索的勇气也没有了，他也挤在人群中往外逃。他到处乱撞，一心想着逃命。警察抡起警棍，朝他的脸狠狠打了下来，脸上顿时冒出鲜血。他还没有意识到他在流血，只觉得脸上有一股热乎乎的东西往下淌。他拼命往外逃，也不知道跑到了什么地方，突然有什么东西把他绊倒了，他失去了知觉。后来村里的人发现了他，把这位突然冒出来的英雄背回了家。

“他会死吗？”恩约罗格听完这一切经过后，问卡马乌。

“不会！因为他伤势不重，但他可能流了不少血。”

“他当时上去干什么呢，他打了贾科波吗？”

“不知道，我们只看见他站了起来，并且朝贾科波奔去，然后朝大家转过脸来大声说：‘站起来！’我们开始以为他是由于过分激动而失去了理智，其实后来我们也这样做了。我真没想到爸爸会有那样大的胆量。”

他们彼此沉默不语。卡马乌微皱眉头，好像在追忆曾经发生的一切。院子里的人开始陆续离去。

“贾科波那样做的目的是什么？”

“他是黑人的敌人。他不愿意看到其他黑人也像他那样富。”

贾科波是怎样参与这件事的呢？这个问题只有少数人才能回答。他们知道，贾科波作为一位富翁，在人们中间有很大的影响，甚至周围的白人,包括霍尔兰斯在内,也不敢小看他。尽管霍尔兰斯也不一定真的将他放在眼里,但在用得着他的时候,也得说上几句恭维话。对于政府当局和白人,贾科波常常是有求必应的。这次警察当局求他出来说上几句,他怎能拒绝呢?开始时,他还以为他干得很成功呢,可是到了后来,那个混账的恩戈索来到他跟前,就把一切给搞乱了。

贾科波伤势不重,幸亏警察及时采取了行动,否则他将被撕成碎片。当时他忍耐着,心里后悔先前没听妻子的劝告。

理发店里坐满了人,在那次集会上曾经坐在恩戈索旁边的理发师,正在绘声绘色地讲述事情发生的经过。

“他真够勇敢的。”

“是的,他是好样的。”

“他的伤势严重吗?”

“伤势倒不重,就是流血过多。”

“他为什么那样干呢?你要知道,他的这一举动造成两人死亡。”

“啊,在那种情况下,谁不生气?谁不想那样干呢?我坐在他旁边,当时我也差点儿像他那样干起来！贾科波要是白人的话，咳，更活该，可惜他和我们一样，都是黑人。这样嘛，好像有点儿不太好，给人看来好像我们黑人自己就不团结。看来，在我们黑人中间也常常会出叛徒。”

“说得对！说得对！”有几个人不约而同地回答说。

“就是有那么一种人，他们总怕别人比他们好……”一位正在理发的年轻人插嘴说。

理发师又开口了，“你们说的一点儿也不假。贾科波是有钱人，你们都知道，他是唯一获准种植除虫菊的黑人。你想想，难道他能乐意看到别人也那样走运吗？再则，他得到了别人得不到的东西，你们又有何感觉呢？”

没有人回答。理发师放下理发刀，停了一会儿，又婉转地说：“因为他曾对他们发誓要出卖我们黑人。”

“是这样！就是这样！”许多人异口同声地表示赞同。有一个秃顶的中年人点着头，脸带怒气说：“尽管你们说的都不错，但遗憾的是，有人告诉我说，恩戈索得到了通知，叫他离开贾科波的土地。”

“离开贾科波的土地?”

“是,是这样!”

“但是,贾科波从土地主人手里买下那块土地时,恩戈索已经在那里了。”

“可是那块土地是贾科波的了,当然,他完全可以想干什么就干什么啰!”说话的是一个时髦的年轻人,他刚从外面进来坐下不久。人们听他这么一说,都转过脸去怒视着他。

“难道这不违背我们的传统习惯吗?再则,原来的土地主人也从来没有将那块土地卖给贾科波呀……”

远处来了警察,店里的人闻讯很快散开,只留下了理发师一个人。此时,人们都已明白这次罢工失败了。

恩戈索要重建房屋,恩加恩加知道以后,主动让给他一块地皮。这时恩戈索才明白,一个人丑陋的外表和粗鲁的行为并不能说明他的内心世界,在这种外表后面往往隐藏着他的善良和内心的美。这样一来,对恩加恩加的积怨也就随之消失了。甚至卡马乌谈起恩加恩加时,赞扬他的话也多起来了。

然而对于恩戈索来说，他将要渡过一个难关。因为要造新房子，就意味着要花更多的钱。就在这正需要钱的时候，他又离开了霍尔兰斯的农场，失了业。此外，恩约罗格升入五年级，到新的学校念书，学费也增加了。这还不算，新的学校准备将校舍改建为石头建筑，捐款也是少不了的。可是到哪里去给恩约罗格弄钱呢？姆韦哈吉已到远处女子寄宿学校上学了，她继续上学是没有问题的。可是他，恩约罗格，看来要停学了。这件事伤透了他的心。日子一天天地飞快过去了，他每天都在祈祷。可是为了实现这个美好愿望，他能够干些什么呢？三个礼拜后的一个星期一，恩约罗格真的失了学，他被送回了家，在回家的路上，他一边走一边哭。

上帝听见了他的祷告。卡马乌的工资增加了三十先令，他将这三十先令全部给了恩约罗格，科利还给补充了不足部分。这样一来，恩约罗格又高兴了，现在他又可以继续上学了。

插 曲

两年半过去了,有一天,在内罗毕近郊的山顶上站着一个旧政府官员,他贪婪地凝视着山下这一片他即将离开的土地,自问自答:

为什么你一个人站在这里发呆呢?

我真没想到会发生这样的事。

在这之前,你发现了什么预兆吗?

没有,没有发现。

你发现了!

没有!

但是……

我告诉你我没有发现,但我们曾为此花了很大的工夫。

他离开了山顶,气呼呼地顺山坡而下。

"想一想我们为他们所做的一切吧。"他说。他和他的同僚们曾经帮助建设起来的这座城市,默默地注视着他。就是在这样的角落里,他也得不到任何安慰,反而产生了无限的烦恼。

“你听见了吗,兄弟?”

“没有听见。”

“但你也没有问我什么呀!”

“我的孩子们正在挨饿。”

“你不想知道穆朗加①那边发生的事吗?”

“啊!穆朗加!它太遥远了……”

“有一个酋长被杀了。”

“就这些吗?快说!我的妻子还在家里等着我呢。”

“这些就够有意思的了。”

“那好,今天晚上我再来,你再详细告诉我。”

“好,来吧,还有其他人要来,我有一台收音机。”

“你听,妻子喊我了。你在这儿吧,再见。”

“走吧,再见。”

“他是一个大人物吗?”

“像贾科波?”

“比贾科波还要高。他常常和总督一起

---

① 地名。

吃饭。”

“他是在白天被杀的吗？”

“在白天。那些人真勇敢。”

“说下去！”

“妻子，天黑了，炉里再添点柴火，把灯点着……现在，你们都听着，这个酋长是一位拥有万顷良田的大人物。这些土地是总督送给他的，这样他就可以将这些土地卖给黑人。有一辆汽车朝内罗毕郊外奔驰而去，车里坐着几个人，其中有一个就是酋长。车从内罗毕出发时，就有两个人跟踪上了，到了城郊，这两个人加快了汽车的速度，跑到酋长的汽车前头去了，然后又有意地将汽车停在酋长汽车的前头，挡住了去路，两辆汽车都停了下来，这时这两个人走到酋长汽车的跟前问：‘哪位是酋长？’

“‘我是。’

“‘好吧，请你拿着这，这，再拿这。’这两个人突然朝他开了一枪，将他打死了。然后开着车扬长而去。”

“这件事发生在光天化日之下？”

“是的，广播里也是这样说的。”

“年轻人干的!”

“真是勇敢无比。这一手是他们向白人学来的。”

“快到新闻节目时间了,我们听听新闻吧。”

“请安静点!”

一天夜里,人们听说约莫和其他一些本地领导人被逮捕了,还宣布全国处于紧急状态。

“但是,他们不可能抓住约莫。”理发师说。

“他们不可能。”

“他们想使我们的人民没有领导。”

“是的,他们想奴役我们。”理发师用郑重其事的语调说。

“什么是紧急状态?”有人问。

“啊!别问这种愚蠢的问题了,难道你就没有听说过什么叫妓女?”

“什么?”

“紧急状态。”

听到约莫被捕的消息,恩约罗格心里很烦恼。他一直渴望见到肯尼亚全国闻名的这位英雄人物。他还记得肯尼亚非洲联盟那一次在市场上集合的情形，那是在罢工失败后的头三个月。肯尼亚非洲联盟是黑人的组织，这个组织的口号是：争取自由，还我土地。此外，这个组织还要求给黑人增加工资，反对种族歧视。恩约罗格从他在内罗毕的兄弟们口中曾听说过种族歧视，但他不懂得这是什么意思。他知道，由于种族歧视，这次罢工失败了。由于种族歧视，黑人没有自己的土地，也是由于种族歧视，黑人连饭店都不能去。看来种族歧视到处都有。甚至非洲人自己内部也存在着种族歧视。有钱的非洲人歧视穷苦的非洲人……

集会那天，恩约罗格很早就到了市场，但他发现许多人比他来得更早，市场上人山人海，挡住了他的视线，他什么也看不见。恩约罗格失望了，那就算了吧，改日再来看他①。

然而现在，约莫已被逮捕了。

---

① 指约莫。

第 二 部

黑 暗

第八章

尼耶利和穆朗加离恩约罗格家所在的村子很远，然而那边发生的事却在这里有许多传闻，这些传闻都很动人，村中的许多年轻人都能说得头头是道。恩约罗格简直听得入了迷。他甚至对卡朗加这样的年轻人能讲这么多的故事而感到惊讶。

“继续给我们讲吧。”

“后来又发生了什么呢？”

“后来，他给尼耶利的警察所写了封信，说：‘我叫迪丹·基马提，是非洲自由战士的首领，我将在星期天上午十点半拜访你们。’这可非同小可，警察简直如临大敌，还从内罗毕调来大批警察，以加强尼耶利的防卫。宵禁从夜里延长到白天，任何人都不准随便离开家。士兵们一个个全副武装，严阵以待，准备等迪丹一到，就立即将他逮捕。星期天上午十点半，一个白人警长骑着一辆破旧的摩托车，威风凛凛地来到警察所。他个子很高，穿得笔挺，犀利的眼光咄咄逼人。警察们驯服地列队立正待命。警长煞有介事地巡视了一番，并祝愿他们交上好运，捉住迪丹。然后又告诉他们说，他的摩托车不太好，能不能换一辆，因为他还有急事要到内罗毕去。那当然没问题。因此，他骑上一辆崭新的摩托车，一溜烟走了。警察们依然眼巴巴地等着迪丹。”

“他来了吗？”

“你别打岔！卡朗加，讲下去。”有人焦急地说。

“结果，那个星期天他们谁也没有等着，警察们气得像什么似的。第二天他们又接到一封信，据说这封信是从飞机上扔下来的。”

“这封信又说什么呢？”

卡朗加神气十足地向周围的人环视了一遍，然后放低声调慢条斯理地问：“你们猜这封信是谁写的？又是迪丹。”

“哟！”

“他在信里向警察们表示感谢，因为他们昨天辛苦地等了他一天，并且送给了他一辆新的摩托车。”

“你是说那个警长就是迪丹·基马提本人？”

“那当然啰！”

“可是昨天去的那个警长是白人？”

“事情怪就怪在这里。因为迪丹会变，他能变成白人，变成一只鸟、一棵树。他还能变成一架飞机。这一切都是他在世界大战中学来的。”

恩约罗格已经在这所新的学校里学了两年。虽然家境困苦，但他总算还能勉强学下去。因此，他学习的愿望也终于成了现实。在放学回家的路上，他一边走一边思考着卡朗加所讲的故事，他认为这些故事中有些是夸张的，有些也许有一定的道理。更令人奇怪的是，他也曾听爸爸和卡马乌说迪丹能变。看来，迪丹一定是个了不起的大人物和领导人。

他回到了家里，这个有三间房屋的新家是恩戈索被迫离开贾科波的土地以后仓促建起来的。那是一个艰辛的年头，恩戈索失了业，波罗的性情变得更孤僻了。如果当时没有科利和卡马乌,恩约罗格想象不到全家会乱成什么样子。现在贾科波当了酋长,旧怨未报,恩戈索依然耿耿于怀。他出入常常有一两名背枪的警察随身护卫,以预防自由战士的突然袭击,有时甚至还由新上任的县行政长官亲自保驾,这位行政长官其实就是霍尔兰斯。

恩约罗格家门前的院子若隐若现地被一片小树丛遮掩着,房子后面是新富户恩加恩加的土地,这片土地顺着一个缓坡延伸到远处,与一片树林相接,树林里全是高高的橡胶树。这座新宅和学校相距五英里;恩约罗格每天步行上学,风风雨雨地奔波在家和学校之间。在某种意义上说,这也是肯尼亚数千男女青年为了求学应当付出的代价。全国学校寥寥无几,而且相距很远。自从与教会的关系破裂以后,人民兴建了自己的独立学校和吉库尤-卡里恩加学校,可是不久又被政府关闭了。因此,局势变得比以前更紧张,没有人敢随便出门。太阳下山了,晚风阵阵,田野里一片冷静、寂寥的景象,随之而来的是沉沉的黑夜。恩约罗格在黑暗中伫立了一阵,突然产生一种不可捉摸的焦虑和不安的感觉。他侧耳静听，隐约听到了恩杰莉屋里传出的低沉的说话声。这天夜里又冷又黑，家里断炊了，恩约罗格肚子空空的，他感到又困又饿，浑身直打寒战。

他蹒跚地走进恩杰莉屋里。

全家正聚集在她的屋里。恩约罗格看到爸爸紧绷着脸，沉默寡言。自从罢工失败以后，他的眉头一天也没舒展。卡马乌背靠柱子站在父亲背后。在前面昏暗的角落里，两位妈妈坐在床上。屋里弥漫着紧张郁闷的气氛。

"坐下！"恩戈索向恩约罗格示意说。此举看来有些多余，因为恩约罗格本来就准备坐下。再往里，在隔墙旁边站着波罗。他已经好几个月没有在家露面了。

"噢，请原谅，哥哥，你近来好吗？"

"还好，弟弟。你近来学习如何？"波罗对恩约罗格的学习格外关心。

"很好。内罗毕那边怎么样？我希望科利也平安。"

"啊！可怜的孩子，我们希望他安康！"父亲用怜惜的口气说。恩约罗格用畏惧的眼光看着波罗。屋里的人都沉默着,好像在各自思考什么。

“你认为他安全吗?”恩杰莉打破了沉默的气氛。

“我不知道。但他并不孤单,有许许多多的人和他在一起。”

“所以,你根本就不知道他们被送到哪里去了……”

“是的。”他低头看着地板,然后慢慢地站了起来,眉头紧皱,愁容满面。过了一会儿,他又重新坐下,用近于哭泣的声音说:“如果他们还……啊……如果……”

恩约罗格以为波罗疯了。可是就在这时,门突然推开,科利一瘸一拐,踉跄地闯了进来,神情憔悴,脸色异常难看,进门时差点儿摔倒。

“哎呀,怎么啦?”两位妈妈几乎同时惊叫了一声。

“要……水……饭……”他喘着粗气说。停了一阵子,他才开始向几乎惊得发呆的全家讲述事情的经过:“有许多人被投进了监狱,这是多大的罪过!”然后他转过脸,对着他的兄弟说:“你是三个越狱逃出来的人当中的一个。”

“我们逃出来的一共有五个人。”

“他们说你们是恐怖分子。”

“你又怎样呢？”

“我们被押送到野外时，我发现你不在了，你大概已经逃走了。后来，警察加强了戒备，甚至还打了几个人。黎明前，我们被装进了一辆卡车。当时，也不知道我们到底要被押送到哪里去，只担心他们会将我们杀掉。后来，卡车放慢速度朝丛林驶去时，我以为这下子我们非死不可了。但是我想，我不能这样坐以待毙，应当利用汽车减速的机会，出其不意地跳车逃走。几乎就在这时，我真的猛然跳了出去。看守的警察被我突如其来的动作惊得发呆了，可是他们拿起枪来向我开火时，我已在浓密的丛林中消失了。你们看看我这膝盖……”

除了波罗依然毫无表情地站在那里，大家都围了拢来。他的膝盖用一条长长的破布条包着，松开一看，只见膝盖被碎石划破了一道深深的血口。

“后来，没有发现他们还在追捕我的任何动静，我也像你那样回来了，路上一连几天，跋山涉水，只有一个偶然的机会，搭了一段路的便车。”

“他们为什么要这样欺负黑人？”恩杰莉抱怨说。她显得老了，不顺心的艰辛日子使她变得日益憔悴、苍老。可她觉得心里似乎比以前亮堂多了。

夜深了，他们依然在小声地谈论。

“约莫释放以前，他们还会欺负我们。以后恐怕就办不到了。他们知道，约莫最终会打赢这场官司，这是他们最害怕的。”科利解释说。

“如果他打赢了官司，他们会释放所有被扣留的人吗？”

“那是必然的，到时候他们就能获得自由了。”

恩戈索默不吭声地坐在角落里。恩约罗格不知道他到底听没听见他们刚才的对话。恩戈索也正在变。罢工结束之后不久，波罗和他凶狠地吵了一架。波罗鄙夷和埋怨恩戈索，责怪他不顾基阿里埃的劝告去鲁莽行事，因而打乱了罢工的全盘计划。恩戈索控制着自己的感情，静静地等着一个能向自己的孩子和朋友们申辩和反击的机会。后来接连几个月，他怀着对儿子的畏惧心理，小心翼翼地耐心等待。随后波罗以为,父亲已经顺从他的意志,可以从他手里接过“茅茅誓言”举行宣誓了;其实,恩戈索坚决拒绝这样做,他不愿意在孩子面前举行“茅茅”宣誓,更不理睬孩子所说的什么指示。结果,父子之间又爆发了一场大争吵。此后,波罗又有一段很长的时间没有回家。

第九章

每个人都坚信约莫终将取胜。上帝是不会让他的子民孤立的。以色列的后代必胜。人们寄希望于将来的胜利。如果约莫失败了,那就意味着肯尼亚黑人的失败。

审判那天凌晨,基潘加①城内外滂沱大雨下个不停,全城居民的心情都异常兴奋,因为雨是吉祥之兆。黑人同胞们的精神和勇气在经受着考验。能取得胜利吗?很难得出肯定的答案。人们正是因为这个问题惶恐不安,以致竭力辩护说胜利是毫无疑问的。

---

① 内罗毕市郊的一个县城。

学校里也发生了一场小小的风波，这场风波是由一个叫卡朗加的学生引起的，这个学生来自与马赛族①居住地相邻的恩德伊亚。他说："看来约莫一定能胜。白人怕他。"

"不，他不可能取胜，我爸爸昨晚也这样说过。"

"你爸爸是看门的，他懂什么！"另一个同学反驳说。他们争吵起来，同时另一部分同学也争论开了。

"看门的和他们的白人主子，跟茅茅分子一样坏。"

"不，茅茅不坏。茅茅的青年们要收回土地，跟白人移民进行斗争，能说他们坏吗？你们说说。"

"但是，他们也杀黑人。"

"被杀的是叛徒！是杀白人移民。"

"茅茅是什么？"恩约罗格好奇地问。他热切希望知道"茅茅"的真实含义，以便增长知识，也解除他心中的疑惑。

---

① 是居住在肯尼亚南部的一个以放牧为生的部族。

卡朗加见这边也议论开了，因此走了过来，插嘴说："茅茅是一个秘密组织，你要加入这个组织，就得宣誓，这个组织有许多为祖国的解放而斗争的自由战士，基马提是他们的领袖。"

"不是约莫？"一个独眼的小同学问。

"我也不知道，"卡朗加继续说，"但我听爸爸说，基马提是自由战士组织的领袖，约莫是肯尼亚非洲联盟的领导人。我喜欢肯尼亚非洲联盟，我怕茅茅。"

"他们都一样吗？都为黑人的自由而斗争吗？"一位瘦高的学生问。说完，他慢慢地抬起头来深情地望着远方，无限感慨地说："我喜欢打游击。"

一时，同学们的眼光都集中到他身上。在同学们听来，他好像说出了一种深奥的道理，或者表达了大多数人心里所想的东西。同学们陷入了沉思，他们中间有一种严肃的气氛。一个同学打破了沉默，说："我也想参加战斗。我多么希望能像爸爸在世界大战时为英国人打仗那样，经常背着一支长长的枪。现在我要为我们的黑人同胞打仗。"

“黑人胜利万岁!”

“万岁! 胜利属于约莫!”

“昨天夜里下雨了……”

铃响了,同学们一哄而散,各朝自己的教室跑去。晚班开始上课。

那天夜里,恩约罗格听说约莫的官司打输了。他心灰意冷,觉得有一股热乎乎的东西直往肚子里流。他脑子里空空的,茫然不知所措。

“这一切是在意料中的。”科利解释说。全家的人都集中在恩杰莉屋里;在这种情况下,他们在一起是想彼此得到安慰。现在,家里的人每天早晨外出时,再也不说“再见”了,因为他们生怕会像话语本身的含意那样彼此再也见不着了,甚至可能成为永别。由于贾科波成了国内的显赫人物,因此恩戈索为了自己家里人的安全,整天坐卧不安,惶惶不可终日。他心里明白,这位大人物是绝不会罢休的,迟早有一天要对他进行报复,现在也许正在寻找一个适当的报复机会。在这种困惑和烦恼的环境中,如何能活下去呢? 活着又有什么意思呢? 履行诺言看来已经不可能了。罢工时,他也许错了,否则为什么会失去原来朝夕相处的土地呢？死去的先辈的灵魂给了他生存下去的动力。但他还能干什么呢？他必须参加罢工，他不愿受到孩子更多的谴责和埋怨，因为，参加过战争并且亲眼看见兄弟死去的儿子用谴责的眼光看他时，他自觉有罪。但是，恩戈索心里常常怜悯波罗，因为波罗在战争中所受的苦也够多了，现在，要求他与贾科波对着干的任何做法，肯定都是不明智的。尽管如此，波罗还是继续疏远他。恩戈索甚至常常怀疑自己对待孩子们是否真好。如果他这一辈人真的错了，那么他会心甘情愿接受谴责和惩罚……然而，他无论如何不愿在孩子们面前丢脸，不愿意由孩子来命令他宣誓。这绝不是因为他反对宣誓，因为宣誓，使每个人永远信守诺言，这也是部族生活中一件很正常的事情。但由孩子主持这种仪式，这简直会丢尽做爸爸的脸；作为一家之长的他，是绝不能这样做的。不要说是他的孩子，就是见识再广、经历再深的人也无权使他放弃他们这一辈人历来遵循的传统和习惯。他觉得失去土地比失去波罗还要痛苦，因为失去土地就等于失去精神生活的支柱。如果一个人从自己的土地上被赶出去，那他在何处祭上帝呢？他又如何向部族的创始者吉库尤和穆姆比交代呢?波罗懂得什么是宣誓?什么是传统?什么是祖宗的神灵?因此,恩戈索日益感到孤独、苦闷和烦恼,形容也日益憔悴了。

现在,约莫成了他的希望。恩戈索坚信只有约莫才能将白人赶出去。他认为约莫有对传统的信念和纯洁的信仰,而且见识广博,是一位真正合适的领导人,可是他的官司竟然打输了,事态的发展是完全出乎像他这样年纪的人意料的。贾科波当了酋长,霍尔兰斯当上了行政长官。恩戈索和他亲生儿子的关系又完全破裂了。那么最小的儿子还能指望吗?谁能知道今后的局势又将如何呢?

今天夜里,他们又一次坐在屋里低声地聊着。波罗依然习惯地坐在角落里默不作声,从而显得更加孤僻了。

“这是意料中的事。”科利又说。

“我知道他会失败的,我多次说过所有白人的本性都是一样的。他的律师们也一定给收买了。”妮约卡比说。

“我想,”恩杰莉接着说,“虽然我是妇道人家,也说不出一个道道来,但眼前的一切我看得很清楚。白人常常发布这个法律那个条令,接着就根据这些法律、条令或者其他什么名堂来霸占我们的土地,然后又对土地有关的人规定了许多条条框框。可是这些法律也好、条令也好,全是他们自己搞的,并没有像我们部族的传统习惯那样先征得人民的同意。现在有人站出来反对那些使他们强占土地的行为合法化的所谓法令。因此,他们就毫不客气地将他逮捕,并且根据他们凭空想出的这些法令将他投进监狱。你们说说,现在如果有个天使能出面当律师,不知道有谁能打赢这场官司,我的意思是……”恩杰莉满脸泪痕,气呼呼地说着。恩约罗格从未见过恩杰莉像今天这样连珠炮似的说了这么多话,而且她说的看来都有一定的道理。屋里的人都用惊讶的眼光看着她。

坐在角落里的波罗好不容易开口了,但声音很低沉:

“……白人的心很齐,但我们黑人却像一盘散沙。因此他们逮捕了我们唯一指望的领导人约莫。现在,白人要把我们黑人当作奴隶,把我们投入战争的灾难,让我们去杀对我们有帮助的人……"恩约罗格浑身发抖,不得不用手撑着椅子。黑人遭受灾难的原因被波罗一语道破了。恩约罗格虽然心里还不太踏实,但是觉得他已做好了一切准备,将为铲除人世间的这些邪恶而献出自己的一切。

波罗突然站了起来,用近于呼喊的声音说:"无论如何,黑人必须站起来战斗!"

恩约罗格的眼睛睁得滚圆,妮约卡比屏住呼吸,而恩杰莉则忐忑不安地望着门外。

第十章

石墙红瓦的小办公室是一个长方形的建筑，周围平列地分布着许多大小不一的用石头当墙、铁皮为顶的房屋。往外还有一些用土坯和茅草盖起来的小房子，小房子的墙都涂了一层耀眼的白灰。四周用高高的铁丝网围起来的这个小建筑群，就是这个地区的警察所。

在办公室里，霍尔兰斯紧靠桌子坐着，左肘撑在桌面上，手掌托着头，右手拿着笔，不断地用笔敲打着桌子，同时通过敞开的小玻璃窗凝视着窗外。他眉头紧皱，神情不安。猛一看，还以为他是在观望整个警察所的建筑呢。其实他正在牵动愁肠，回忆他的童年时代。在他家外边用篱笆围起来的长方形小院子里,围坐着一群小伙伴,他们经常在一起玩,他们各自的生活中都充满着欢乐、忧愁和天真浪漫的幻想。他们也发生过小小的争吵。他有可敬可畏的爸爸和温柔善良的妈妈,在妈妈怀里常常能得到宽慰和爱抚……这一切美好的回忆经常萦绕在他的脑际,尤其在这时局动荡、人心惶惶的时刻。这种混乱的情况正是他在一生中东奔西跑想竭力躲避的。

他站了起来,思绪万千地在屋里来回踱着。看来躲避不了啦。他心里明白,他当上了行政长官实际上就意味着摆脱不了这种境况。尽管他一直极力回避政治、行政事务以及可能勾起他昔日背叛行为的回忆的一切活动,然而这种回忆却如形影相随,久久不愿离去。孩子毕竟被抓走了……向上帝哀求是毫无意义的,因为他从来不信上帝,他心目中的上帝只有一个,那就是他一手经营起来的农场——那片驯服的土地。那些茅茅分子是什么人?他们竟敢在土地上打主意,要求他归还土地,见鬼去吧!哈哈!对这种异想天开的主意完全可以放声大笑。其实他笑不出来,严峻的现实使他受到很大的压力,这种现象他一直想回避,现在是不可能回避了。上面召见他,并临时任命他为地区行政长官。他同意了。但这只是为了更好地保护他的那个上帝。如果茅茅分子胆敢提出这个那个要求,就让他们等着瞧!他们不是想将我赶回我早已忘却的英国吗?那简直是梦想!黑人和茅茅分子究竟是些什么样的人呢?他心里反复琢磨。纯属强盗、魔鬼、暴徒!对,最合适的称呼应该是“强盗”。以前他没认真考虑过这些人是强盗或者其他什么东西,因为他从来没有把这些人放在心上。他仅仅将他们看成农场里的驴和马,充其量是他农场里的一部分雇工,他不用考虑别的,最多只是给他们一点儿吃的和住的就行了。那次罢工使他失去了恩戈索;接着又宣布了全国处于紧急状态。这就迫使他不得不动动脑筋,考虑甚至离开他生活的这个小天地。要我走,谈何容易!难道他们不必付出任何代价就能让我离开这里吗?为了他那个上帝的胜利,他一定要他们流尽最后一滴血,使他们彻底失望。茅茅的出现与他势不两立,只有消灭他们才会使他的灵魂得到满足,就像他夺取和征服这块土地时得到的满足那样,霍尔兰斯突然像一头从沉睡中醒来的卧狮，张牙舞爪，蠢蠢欲动。

他看了看表，手腕上的表显得如此渺小。他正在等候酋长；他瞧不起贾科波，贾科波在他眼里也是强盗，只是觉得还可加以利用。此时，他为这种使黑人自己打自己、彼此互相残杀的手法感到心满意足。

他重新坐下，开始思念自己的家庭和家庭成员，考虑自己能为儿子史蒂芬做些什么。尽管妻子总在唠唠叨叨地要求他将他们送回英国，等局势恢复正常以后再回来，但他还是不想让孩子去英国。同意妻子的要求就意味着听任英国的摆布。不行！他不屈服于妻子，也不向茅茅低头。他要按照自己的意志对付一切。这就是白人移民的志气。令人奇怪的是，在他心目中占有位置的家庭成员只有妻子和儿子史蒂芬，至于女儿在这个世界上存在不存在，他是无所谓的。他的女儿违背了他的意志和愿望，离家当修女去了。她究竟为什么要当修女呢？女儿的解释使他越听越恼火，她说自己已将一切献给了上帝，并且愿意永远为上帝效劳。

有人轻轻地敲了敲门。贾科波拿着枪推门进

来,脱下帽子,用手将它叠成两半以示敬意。然后又咧嘴笑了笑。霍尔兰斯对此很反感。他认识贾科波是很久以前的事了,早在农场还是一片荒原时,贾科波就曾不止一次来请教他,他常常向贾科波解释怎么办和如何办。实际上是霍尔兰斯帮他获得种植除虫菊的许可证的,然后是贾科波帮霍尔兰斯雇用了工人,后来又是他给霍尔兰斯出主意让这些工人干苦活。但这仅仅是农场活计中的一部分。现在时局的变化使他们走到一起来了,因此霍尔兰斯就不得不用新的眼光来看待他了。

"啊!贾科波,请坐!"

"谢谢!先生。"

"你找我有什么事吗?"

"先生,说来话长。"

"那就尽量简短些。"

"是的,先生。我不久前曾经告诉过你,我已对村里的每个人进行了调查,调查结果,正如你所知道的,我发现恩戈索不是好人,是一个很可怕的人物,他参加过多次宣誓。"贾科波说得吐沫横飞,可是霍尔兰斯好像心不在焉。贾科波踌躇了一会儿,然后满脸堆笑地说:"你知道吗……"霍尔兰斯打断了他的话，反问道："他还干了些什么？"

"好吧，正如我刚才跟你说的，说来话长，你知道，他有几个儿子，这些儿子离开村里已经好长时间了，我想他们一定会给村里带来麻烦……我尤其怀疑他的大儿子波罗。先生，这个人当过兵、打过仗。先生，我想他一定与罢工有关……"

"先生，先生！他们到底干了些什么？"

"你知道，这些人神出鬼没，行动很神秘。我想，应当将他们抓起来，关到犯人营里去。如果我们坐视不管，任其下去，他们就会在村里兴风作浪，给村里带来混乱。将他们关起来，对恩戈索的监视就会更方便一些，因为，正如我告诉你的，他可能就是茅茅的领导人。"

"好，看住他们，然后找个借口，比如违反宵禁令、抗拒税收或者其他什么理由，将他们逮捕，关起来。"

"是，先生。"

"还有别的事吗？"

"没有了，先生。"

"好吧，你可以走了。"

“谢谢！先生，谢谢！我要让那些茅茅分子尝尝我的厉害。”

霍尔兰斯没有吭声。

“再见，先生。”

“好！”霍尔兰斯用蔑视的口气应了一声，同时站了起来，表示要送他出去。

霍尔兰斯目送着他走出办公室，然后咣当一声使劲将门关上。他伫立在小小的窗户旁边凝神沉思，脸色阴郁，他绝没忘掉恩戈索。

恩戈索一家人坐在妮约卡比的屋子里。在这些日子里，天一黑全家人常常坐在一起。今天夜里，有两个人不在场，一个是卡马乌，他到非洲市场去了；他经常喜欢到那里走走，有时甚至在那边过夜，他自认为在那里比在家里还要安全些。波罗也不在，今天他可能还要回来，只不过晚一点儿。他们在黑暗中坐着，灯早就熄了。他们虽然没有什么更多的事情可以聊，但还是在轻声地谈论，一会儿扯扯这个，一会儿聊聊那个，有时还说说笑话，可是谁也没有心笑，他们心里都明白黑夜是漫长的。

波罗和科利的床是安在恩杰莉屋里的，这屋

离妮约卡比的屋子只有几步远。恩杰莉和科利都在焦急地等着波罗归来,但是久等不回,他们便站起来想走,以为波罗今晚也许不会回来了,因为黄昏六点过后就开始宵禁,有谁还敢摸黑回家呢?他们默默地走出了屋,其余的人还在屋里,他们彼此之间谁也没说"晚安"。可就在他们跨出屋门的当儿,在沉沉夜幕笼罩着的院子里,突然发出一声吼叫:

"站住!"

恩约罗格浑身发抖。外边发生了什么事,他连看都不敢往外看一眼,只是紧靠着椅子。爸爸极端懊丧和失望地回到屋里,一屁股坐在板凳上。刚才恩戈索将他们送出门时,突然有人在黑暗中对着他的妻子恩杰莉和儿子科利大叫一声,命令他们站住,他不由自主地往后倒退了几步,紧接着妮约卡比提着一盏灯走了上来,恩戈索盯了她一眼,她又将灯熄灭了。屋里骤然一片漆黑,一片死寂。

"他们被抓走了。"妮约卡比啜泣着说。此时恩约罗格觉得有人影在屋里晃动。

最后,恩戈索惊魂未定地说:"是……"他声音颤抖，几乎要哭了。他感到羞耻和痛苦，更感到内疚。难道他还是真正的男子汉吗？眼看自己的妻子和孩子在违反宵禁令的罪名下被抓走了，自己连吭都不敢吭一声。这不是胆怯和懦弱又是什么呢？他突然站了起来，疯子似的扑向门口，可是已经迟了。他懊丧地回到座位上，活像一只斗败了的公鸡。他咒骂自己是没有骨气的懦夫，同时还埋怨自己，认为这样无所作为地等待就是胆怯和懦弱的表现。

他慢慢地一字一句咬着牙说："我知道，这是贾科波干的。"

恩约罗格惊愕地扶住椅子站着。尽管以前波罗、科利和卡马乌曾多次在警察的搜捕中差点儿被捕。但他家的人被抓，这还是第一次。谁知道在爸爸身上会发生什么事呢？在科利和恩杰莉身上又会发生什么事呢？

"贾科波要干掉我。他要烧毁这所房子。毫无疑问，他会这样干的。"

这是一种悲痛的哀叹，它比声嘶力竭的怒吼还要刺痛人心。

正在这时，波罗走了进来。屋里的人都闷声

不响,沉默不语,直至波罗开口问家里发生了什么事,这才打破了难堪的沉默。

“他们抓走了你妈妈和兄弟。”恩戈索低着头回答说。

“他们抓走了妈妈和兄弟!”波罗一字一句地重复说。

“是。宵禁令。”妮约卡比一边说一边偷偷地看了波罗一眼,她暗自庆幸屋里是黑的。

“宵禁令,宵禁令……”他突然转向恩戈索,“难道你没有做出任何反应?”

这句话就像一根针深深地刺进了他的肉体。他无力反驳,准备承担一切罪过,但还不是现在。

“听我说,孩子!”

恩戈索正想向他解释时,他早已愤然离去。从此,在很长很长的一段时间里,波罗没有在家露面。

虽说违反宵禁令不是什么严重的犯罪行为,但是不论男女老幼,违者必须按照规定罚款。不过,这次对恩杰莉和科利却不同,罚金交上去后,只有恩杰莉获释,而科利却未经审讯就被送到犯人营去了。这下子,恩戈索原来的估计可真成了现实。尽管如此,酋长贾科波心里还是不快,因为他想抓的人还未抓到。他还不能就此罢休。

有一天,恩约罗格很早就上学去了。他心里明白,在恩戈索身上一定发生了什么事,因为他现在再也不和任何人来往了,甚至很少跟他的妻子们见面。恩约罗格相信,在这个时候,就是孩子打他,他也不会反抗。现在他再也不是闻名山里山外的善于管家的男子汉了。然而恩约罗格依然觉得,有恩戈索在家,就有一种安全感。

现在,恩戈索的家再也不像以前那样是村中男女青年聚在一起讲故事的地方了。

面对发生的一切,恩约罗格对求知、对将来的责任仍有一种坚定的信念。家庭的遭遇使他产生了强烈的求知欲。他认为只有知识和文化才能挽救残局。因此,他学习的信心更足了。他盼望有一天能用所学的知识向白人挑战,继承父亲开创的事业。每当想到这一点儿时,他觉得自己才是上帝赐予的这块土地的真正主人。祈求上帝,让他继续学习吧,等到那么一天,那时候他就……

恩约罗格来到学校,发现许多同学情绪非常激动。有几个男孩围在学校教堂墙根下面观看贴在墙上的给校长的一封信，他们一边念一边议论。恩约罗格和其他同学一起也朝那边跑去；他挤进人群，来到墙根前面，惴惴不安地看那封信，他像其他同学一样大惊失色，有如大梦初醒。骤然间，周围出现了紧张的气氛。

一个男同学说："他们在尼耶利那边也是这样干的。"

"也在警察所。"

"是的，我再也不回这所学校了。"

校长来了，同学们让他看那封信。刚看信时，他只是微笑，显得毫不在乎，以稳定学生们的情绪。但他顺着信越往下看，他的面孔就变得越阴沉，嘴巴噘得越高。他掏出小刀，轻轻地将信取了下来，小心地捏着信的边儿，还问：

"有谁用手碰过信？"

"没人碰过，校长。"一个同学回答说。

"是谁最先到这里来的？"

"是我，校长。"一个小同学站了出来，回答说。

"是你先发现这封信吗？"

"不是，我没有留意，是卡马乌先看到的。"

“卡马乌,恩朱古纳比你先到这里吗?”

“是的,校长。我想把大砍刀放在墙脚底下,猛一抬头就看见了这封信。开始时,我没……”

“那好,卡马乌、恩朱古纳,你们在来学校的路上碰见谁了?”

“没有,校长。”

多数同学心里都在想,基马提是如何到学校里来的呢?这一天学校里的气氛异常紧张。

这天晚上,恩约罗格将白天学校里发生的一切详细地告诉了妈妈。

“信中说,如果学校不立即关闭,那就要砍掉校长和其他四十名学生的头。信的落款是基马提。”

“孩子,你无论如何也不要再上学了。知识不是生命。”

恩约罗格郁郁寡欢,心里非常难过。

“我认为茅茅是和黑人站在一起的。”

“嘘!嘘!”妮约卡比提醒他说,“小心点儿,夜里不要提那个,隔墙有耳。”

然而,卡马乌对此却有不同的看法。

“如果你离开学校,那就是天大的傻瓜。说

不定那封信是假的。如果你离开学校,难道待在家里就安全吗?我告诉你,现在处处都没有安全,在这块光秃秃的土地上,没有任何藏身的地方。”

最后,恩约罗格还是没有离开学校。

第十一章

形势日益紧张,人们惶惶不安,不知哪一天会给安上违反宵禁令的罪名而被抓走。一到夜里,人们甚至不能在自家的院子里走动。大家很早就得熄灯,生怕灯光引起暗地里埋伏着的人注意。据说白人士兵常在夜里到处抓人,将他们送到远处的丛林中,然后释放他们,说是让他们自己找路回家。但是,等到这些人转身想回家时,白人士兵就突然向他们开枪。他们就这样死于非命。第二天他们就宣扬说,军队在对付茅茅分子中取得了重大的胜利。

学校里的学生们也整天提心吊胆,因为他们不知道学校哪一天会遭到突然袭击。自从学校里发生那次事件以后，对那封信中提出的警告，多数学生采取了不理睬的态度。恩约罗格和其他同学还继续上学。恩约罗格已长成一个大孩子，眼看就要成为一位壮实的青年了。局势的恶化和社会的混乱，他都看得一清二楚。现在除了孤僻的卡马乌，其他兄弟们都离开了家。卡马乌举行割礼以后，家庭的生活重担全落在他身上了，他成了整个家庭的支柱，家里买粮、买衣服，给恩约罗格交学费，全指望他，但他也很少在家里过夜。

恩约罗格在爸爸、妈妈和兄弟面前，常常觉得自己依然是个小孩。还有一年的学习时间就要考中学了，因此他一心一意埋头学习。

自从姆韦哈吉到女子寄宿学校上学以后，他就再也没有和她见面了。他是有意这样做的，就在全国处于紧急状态以前，他也尽力避开她。不能想象，在两家的父亲彼此成了仇敌的情况下，他怎能和她来往呢？恩约罗格不难想象出姆韦哈吉听到她父亲遭到攻击时的难过心情。尽管恩约罗格不想指责自己的父亲，但他心里觉得有罪；他总在想，如果姆韦哈吉不是贾科波的女儿，而是他的姐姐，那该多好！他俩愉快的最后一次聚会，是他俩手拉手跑去打听消息的那一天,那一天对他俩来说是不幸的。当时的情景深深地留在他的记忆中,回忆起来就使他感到难过。宣布全国处于紧急状态以后,姆韦哈吉的父亲就成了酋长和卫队头头,因此恩约罗格更觉得有必要疏远她。然而不知怎的,有时恩约罗格却渴望和姆韦哈吉在一起,看看她那淡褐色的细嫩双手和美丽明净、天真无邪的眼睛。

星期六那天,恩约罗格沿着那条又长又宽的公路朝卡马乌做工的非洲人商店区走去。恩约罗格感到很寂寞,想见见卡马乌,哪怕聊一会儿也好。他非常佩服卡马乌,因为卡马乌个子高大、身体魁梧,在拉锯子、使斧子或者用刨子刨木头时,他全身有使不完的劲,他对木工活,像敲钉子、锯木头等,非常熟悉……恩约罗格常常暗暗问自己,要是他干,他能干得那样出色吗?这一次,正巧碰到卡马乌没有干活。全城处于惶恐不安的紧张状态。

"你好!哥哥!"

"你好,家里怎么样?"

"一切都正常。为什么你们一个个都愁眉

苦脸？”

卡马乌默默地看了他一会儿，然后悲痛地低声说：“你没有听说，理发师和……和……总共六个人，前天夜里在家里被抓走了，结果今天早上人们在丛林里发现了他们的尸体。”

“尸体！”

“是的！”

“理发师死了？不久前还给我理过发。啊！他死了？”

“多么残暴的行为！这些人你都认识。其中有恩加恩加。”

“就是那位将地皮让给我们盖房子的恩加恩加吗？”

“对。”

这时，恩约罗格记起不久以前的情形。恩加恩加的妻子还到卫队队部去，从一个房间到另一个房间，哀求见见自己的丈夫。据说，她们的丈夫是在一天夜里睡觉时被一位白人从床上叫起来的。

“到底是谁杀死了他们？白人？”

“谁能说得清是谁杀死的呢？”

“恩加恩加真的死了!”

“是的,理发师也死了。”

如果有人叹惜再也见不到那六个人了,那是多么荒谬和滑稽,因为他们之中的四个人是全国有名的富翁。恩约罗格甚至不相信这些人是真正的茅茅分子。因为事情本身就足以说明政府当局为什么要杀掉他们了。那么下一次是不是要轮到他家里的人呢?据说波罗已经到丛林里去了。恩约罗格想到这一点,就顿觉毛骨悚然。

两天以后,恩约罗格从市场回家,他没走柏油马路,而是抄小道穿过他村子附近的野地。六个人被杀后,在一段时间中,村里有人被逐,有人被杀,这一切给村子蒙上一层阴影,原野上一片死寂。这是茅茅或者政府当局给村民们的一次沉重打击。现在,恩约罗格开始有些怀念已经死去的木匠恩加恩加;他从小就恨这个木匠,可是在他家最困难的时刻,木匠就像一位多年的挚友,主动站出来帮助他家,出人意料地表现了对他家莫大的同情和爱护。

“恩约罗格!”他没听到有人叫他。他正想继续往前走时,突然看见有人快步朝他跑来。原来是姆韦哈吉。她长高了，体态轻盈，容貌秀丽，一双水灵灵的眼睛明亮有神，高高的胸脯形成一道很美的曲线，一头黑亮柔软的长发梳成村里人不常见的发型。见到她，恩约罗格突然想起了她的姐姐露西亚，她已经结婚，成了两个孩子的母亲。恩约罗格也长高了，面孔黝黑，眉目清秀，体格粗壮。从外表看，他比实际年龄还要大。他谦恭、庄重，具有男性的神秘感和魅力。在他面前突然出现这个亭亭玉立的姑娘，开始他又惊又喜，接着又有点儿不好意思。像她这样的姑娘，怎么会是贾科波的女儿呢？他暗暗想道。

“请原谅，我差点儿走了。你的变化真大，差点儿认不出你来了。”互相问候以后，他不自然地对姆韦哈吉说。

“是吗？你也变了。”她的声音很甜蜜，“前个礼拜我路过你家时，没见到你。”

恩约罗格局促不安地看着远处。因为长期以来他一直有意躲开她，而现在姆韦哈吉却主动找他来了。

“我们很久没见面了。”恩约罗格说。

“是的，在这期间，周围的一切发生了很大的变化,比你和我想象的还要大。”

“很大的变化……”恩约罗格重复了一遍。然后又问:“学校里怎么样?”

“学校还好,不过,那里活像一座监狱,也可以说像一个修道院。”

“全国怎么样呢?”

“情况很糟,和这里一样。”

恩约罗格觉得应改变一下话题。

“好吧,祝你假期愉快。”恩约罗格大声说了一句,然后准备迈步走了,“现在我要走了,我不想耽搁你更多的时间。”姆韦哈吉没有吭声。恩约罗格抬头望着她。

“在这里我感到很孤单。”姆韦哈吉坦白地用稚气的语调低声说,“人们都躲开我。”

恩约罗格的心怦怦地乱跳,怜爱之心迫使他说:“我们星期天再见吧。”

“在哪儿?”

他沉思了片刻,然后说:“在教堂里。”在这多事之秋,教堂是每个人必去的地方。

“不,星期天我们一块儿去,像以前那样。”

恩约罗格点头表示同意。

“好，我在我们家门口等你，然后我们一起去。我们家就在路旁。”

“再见。”

“再见。”

在回家的路上，恩约罗格思潮翻滚，心情久久不能平静。他忽然后悔自己不该跟她有这种约会，他差点儿回过头去找她，打算取消这次约会。

恩约罗格尽量打扮自己，他穿上一件轻纱似的尼龙衬衣，时髦的紧身短裤，长筒袜子配上附近城镇制作的咖啡色鞋子，显得端庄潇洒。他对自己违背原来的决心而感到不安。他在心里暗暗地谴责自己：“我是笨蛋，我是笨蛋！”但是，姆韦哈吉那清脆而甜蜜的“我很孤单”的声音依然在他的耳边回荡，它不断地冲击他的心灵深处。见到姆韦哈吉那温柔安详的容貌，谁会想到她感到孤单和心中苦闷呢？恩约罗格早已准备好了，正当他在家门口徘徊等待姆韦哈吉时，她来了。她身穿雪白的低胸短衫，配上深褐色的百褶裙，显得妩媚高雅。他俩静静地并肩走着，姆韦哈吉偶尔说上两句，从声调中隐约可以感到她有某种不安情绪。

姆韦哈吉已经很长时间没有见到恩约罗格了。童年时代同窗求学的情景，她记忆犹新。这个青年从前在生活上默默地给她的关怀和安慰，给她留下了难以磨灭的印象，她觉得恩约罗格和其他男孩不一样，他有一种使她迷恋的气魄和魅力，给她带来安慰和希望。他们两家已经发生了很大的变化。姆韦哈吉知道她爸爸憎恨恩戈索，至少是这样，明眼人一看就知道。贾科波对恩戈索的怨恨是众所周知的。姆韦哈吉明白，这一切是由于恩戈索在公众面前使她父亲丢脸所引起的。姆韦哈吉说不清事情本身谁是谁非，但她觉得爸爸的做法一定是对的，是恩戈索不懂规矩、忘恩负义。但她认为，这毕竟是贾科波和恩戈索之间的事情，与她和恩约罗格无关，她与恩约罗格的精神境界已超越了狭隘和偏见、仇恨与阶级差别的界限。姆韦哈吉认为恩约罗格对问题的看法和她常常是一致的，因此她从未想到他俩多年不见是由于他有意躲着她。全国处于紧急状态也没有给她带来什么不便和影响。然而随着岁月的流逝，她增长了见识，她常常听人讲茅茅如何用大刀将反对者砍成一段段等骇人听闻的故事，以致后来一提到茅茅，她就恐惧万状。她听说恩约罗格的哥哥波罗到丛林里去了，但她不太相信这是真的。她认为茅茅分子不可能是村里的人，更不可能是她所认识的左邻右舍。

一位老年布道者站在讲坛上，讲述着吉库尤这个曾经跟随上帝周游人间、领受上帝所赐良田的部族近年来遭受的灾难，现在人们的鲜血正在这块土地上白白流淌，美丽的土地上血迹斑斑。他还讲述着青年男女们将从这块土地上永远消失的悲惨遭遇。他讲到许多人被关押时，脸色阴沉，神情黯然。为什么会这样呢？这是因为人们违背了创世主的意愿，这是因为以色列的后代们不听杰霍瓦的话，所以他们必遭灭顶之灾，或者必须经历四十年流离失所的生活。

“我们的人怎样才能逃避这场灾难呢？我们要面对上帝，到上帝跟前跪下，仰望上帝挂在那边树上的动物，我们就能马上治愈我们身上的创伤。我们要用羔羊的血洗净我们的身体。现在，请大家听着，让我告诉你们《圣经》是怎么说的……”

人们都跪了下来，为土地祈祷。有些人在低声地哭泣，他们为那些已经离开尘世的人祈祷。

一个身材矮小的人走上讲坛。恩约罗格紧张地注视着他。这个人很面熟,好像在哪里见过。恩约罗格回忆了一下。啊,他突然想起来了。这个人就是他从前的老师伊萨卡,可是,从前他那引人注目的胡子已在脸上消失了。恩约罗格记得伊萨卡老师是他在第一所学校念书时离开学校去尼耶利的,从那以后就再也没有听到他的消息了。现在看来,他已成了一个虔诚的信徒。

他站在讲坛上开始说:

“请翻到《马太福音》第二十四章,从第四段开始。”

发出一阵阵沙沙的翻书声。

“开始念……”

“耶稣告诉他们说:你们要小心!不要上别人的当。有人会假冒我的名字,哄骗众人。许多人上了当。你们会听到战火连天的消息,但不用惊慌;因为这是必然会发生的,但世界末日还没有到。国与国为敌,民与民为仇,整个世界都有饥荒、地震。但这些只不过是灾难的开始,像催生的阵痛罢了。

“到那时,人要拘捕你们,使你们受尽折磨。

所有的国家都会因我的缘故,憎恨你们。许多人会因此放弃信仰,互相出卖,彼此仇恨。假先知也会跟着出现,迷惑众人。那时世上罪恶滔天、人欲横流,很多人的爱心都冷淡了。但坚持到底,必定得救……"

他继续念着,念到第三十三段时,他停了一会儿,环视了教堂里所有的人一周,然后又大声念道:

"阿门,我实在告诉你们:这个时代还没有过去,这些事情必定要现实……"

夜幕降临,暮霭之中的教堂慢慢暗了下来,人们都默默地离开教堂,但没有一个人点灯指路。

恩约罗格和姆韦哈吉随着人群静悄悄地离开了教堂,祈祷仪式连续进行了好几个小时,天已经很晚了。姆韦哈吉低声说:"我们还是走原来那条路吧。"

恩约罗格点了点头,这条路是他们原来一起上学时经常走过的。

"你认为他讲的是真的吗?"

"什么?他讲了很多嘛。"

"耶稣很快就要到来吗?"

恩约罗格感到吃惊，因为他也正在思考他们从前的这位老师关于未来世界的预言。老师的话深深地吸引着他，因为老师所说的一切看来正在成为事实。战争、疾病、瘟疫、动乱、背叛以及家庭的瓦解分离，恩约罗格都已亲眼看见了。恩约罗格几乎完全同意老师所说的一切。但他不喜欢老师那种歇斯底里式的叫喊声："忏悔吧，天国就在你们身边。"

"国家真的衰弱到了这种地步吗？世界上的一切生灵会毁灭吗？"

"我不知道。"恩约罗格最后回答说。

"啊！我的耶稣。"姆韦哈吉自言自语说。

说话间，他们不觉来到了姆韦哈吉家的门口，她说："我们一起进去吧。"

恩约罗格摇摇头。姆韦哈吉突然脸一沉，用几乎听不见的声音说："我知道，这是因为我爸爸是酋长。"

"那好吧。"恩约罗格的心就像触电那样骤然紧缩起来，他不由自主地脱口说道。他随着姆韦哈吉走进了家门。他发现贾科波的家其实并不像以前那样令人望而生畏。从前，恩约罗格和其他孩子到贾科波的农场里摘除虫菊，每次经过这里，心里常有一种恐惧感，对这所显得有些阴森的欧式建筑看都不敢多看一眼。因为他们害怕贾科波或朱莉安娜会突然从屋里出来，用令人畏惧的眼光盯着他们。但是现在恩约罗格觉得，眼前的一切是如此吸引人，他多么希望此刻贾科波不在家。酋长实际上是不经常露面的，他一在哪家出现，人们马上就会意识到又要出什么事了。一提到酋长的名字，人们就心惊胆战。恩约罗格没有忘记有一天三名赶集的妇女惊慌失措地往树林里逃跑的情形。当时他感到奇怪，她们为什么要往那边跑呢？接着，他回头看到酋长时，他就完全明白了，同时也开始有些紧张了，但他已经来不及躲避了。

姆韦哈吉到厨房去了。恩约罗格站着环视屋内四周墙壁上挂着的一张张相片：那是露西亚小时候的相片，那是她当老师时的相片，还有两张是她举行婚礼时拍的，另有一张是那个到海外留学的兄弟约翰的相片。姆韦哈吉的相片在哪里呢？恩约罗格多么希望看到姆韦哈吉在相片里的模样。不一会儿，门外传来了一阵窸窸窣窣的脚步声，恩约罗格转脸朝外一看，发现贾科波、妻子朱莉安娜和三名持枪的卫兵一块走了进来。恩约罗格朝他们看了一眼,然后回到座位上,坐在椅子的一角上,左手靠着椅背,右手不自然地不断抚弄胸前的扣子。

"学校里怎么样?"贾科波坐下来以后问恩约罗格。朱莉安娜到厨房去了。贾科波形容有些憔悴,昔日当农民时那种傲慢的神情已经消失了。

"很好。"

"上几年级了?"

"八年级,今年就要参加考试了。"

"然后就要上高级中学了?"

"如果能考上的话,那当然啰。"

这时,恩约罗格的心已平静下来,他觉得自然一些了,坐在椅子上也安稳一些了。贾科波微皱了一下眉头,用一种异常的声调说:"我希望你们好好干。只有你们这样的人才会有出息,才能建设国家。"

恩约罗格的心在剧烈地跳动。他想到自己今后还能建设国家,心里就产生了一种说不出的喜悦……

他偷偷地瞟了卫士一眼,突然发现卫士也正

在看他。他们身上的红色上衣使他突然想起死去的理发师。

姆韦哈吉和恩约罗格来到了离她家不远的小山坡上,姆韦哈吉向左侧着身子躺在草地上,脸朝着恩约罗格。恩约罗格低着头坐在草地上。在雨季时,草地常常湿漉漉的,带着水汽。现在雨季已经过去,草地显得很干燥。姆韦哈吉不断摆弄着恩约罗格裤子后袋的扣子。不一会儿,她也坐了起来,低头看着草地。

"我真害怕。"姆韦哈吉娇滴滴地说。

"你别害怕。"恩约罗格说。

"老师说到世界末日将要来临时,我……"

恩约罗格抬头看了看她。他想让自己脸上露出一点儿笑容,使她感到一点儿宽慰,但是很难做到;相反地,他的眉头皱得更紧了,好像心事重重。

"一切毁灭的情景是很难想象的,因为周围的一切将会夷为平地。你想想,到那时候,人们的鲜血和尸骨,白人的和黑人的,你的和我的,一切都……"

"别说了!"姆韦哈吉闭着眼直摇头,好像他在说她不愿看到的那种血流成河、尸骨遍地的惨状。

“我想你一定害怕了?”恩约罗格对她说,话语中带着安慰的口气。他觉得自己比她勇敢,因为她害怕了,毕竟她是女人,是一个姑娘。

“你想想,”姆韦哈吉开口说,“假如有一天我醒来时,睁眼一看,周围的一切全没有了,都毁灭了,那将是一种多么可怕的情景!”

“如果那样的话,你也将毁灭,所以你不可能见到那种情景。”

“你别笑我。”

“我没有。”

这种想法一点儿也不值得大惊小怪,因为他自己也曾这样想过。然而,一切生灵都毁灭了,只剩下自己一个人,这怎么可能呢? 如果可能的话,那么在那种情况下,他学到的文化又有什么用呢? 他要拯救国家于危亡之中的愿望,不就成了一句空话吗? 如果他全家都没有了,只剩下他一人,那又怎么办呢? 想到这里,他不寒而栗,再也不敢往下想了。他突然问她:“你什么时候回学校?”

“下星期。”

“这么快?”姆韦哈吉好像没听见。

“恩约罗格，你认为这一切都是以赛亚①和其他先知说过的吗？”

“《圣经》里说的。”

“因为我想，如果耶稣知道，实实在在地了解我们国家现在所受的灾难，那他一定会出来制止，你是这样想的吗？”

恩约罗格相信上帝是公正的，因此他坚信灾难即将结束，前景是光明的。他心里突然有点儿畏惧地想，也许有一天，上帝会选中他，让他效劳。因此他自言自语地说：“上帝的行为常常会出人意料。”

“你知道我的担心就在这里。就说我爸爸吧，过去，他曾是一个富有同情心的、善良的人，尤其对我。尽管有时候我对他很烦恼，但这倒不算什么。过去，妈妈每次骂我时，他常常站在我的一边。我喜欢看他笑，他笑时露出一副洁白的牙齿，脸上显得很慈祥；我甚至还想，以后我找丈夫，也要找像他那样牙齿洁白可爱的人……”姆韦哈吉停了下来，沉思了一会儿，然后低下头，好像被什

① 传说中的先知先觉者。

么事情难住了似的，“可是现在爸爸变了，变得越来越不近人情，他背上枪以后，在我们面前简直成了陌生人。如果我是有权有势的大人物，我一定要……也许你不会相信，但是……”

“人世间的事情都一个道理。”恩约罗格用毫不相干的话题插嘴说。

“世道变了，对于人民来说，可以信赖的只有上帝。”姆韦哈吉没有理会到恩约罗格对她的话不感兴趣，依然滔滔不绝地讲着，“我恨那种认为他有一天会杀人的说法，因为他夜里醒来时常常听到有人在议论他死了。人们有意躲着我，就连平时经常和我在一起的姑娘们也是这样，还有……唉……”

眼泪像断了线的珠子那样从姆韦哈吉的脸上不断往下掉。见到这样大的姑娘掉眼泪，恩约罗格急得团团转。他曾认为所有的女孩都爱哭，但他真不敢相信她也是这样的人。他急得从地上拔起一根草，在嘴里狠狠地嚼着。姆韦哈吉掏出手绢伤心地擦着眼泪。恩约罗格低着头不敢正眼看她。脚下的这片原野显得是多么空旷和寂静。此时此地，恩约罗格似乎忘记了姆韦哈吉就在他身边,他沉醉在如何完成将来使命的想象之中。他还回忆大卫①是如何将国家从戈利阿西的诅咒中解救出来的。

“你一定认为我是一个愚蠢和脆弱的女孩。但你应当知道,我认为人们都在犯罪。”

恩约罗格认为这话和那位老布道者说的一样。如果吉库尤人犯罪,那么上帝就会惩罚他们。由此他想起了塞缪尔②和其他先知们。他心里还暗暗问自己:“难道整个民族都在犯罪吗?”

“一人犯罪,上帝会惩罚所有的人。”

恩约罗格认为,姆韦哈吉说的是对的。上帝对以色列人的后代往往是这样做的,他也常常派人来拯救他们。

“……所有的人都会有罪过,包括你和我……”

恩约罗格好像如梦初醒,回忆起了过去。过去,他也曾有过这样的想法。有一次,妈妈和爸爸吵架,当时他就感到自己也有罪过,因为他跟吵架的事有关。他抬起头来看了看姆韦哈吉,用沉着

① 大卫是《圣经》中的一位英雄人物。
② 传说他对未来能未卜先知。

坚定的语气说:“和平与安宁一定会降临到我们的国土上!”他就这样开始履行安慰他人的职责。

“啊! 恩约罗格,你真是这样想的吗?”姆韦哈吉一边问一边悄悄地靠近了他。

“是这样想的,沉沉的黑夜常常为阳光普照的白天开道。夜里人们睡觉时都希望,而且完全坚信明天朝阳一定会从东方升起。”他自己为刚才所说的一番富有哲理的话感到欣慰。但他听到姆韦哈吉说“明天,明天还没有到,还是谈今天吧”,他心里又感到异常懊恼。姆韦哈吉睁大眼睛,像小孩那样满怀希望地望着他。她脑子里突然闪过一个念头。她突然走上前去,双手搂住恩约罗格的脖子,莫名其妙地不断摇晃,神情异常兴奋。

“你怎么啦?”恩约罗格惊慌地问她。

“我有事嘛。如果你和我等黑夜过后再离开这里……”

“但是……”

“我会成为你的好姐姐的,我也可以给你做好吃的,而且……”

“等等。”他轻轻地推开了她。

“是个好主意，是吗?”

恩约罗格局促不安，心里想到他的愿望将会在这样的一次约会中破灭。如果他放弃神圣的使命，上帝会怎么想呢?

“不行，不行。我们怎么能离开父母呢?”

“当然可以……”

“那么请你告诉我，我们到哪里去? 吃什么?”

姆韦哈吉失望了，但她还是笑盈盈的，轻声细语地说：“你不要那么认真，我不过是开个玩笑。”

恩约罗格茫然不知所措，他突然觉得不了解她了。他也装出笑容对她说：“这一切我也明白。”

恩约罗格显得闷闷不乐。姆韦哈吉想尽力安慰他。

“但我们依然是朋友，应当互相信任。”

“我们是朋友。”恩约罗格说。

“但你从未主动来看过我，尤其当我……”

恩约罗格突然意识到他们之间存在着差别。

“我们不要再见面了。”

“当我回来时，难道你让我一个人孤孤单单

吗?”姆韦哈吉用恳求的眼光望着他。她紧靠他坐着。她已经碰到了他的衬衣领子,还替他抖搂了爬在领子上的一条小虫。恩约罗格转脸对着她,用亲切的眼光看着她。他终于忘记了他们之间的差别,对他来说,姆韦哈吉真可以成为他的好姐姐了。

“你回来时,我就和你在一起。”他温柔地对她说。

“能保证做到吗?”

“当然!”

他们一起离开了这里。天还没黑,附近的鸟儿们不断在欢快地叫着。一个男孩和一个女孩在向前走,不一会儿各自消失在自己的天地里,完全忘记了沉沉黑夜正笼罩着整个国家。

第十二章

霍尔兰斯先生得意扬扬,一切正在按照他的策划进行,黑人真的自己互相残杀起来了,让他们最后自我毁灭吧。如果丛林里的黑人能将整村整村的黑人斩尽杀绝,这对他来说又有什么关系呢?只不过少了一些苦力罢了。就让他们自己继续打下去吧,幸存下来的少数人也就不会再有土地的要求了,因为白人原来划出来给黑人的土地,对这些人已经足够了。霍尔兰斯觉得他的这一手还是很高明的。全国处于紧急状态不久,他被调了出来,离开了土地,当时他很恼火,还时时惦记着要重新过那种逍遥自在的乡村生活。随着岁月的流逝,这种想法也越来越淡漠了,相反,却使他以同龄人所没有的精力和热情投入了工作。他抬起头来看了看酋长贾科波,阴沉的脸上掠过一丝奸诈的笑意。他真想狠狠踢贾科波一脚。然而贾科波却不停地对他咧着嘴笑。

“你说波罗是这伙坏人的头头,有把握吗?”

“说实在的,好像没有太大的把握,但是……”

“什么?”

“这个人你是知道的,他是一个众所周知的危险人物。在他还没离开家时,我就告诉过你。我的意思是,有人说他常常偷偷地回到家里……如果没有这回事的话,可以肯定,恩戈索一定知道他的儿子藏在什么地方。”

“你还没有派人监视恩戈索的行动吗?”

霍尔兰斯认为他的仇敌——恩戈索不用多久就会乖乖地落入他的手中。本来,要迫使恩戈索就范是易如反掌的事。但霍尔兰斯自己也说不清楚,他为什么迟迟没有下决心这样干,其实这一切都是他原来所希望的。这也许是他解甲归田、荣归“故里”以前高明的一招吧。因此他反对贾科波想逮捕恩戈索的建议,就像当初反对妻子要求和儿子史蒂芬一起回英国一样。因此今天史蒂芬才能在离这里只有几英里远的西利安纳一所专门为白人办的高级中学里念书。

贾科波沉思了一会儿,然后用一种委屈的口气低声说:

"我是这样做了。但我还有别的事,我不想占用你太多时间。你知道吗,前几天,我在家中门缝里发现了一封信。"他摸了摸上衣口袋,然后掏出一张字体很潦草的纸条,交给了兴致勃勃的霍尔兰斯。

立即停止你的一切暴行,否则我们将要你的头,这是对你的最后警告!

"岂有此理!还有别的吗?"霍尔兰斯脸色一沉,大声叫道。

"有,还有一封信,但是……"

"怎么啦?笨蛋!"霍尔兰斯怒气冲冲,唰啦一声站了起来,用威逼的眼光看着贾科波。贾科波不由自主地向后倒退了几步。霍尔兰斯从没想到他会愚蠢到这种地步,接到两封警告信以后竟然如此漫不经心!过了一会儿,霍尔兰斯的怒气似乎已经消了，他用平静的口气对贾科波说：“好吧，这封信留在我这里。不过，你认为它是哪里来的？”

“恩戈索送来的。”

“你怎么知道？”

“你想想，除了他还有谁能随便上我家里来呢？几个月前他的小儿子还来过我家。”

“干什么？”

“他，他是学生，他，嗯——嗯，我女儿……”

霍尔兰斯不明白贾科波说的是什么，他觉得贾科波无疑是疯了。

“好吧，把这封信留下。如果你觉得有必要，可给你增派几名卫兵，轮流值班，让他们一刻也不离开你的家。同时还要留心恩戈索的行动。”

“是，先生。”

“还有，等新的卫兵总部建成后，最好将你全家都搬到那里去。”

“是，先生。”

一月的早晨，骄阳似火，太阳刚刚露出树梢不久，已将大地烤得像个蒸笼。有两个青年拿着《圣经》和《圣歌》在小道上慢慢地走着，后面跟着一群男女，他们也各自拿着《圣经》和《圣歌》，边走边谈论基督救世的故事。最后面是几个打扮得端庄秀丽的妇女，她们边走边大声地唱：

啊，耶稣，我们赞美你，
耶稣，上帝的羔羊，
耶稣，你的鲜血洗净了我身上的罪过，
赞美你，啊，我的主。

他们要到城外几英里处的一座基督教堂参加祈祷仪式。

“我们快到了吗？”恩约罗格问另一位叫穆卡萨的青年。

“没有呢，我们还没到我曾给你讲过的那片丛林。”

“那么远呀！”

“不太远了，以前我经常走路去。”

“那里人多吗？”

“是的，多数是妇女。”

“为什么？男人呢？”

“为什么，我们？”

“只有我们俩？”

“还有别人。”

“也许……”

他们之中发出了一阵爽朗的笑声,笑声过后是一片沉寂。恩约罗格心想,要是姆韦哈吉能一起来该多好。但她这个假期没有回家,看望姐姐露西亚去了。恩约罗格经常接到她的来信。在第二学期的假期里,他们常在一起聊这聊那,天南海北无所不谈。但他再也没有上她家去过。姆韦哈吉的一些话至今还深深地留在他的记忆中,在困难时刻,她的话总在激励着他。“恩约罗格,我知道你一定会考得好。”他带着这句话一次又一次进入考场。他常常对妈妈怀着无限感激的心情,因为是她省吃俭用送他上学的。当然,他也感激姆韦哈吉。如果考不上,怎么办呢?考不上,一切就完了。没有知识,怎么会有前途呢?然而,他相信上帝是会使他如愿以偿的。

“那边就是我跟你说过的丛林。”

“嗯,很浓密,阴森得有点儿吓人。”

他们站立在一块石头上。

“你见到那边了吗?”

“树林那边吗?”

“是的，小山左边那片树林。”

恩约罗格抬头望去，不远处有一座小山。

“是的，见到了。”

“那边就是聚会的地方。”

他们走下一个小山坡，伊萨卡老师和其他一些人也来了。他们还在津津乐道地谈论救国的事。弯弯曲曲的小路渐渐变得宽阔起来，它一直通向那片茂密的丛林。突然，恩约罗格听到一声尖叫：

“站住！”

他们止了步，回头一看，一名白人军官突然出现在他们跟前。他们显得有些惊慌。

“举起手来！”

他们高高地举起双手，手中的《圣经》和《圣歌》格外显眼，好像他们在高举着《圣经》向他们示威似的。

“站这边！”白人士兵用手枪往边上一指。

他们两人在手枪的威逼下，紧紧地靠在一起站着。不一会儿，又有一些人举着手被押到这边来了，他们排成一队站在恩约罗格和穆卡萨后头。接着又来了一群妇女，也举着双手往前走。白人士兵先审问妇女，然后就让她们走了。这时，恩约罗格发现他们被埋伏在四周的白人士兵包围了。士兵们一个个荷枪实弹，全副武装，气氛很紧张。恩约罗格紧紧地握着手中的《圣经》。

白人士兵强迫所有的人蹲下，每个人都必须出示身份证。恩约罗格和穆卡萨正巧都带着学校校长亲自签署的学生证，但是后面的青年们都没有证件，因此其中一人受到士兵一阵毒打，他疼痛难忍，尿都顺着裤腿往下流。但他没吭一声，也没屈服，只是嘴里不停地喊着耶稣的名字。

伊萨卡蹲着，泰然自若地观察着周围发生的一切。他也没有证件。白人士兵大声对他喊叫，要他出示证件时，他从容不迫地回答说，魔鬼使他将证件忘在家里了。但那个白人士兵明白，他是茅茅分子。伊萨卡还回答说，是耶稣拯救了他，因此不能拿茅茅来代替耶稣。那个士兵脸涨得通红，用愤怒的眼光看着他，但他始终没有挨打。恩约罗格心里感到奇怪，是不是白人士兵怕他呢？后来，伊萨卡的过分沉着使人感到奇怪，在其他的人被放走，只有他被留下时，他竟继续沉默着，没有任何抗议的表示。

“过来,从这边走,让你看看耶稣能为你做些什么。”

他被带到阴森死寂的密林深处。人们还没走多远,突然听到树林里传来凄惨可怕的尖叫声。人们一直默默地往前走,连头也不敢回。恩约罗格屏住呼吸,一声不吭,全身异常紧张。没走几步,突然又传来几声尖叫,接着是震耳欲聋的机关枪声,过后一切就沉寂了。

“他们把他杀了。”枪声响后,人群中有人低声说。恩约罗格突然感到苦闷和烦恼,他对一切都感到厌烦。对他来说,刚才发生的一切是令人痛心的,又是不可思议的。他不敢想象这种悲剧会发生在他熟悉的伊萨卡老师身上。

“你们什么也不相信吗?”

“一切都不可信,只有报仇。”

“收回土地呢?”

“被人强占的土地也许能够收回,但我已经失去了许多我所热爱的人,因此,现在土地已经毫无意义了。收回土地仅仅是一种廉价的胜利。”波罗对他的一位中尉军官说。这里是离新的隐蔽处只有数英里的一个瞭望哨，他们是在不久前从离伊萨卡被害处不远的旧隐蔽处迁到这里来的。那一小队白人士兵则是在追赶波罗手下的一些人时来到这里的。

波罗已在丛林里度过了很长一段时间。他的无私与无畏的精神使他成了自由战士的领导人，他的青春年华早已在硝烟弥漫的战场上逝去了。他在战争中学到的一手，看来只有现在真正用得上。

波罗完全知道，坚持丛林斗争的真正目标在于争取自由，可是没过多久，这个目标就逐渐模糊了，他所领导的委员会变成了一个复仇队，他认为这是发挥他那勇敢精神的极好时机，只要能杀白人，哪怕杀掉一个，也是为死去的兄弟们报仇。

“那么自由呢?”中尉问他。

“那全是幻想，对于你我，现在还有什么自由可言?”

“那么，我们斗争的目的是什么呢?”

“我们斗争的目的就是杀他们，你不杀他们，他们就杀你，这是一种必然的规律。我们要杀他们，消灭他们。其实白人也在这样干，他们正在用毒气、炸弹和其他一切手段对付我们。”

“如果我们的所作所为远离了我们的伟大目标，你不认为这是一种错误吗？”

“你认为什么是我们的伟大目标呢？”

“争取自由和收回我们的土地。”

“也许有一定的道理。但是对我来说，如果不能使我死去的兄弟复活，自由就毫无意义。但这样做实际上是不可能的。因此唯一能够干的是和他们进行斗争，狠狠地杀他们，使他们一个个在我的大刀底下倒下去，以宽慰我的心。对酋长贾科波也是这样，也不能让他活着。”

“是的，你已经说过多次。”

“是的，我已经说过多次。”波罗一字一句重复了一遍。

“但现在已经晚了。”

“我不明白，为什么晚了？你要知道，有时候，某些事情你是意识到了，但没有用。他根本不理睬我们对他的警告，看看他怎么对待那些从裂谷赶出来的农民们，你就会完全明白了。”

“是的。”

“还有霍尔兰斯。”

“他是一个危险人物。”

“首先我们必须将贾科波干掉，其他的人以后再说。”

中尉觉得波罗的想法很难理解，他一口气可以说上一连串的“杀呀”“杀呀”，就像在发号施令。紧接着又是一口气说要如何如何小心。

“谁去完成这个任务？”

“我去完成。”

“不，不行，我们不能让你去，这里离不开你！”

“如果我被捕了，你就接替我的领导职务，我已将一切告诉你了。”

“不，不，派别人去。”

“这是我个人的事。”

“但我想必须表决一下。”

“那好吧，试试看。”

他们一边说，一边回到了隐蔽处。

第十三章

“恩约罗格要上高中了。”

“高中!”

“是的,他考上了。”

恩戈索显得非常兴奋。妮约卡比和恩杰莉也高兴得脸上挂着笑意。在恩戈索眼里,多年来第一次闪烁着希望之光。他走起路来也神气多了。儿子给家里争了气,将来也许还能给霍尔兰斯、贾科波以及其他瞧不起他的人一点儿颜色看看。卡马乌心里非常满意,他希望继续支持恩约罗格上学,说不定有一天弟弟能够改换门庭,光宗耀祖。

恩约罗格听到自己考上的消息时,激动地跪了下去,向上帝赐给他的一切表示谢意:“给我更多的学问吧，使我成为传播你的光明与和平的工具。”上高级中学，而且是上西利安纳教会办的中学，在当时来说可不是一件轻而易举的事情。

恩约罗格后来才知道，他是整个山区唯一能进入这所高级中学念书的学生。姆韦哈吉却因考试成绩不太突出，只考上了离原来的寄宿学校只有几英里的师范学校。开始时，恩约罗格为自己的考试成绩能够压倒贾科波的女儿而感到自豪，可是后来却为姆韦哈吉没有考上高级中学而感到遗憾。

恩约罗格考上高级中学的消息不胫而走，很快就在山里山外传开了。尽管国家正处于多事之秋，但人们对于受教育依然怀有一种热切的期望。在各种各样的人中间，像波罗、贾科波或恩戈索这些人，他们无论有多大的分歧，对于教育仍然抱着共同的愿望。总之，吉库尤人将自身的解放与教育紧密联系在一起。恩约罗格上学的日子临近了，许多人为他筹集路费，在人们的心目中，他不仅是恩戈索的儿子，也是大家的儿子。

假期的最后一个星期天，恩约罗格约姆韦哈吉来到熟悉的小山坡上会面。现在，恩约罗格怀着与往日不同的心情和姆韦哈吉旧地重游，他为展现在自己面前的宽广道路而感到自豪。他觉得祖国需要他。上帝为他开辟了一条拯救全家和全民族的道路。自从上一次和姆韦哈吉在这里相见以来，转眼又过了一年，一年来她没有太明显的变化。她没有像以前那样紧紧地靠着恩约罗格坐着。她咬着一棵又一棵草。虽说他们谈了很多，但是内容平淡，彼此都没有说出内心的真正想法。

末了，姆韦哈吉问他："你什么时候走？"

"下个月月初。"

"西利安纳的学校很好。"

"嗯，是的。"

"人要远走高飞时，往往会把后边的人忘了的。"

"是这样吗？"

听到恩约罗格毫无表情的回答，姆韦哈吉异常伤心，但她依然压制着自己的感情说："是的。你学完以后准备干什么呢？到那时候你一定是一个大人物了。"

"说实在的，对于将来我还没有想得那么多，但是我想,也许我会像你哥哥那样到麦克雷雷大学①或英国去留学。”

“我哥哥是去美国留学,不是英国。”

“哪儿都可以。”恩约罗格一边说,一边朝前靠近姆韦哈吉坐着。他好像第一次真正意识到她的存在。姆韦哈吉低着头,用手指在黑土上画着什么。恩约罗格感到奇怪,为什么她总是低着头不看他呢?是不是对他有妒忌心或者别的原因呢?

“留学以后又干什么呢?”她突然又问。

恩约罗格的神情显得异常严肃和冷漠。他又一次沉浸在对未来的憧憬之中。

“我们的祖国非常需要我们。”

“你认为国家真的需要你吗?”

“一点儿也不错!”他心里非常生气。难道她对我有怀疑吗?“祖国需要我,也需要你,同时也需要其他许多还活着的人。我们必须联合起来,重整家园。这就是我在你家时你爸爸告诉我的。”

---

① 麦克雷雷大学在乌干达,是东非一所著名的大学。

“现在全国一片黑暗。”姆韦哈吉自言自语地低声说。

“可是明天朝阳一定会从东方升起。”恩约罗格慷慨激昂地回答说。他看着姆韦哈吉,好像告诉她不要丧失信心,上帝是会秘密做出安排的。

“你总是说明天、明天,还常常说什么祖国呀、人民呀。明天有什么意思?祖国和人民对你来说又有什么意义?”姆韦哈吉突然反问道。她两眼紧紧盯着恩约罗格,眼光咄咄逼人。恩约罗格心里惴惴不安,他不想在这个时候使她生气。他心里很难过。他看了看她,然后低下了头,看着脚底下的这片土地,这片土地一直延伸到山那边很远很远,然而被乌云遮住了。

“你不要生气,姆韦哈吉。要不,我能说什么呢?你我只能把希望寄托于未来。你可以想想,我们的人民在日复一日地流血牺牲,甚至悲惨地死在丛林中,同时人们却在无休无止地祷告,希望得到宽恕;你应当明白,如果这种状况继续下去,那么我们的生活又有什么意义呢?我坚信黑暗和恐怖的日子终将过去,历尽千辛万苦、饱尝人间沧桑以后,万丈红霞将捧出初升的太阳,光芒四射,普照大地。到那时候，让我们共同接受上帝的恩典吧……"

姆韦哈吉静静地听着，头紧紧地靠着恩约罗格，眼里闪动着兴奋的光芒。她希望继续听这个青年对未来富有预见的谈话。现在她已完全信服他了。她盼望着明天的太阳，盼望沐浴在温暖的阳光下，忘掉今天的苦难。如果大家共同接受上帝的恩典，那么仇恨和……

"你睡着了吗?"

"没有！没有!"姆韦哈吉急忙回答说。

"太阳下山了，我们该回家了。"

他们站了起来。分别时，姆韦哈吉看着恩约罗格，并用充满信心的语气对他说："你一定会干得很出色。"

恩约罗格心里突然一动，他为自己一直怀疑她有妒忌心而感到内疚。他激动地对她说："谢谢，姆韦哈吉，你现在真正像我的姐姐了。"

"谢谢。"姆韦哈吉低声回答说。

他们分手了，她一直目送着恩约罗格朝家走去，直至他的身影在视野中消失，她才转过脸，掏出手绢擦干两腮的泪痕，然后匆匆朝家里走去。

第十四章

西利安纳中学在教学上很有名气,它是在殖民统治区创办最早的学校之一,后来经过教会的一番修整扩建,这所学校得到了很大的发展。

对于恩约罗格来说,能到这样的学校上学简直就像做梦。他将第一次受到白人的教育。这件事使他感到不安,因为以前他从未和白人直接打过交道。但是,如果白人骂他或者想虐待他,他起码还是看得出来的,甚至还知道应该如何对付。然而事实并非如此,他所见到的白人,都笑眯眯的,甚至还可以随便和他们谈笑。有些还和他交上了朋友,甚至想帮助他学习基督教教义。

在这里,他还见到了来自不同部族的青年们。

这些人如果想耻笑他或者愚弄他,他也是看得出来的。然而与他想象的相反,他接触到的青年几乎都和他一样。他还和那些来自纳恩迪、卢奥、卡姆巴和吉利阿马族的青年们交朋友,他们和他成了有共同的理想和爱憎的挚交。如果他和某人吵架或者憎恨某人,那么其他青年就会和他站在一起。

在危机四伏的国土上,这所学校就像一块平静的绿洲。在学校里,无论是在他经常去的肃穆寂静的教堂里,还是在鸦雀无声的阅览室里,他总觉得人们随时都有可能见到上帝。在这里,恩约罗格第一次感到,他可以不像在家庭周围那样受到饱尝艰难困苦的人们注视,可以集中精力学习并且安排他今后的计划。他坚信,只要他有耐心和刻苦精神,就一定能够圆满地完成学业。也许太阳很快就要出来,宣告新的一天已经来临。

西利安纳中学经常参加各种校际体育比赛,每次比赛都有亚洲血统的学生和白人学生参加。希尔中学则是一所很有名的专为白人开办的学校。

有一天下午四点,希尔中学派了一支足球队

来西利安纳中学进行比赛,客队中有十一名运动员,还来了一些观众。恩约罗格不会踢足球,只好和观众坐在一起,并和客队中的一位观众聊了起来。可他刚和这个青年聊了几句,就发现对方的面孔很熟,好像在什么地方见过。他个子很高,留着淡褐色的长发。风一吹,头发就蓬乱地遮住他的脸,因此,他总不断地晃动着头,使头发保持原形。

“我觉得在什么地方见过你。”后来,他和这个青年一起散步时这样说。

“是吗?”青年人仔细地打量恩约罗格一番,开始时有点儿迷惑,过不了一会儿,他的脸突然放出光彩,他高兴地说:“啊! 你是来自基潘加的吧?”

“是,以前我在那里见过你。”

“我想起来了,你是恩戈索的儿子,他……”青年人突然住了口。

“我叫史蒂芬。史蒂芬·霍尔兰斯。”

“我叫恩约罗格。”

他们一起默默地走着。恩约罗格觉得史蒂芬并不可怕,在学校里,他只不过是一个普普通通的青年,恩约罗格没有必要怕他。

“你什么时候来的?”

“今年年初,你呢?”

“已经两年了。”

“你来这里以前在什么学校念书?”

“在内罗毕。你呢?”

“我在卡马霍乌中学。”

“就是那次你从我家附近经过时去的那所学校吗?”

“不,那是卡马埃小学,那所小学只有四个年级,你在那里见过我吗?”

“是的。”史蒂芬很快就记起以前的情景,当时他曾不止一次躲在家门口的篱笆旁边,想找机会接近恩约罗格或者他们之中的其他孩子。然而每次等他们走近时,他心里又害怕了。

“我们没有见过你。”

“我常常躲在路旁,想和你们说话。”史蒂芬鼓起勇气将真情告诉了他。

“为什么你没有那样做呢?”

“我害怕。”

“害怕?”

"是的,我怕你不理我,不愿和我在一起。"

"原来如此！太遗憾了。"

"也不是特别遗憾。"他不想得到别人的同情。

"我也感到遗憾,每次见到你时我都有意避开你,因为我也怕你。"

"你也怕我?"这次轮到史蒂芬感到惊讶了。

"是,我也怕你。"

"但我并没有恶意。"

"我也是。可是当时我怎能知道你心里想些什么呢?"

"奇怪。"

"的确奇怪。常有这种情况。你害怕某种事情,往往是因为你早就对它有害怕心理,这种心理的产生,要么是因为你生来就对某种事情有畏惧心,要么由于你见到别人也害怕……我就有过这种情况。有一次,我兄弟去内罗毕,回来后对家里人说,街道上到处可以碰到白人,但他不喜欢白人总是用那种眼光看他。"

"我想道理是一样的,许多朋友也曾对我说过,他们不喜欢非洲人用那种眼光看他们。当你走在内罗毕街道上或者国内其他什么地方时，尽管天空晴朗、阳光普照，但你对这宁静的天空说不定也不会放心，因为你知道天空中有电，对人存在着威胁……像电这种东西，你是见不到摸不着的……但你却要随时随地提防它。”

“是的，有时电光闪闪，惊雷大作，就像发狂似的，使人惊慌失措。虽说你想尽快逃避它，但也徒劳！因为无论你逃到哪里，雷电总在你跟前。”

“太可怕了。”

“是很可怕。”恩约罗格附和着说。对人们无法逃避的这种危险和恐惧的共同看法，使得他们彼此更接近了。

“其实，祖国大地是如此宁静，如此令人陶醉……”

“整个国家风调雨顺，处处青山绿水。唉！可就是那阳光……”

“然而现在太黑暗了。”

“是，是太黑暗了，但这一切会变好的。”

恩约罗格对未来充满了希望。他唯一能给正在哭泣的孩子以安慰的，就是对未来美好生活的期望。然而，他不懂得这种期望往往会成为脱离现实的一种消极因素。

两个青年离开人群,来到了一棵剥掉树皮的枯树底下。

“最近我要离家到远方去。”

“到哪儿去?”

“英国。”

“英国不就是你的家乡吗?”

“不,那边不是我的家乡。我是在这里出生的,我从来没有去过英国,甚至也不想去。”

“那么,一定要你去吗?”

“是的,爸爸不想去,但妈妈却要我们一起去。”

“什么时候动身?”

“下个月。”

“我希望你再回来。”

恩约罗格对这个青年骤然产生了一种怜悯之心,因为他竟然要去干违背他意愿的事。至于恩约罗格自己,他的命运与祖国的生死存亡是紧紧联系在一起的,他没有别的选择,也没有别的地方可去。

“我会回来的。”

“你爸爸和你一起去吗?”

“不,他留下来。但是……但是我有一种感觉,好像将他永远留在这儿了……因此,我把周围的一切都看得很可怕。”

他们之间再次出现了沉默。恩约罗格有意改变了话题。

“他们交换场地了。”

“走,我们去给他们助兴。”

他们回到了体育场。他们彼此间又产生了一种惧怕心理,各自朝不同的方向走去,生怕再见面似的。

姆韦哈吉的信频频向他飞来。恩约罗格记得,她给他的第一封信是在她去师范学校以前寄来的。

亲爱的恩约罗格:

你不知道我是多么想念你。最近几天来我天天梦见你,我的心中只有你。当理智告诉我你已离开我到远方去时,我心里多么难过。但我知道你在那里干什么,我也相信你一定会干得很出色,因为你有决心和毅力,我也绝对相信你一定能做到这一点。

下个星期我就要到师范学校去了,在这里我一个人孤孤单单,就像生活在地狱里那样。我不知道为什么我爸爸会发生如此的变化,他常常一个人坐卧不安,好像在为什么事情发愁。这里每天都有一些人被抓走,甚至有些房子也被茅茅烧毁。昨天我亲眼看到有人被打得鬼哭狼嚎。啊,多么可怕!请求宽恕吧。我不知道周围到底发生了什么。这里处处充满着恐怖的气氛。

我正受到恐怖的威胁,如果这种状况继续下去,我就要疯了……我想告诉你,此时此刻我是多么高兴,因为我就要离开这里,避开这里的一切……

恩约罗格真想知道等他期末回家时,家里发生了什么样的变化。他真想回家吗?一回到家,痛苦将立即向他袭来,一泓秋水般平静的心将会突然掀起波涛。他现在不想回家,他以为等到他学业已成时回家更有意义。

第十五章

恩约罗格已念完了两个学年，现在正在念第三学年。他很快就要完成他的全部学业了。那是一个星期一的早晨，凉风习习，颇带凉意。他像往常一样起了床，早祈祷后步出室外，准备去做早操。这是多么美好的早晨，虽然有些凉意，但是使人感到心旷神怡。早点名以后，他们成群结队到教堂去进行早团拜，然后到食堂吃早餐，日复一日，天天如此，已成习惯。恩约罗格匆忙吃完早餐，准备赶紧温习一下昨晚没有完成的功课。

第一堂课是英语，他非常喜欢英国文学。

“今天，你为什么这样高兴?”一个同学对他开玩笑说。

“我不是每天都这样吗?”他回答说。

“不,我们做数学作业时,你可不是这样。”另一个同学插嘴说,接着他们两人面对面地放声大笑,笑声响彻整个教室。

“哎哟,今天要上英语课,你看他今天多么开心!”第一个同学又对恩约罗格说。

“难道你要我哭吗?”恩约罗格反问道。他心里确实觉得很高兴。

“我可没有这个意思。妈妈曾告诉我说,男人早晨不能过于高兴,因为它会成为不祥之兆。”

“你别迷信了。”

恩约罗格不赞成对方刚才的说法。尽管如此,在此后整整一个星期的夜晚,他总做噩梦,白天常常心神不安,甚至无心给姆韦哈吉写信。已过了那么长的时间了,今天晚上,无论如何也得写了。他想告诉她,史蒂芬回英国去了,是他姐姐陪他们去的。不过她可能很快就会回来,因为她有教会工作要做。恩约罗格第一次见到史蒂芬时,曾经给姆韦哈吉去过一封信,谈了他对史蒂芬的印象,最后他是这样告诉她的:“史蒂芬显得很孤僻和多愁善感。”

教室里一片嘈杂,这时有一个同学小声说:“老师来了,安静!”教室里突然鸦雀无声。老师走进了教室,他每天都按时来,从未迟到过。恩约罗格对这些传教士出身的老师勤勤恳恳的精神常常感到惊讶。人们也许会认为,对于这些人来说,教学与生死休戚相关。他们虽然都是白人,但从不谈论肤色,对非洲人也不另眼相看;他们和来自非洲不同部族的黑人紧密合作,和睦相处。恩约罗格曾经想过,要是整个国家都这样该多好。在他看来,这里简直是个小小的天堂,就在这个天堂里,出身不同、宗教信仰不同的孩子们无私无怨地一起生活,互相帮助。人们认为,学校的这种融洽的气氛是由于校长具有对白人和黑人一视同仁、严格要求的独特作风。对学校里的好人好事,他常常及时予以表扬;对那些他认为是不良的现象,他也常常毫不犹豫地给予批评和制止。他注重在学校中树立典型,号召学校全体人员努力发扬优良的校风。但是,他认为那些优良的传统和作风只能来自白人。因此他不遗余力地提倡仿效和维护白人的文明。他认为只有白人的文明才是人类、尤其黑色民族的唯一希望。他痛恨那些煽动人们不满白人统治和提倡黑人文明的黑人政界人物。

正当恩约罗格在课堂上回答老师的提问时,校长出现在教室门口,老师走了出去。不一会儿,老师回到了教室,看了看恩约罗格,并且告诉他,校长要他到办公室去一趟。

恩约罗格的心在紧张地跳动,他不知道校长突然叫他有什么事。校长办公室门口停着一辆黑色小汽车。他走进校长办公室,看到里面坐着两位警官。他心里想,门口的小汽车和这两位警官一定跟他有关。他神色惊惶,心里局促不安。

校长跟两位警官低声说了些什么以后,警官站起来走了出去。

"坐下,孩子。"校长用同情的眼光看了看他,然后低声对他说话。恩约罗格由于紧张,两腿不断发抖,已经差点儿不听使唤了。听到校长的声音,他高兴地一屁股坐下。

"听到你家里的消息后,我感到很遗憾。"校长继续说。

恩约罗格紧绷着脸,嘴巴闭得紧紧地听着。他偶尔抬头看看这位牧师,牧师说话时脸部毫无表情。

“现在要你回家。这是一件不愉快的事……但你回家以后，无论要你宣誓或者做什么其他的事，你必须记住，耶稣正站在门口敲你的门，等着你欢迎他进去。这就是我们给你指出的今后的道路。希望你不要使我们失望。”校长声音颤抖，似乎要哭了。

恩约罗格记得，直到他要乘车离开学校时，校长也没有告诉他家里到底发生了什么事。校长一番安慰的话不仅没有使他心情轻松，反而叫他更加痛苦了。

他在警察所见到的一切至今依然历历在目。一提起警察所，人们常常毛骨悚然。人们给它取了个名字叫“刑宫”。那一次，他被抓去的第二天，被叫到一间小屋里，屋里坐着两个白人军官，其中一个留着一撮红胡子。

“你叫什么名字？”红胡子问。另一个坐在旁边，他那双灰眼睛恶狠狠地盯着他。

“恩约——罗——格。”

“多大了？”

“我想是十九岁了，或者差不多。”

“先叫长官!”门口的一个卫兵冲着他大声喊。

“长官。”

“宣过誓没有?”

“没有!”

“叫长官!”那个卫兵又对他大喊了一声。

“没有,长官。”

“你宣过几次誓啦?”

“我说,我没有宣过誓,长官!”

突然间,一拳头朝他狠狠打来。他顿觉天旋地转,眼前一片漆黑,什么也看不见。

“你参加过宣誓没有?”

“我——是——学生,长官。”他一边回答,一边举起双手,用手掌护着脸。

“你参加过多少次宣誓啦?”

“我一次也没有参加过,先生。”

对他又是劈头一拳。他咬紧牙没有吭声,眼泪不断地从眼眶里往外冒。他想起了宁静得像天堂一般的学校,然而现在学校已经离他很遥远了。

“你认识波罗吗?”

“他——是——我的哥哥。”

“他在哪儿?”

“我——不——知道。”

恩约罗格昏沉沉地横躺在积满尘土的地板上。长着灰眼睛的脸涨得通红,他气得说不出话来,只是一个劲地骂他是该死的茅茅。他被灰眼睛的带钉鞋踢得鲜血淋漓,遍体鳞伤。不一会儿,两名士兵将失去知觉的恩约罗格抬了出去。

不知过了多长时间,恩约罗格觉得自己正在慢慢恢复知觉。夜已很深。他隐约听到邻近的屋里有妇人的哭叫声。难道是恩杰莉或者妮约卡比?他一想到这,就不寒而栗。他多么希望在离开人世之前能够再见见她们。他认为自己的一生很快就要结束了,也许死亡并不是什么可怕的事情,它不过使你沉沉睡去,永远不再醒来,不会再有恐惧,也不会再有希望和幻想。

他们对恩约罗格没有就此罢休。第二天又将他叫到那间屋里。如果还是重复昨天的问题,那他还能回答什么呢?撒谎?如果对所有的问题都回答“是的”,他就会获释吗?他表示怀疑。他全身浮肿,疼痛难忍,但他更感到痛苦的是他对周围发生的事情一无所知。

“你是恩约罗格吗？”

“是的。”

“你宣过誓吗？”所有的人都把眼光集中在他身上，等着他的回答。恩约罗格踌躇了一会儿。这时，他发现霍尔兰斯也在场。灰眼睛见他有些犹豫，就趁机说：“记住，我们要你说真话，如果你说真话，我们就放你走。”全身难忍的疼痛似乎在不断地劝他回答“是的”，然而他却本能地回答说“没有”，同时蹒跚地朝门口后退了几步。

“谁杀死了贾科波？”霍尔兰斯第一次开口问他。突然，恩约罗格觉得全身直打哆嗦，想呕吐。

“他被杀了？”恩约罗格用沙哑的声音惊叫了一声。不知怎的，他突然不由自主地想起了姆韦哈吉，担心她的安全。一时，他好像忘了自己正面对着敌人。

白人都紧紧地盯着恩约罗格。

“是的，他被杀死了。”

“是谁杀的？”

“这个问题要由你来回答。”

“我？但是……”

“是的，你会告诉我们的。”

霍尔兰斯说着站了起来,朝恩约罗格走去。他用狡诈凶狠的眼光看着他,恶狠狠地说:“我要让你尝尝我的厉害。”他一边说,一边拿起铁钳夹住他的生殖器,然后一次又一次残忍地紧捏他的睾丸。

“我们要像对你爸爸那样把你阉了。”

恩约罗格惊愕不已,泣不成声。

“你说,是谁派你到贾科波家里打听消息的?”

恩约罗格疼痛难忍,什么也没有听见。霍尔兰斯还在不断地向他提问题,每问一次就狠狠地捏一下他的睾丸。

“你一定知道你父亲说过,是他杀了贾科波。”

恩约罗格在不停地啜泣。霍尔兰斯斜视着他,发现恩约罗格抬头看了他一眼,举了举手,好像想向他哀求什么。然后,他身体晃动了两下,摔倒在地上。霍尔兰斯看了看他,又抬头看了看两个白人军官,然后走了出去。随即,红胡子和灰眼睛发出一阵奸笑。

后来,再也没有人来审问恩约罗格了。几天

以后，当他伤势有些好转时，他和两位妈妈被释放了。

关押恩约罗格的房子阴森森的，终日不见阳光。关在里头，分不清黑夜与白天。然而对恩约罗格来说，黑夜和白天反正一样，时间对他也变得毫无意义了。他想侧身躺一躺，希望能够睡一会儿，用睡眠来减轻痛苦，但这怎么可能呢！全身除屁股外，痛得像针扎一样。因此，他只好日日夜夜坐着。他对自己继续活下去已经失去信心，因为他认为过去的努力已经前功尽弃，一切已成泡影。

失去孩子以后，恩戈索的心蒙上了一层阴影。在灾难发生以前，尤其在他被迫放弃和离开生活中最有价值的土地以后，他觉得生活对他已经失去了意义。

虽说内心很痛苦，但他对贾科波的死却感到欣慰。当初，他听到贾科波被杀死的消息时，心里异常兴奋，觉得这是正义和神圣的行动。听到这个消息以后的一两天里，他走起路来腰杆挺得直直的，神气多了。可是几天以后，当他听到儿子卡马乌因与贾科波的死有关而被捕时，他的心又开始不平静起来，他整天坐卧不安，忧心忡忡。可是就在一天夜里，他突然有了主意，想起了吉库尤人常说的一句话："不能让狼有第二次机会。"现在，白人已经实行了一种新的部族政策，叫什么"以牙还牙"。因此恩戈索觉得，最好也张开自己这副老牙，虽不锋利，但也足够对付一阵子了。后来，也不知道他怎么突然会有那样大的勇气，竟敢无所畏惧地闯进行政长官的办公室，承认贾科波是他杀的。他这大胆的行为使全村大为震惊。

恩戈索连日受尽种种折磨。但他除了承认贾科波是他杀死的，其他的事他闭口不谈。

霍尔兰斯和政府官员以及其他白人一样，一手操纵着这里的一切法律。霍尔兰斯决意征服恩戈索，以便从他身上得到一切消息，使他服服帖帖听任摆布。因此恩戈索每天都遭到严刑拷打。

恩戈索曾当过他的雇工，可是后来竟然成了他的拦路虎。今天他有权有势，恩戈索当然也就很难逃出他的手心了。

霍尔兰斯百倍疯狂地对待恩戈索，为了迫使他供出秘密，对他采取的手段非常残忍，就连在场的卫兵们也心惊胆战。

但是，恩戈索一直镇定自若，绝不改口。

恩约罗格对未来曾经满怀希望和幻想,遇到困难时,他常常憧憬着美好的未来,聊以自慰。还在上学以前,有一个远房叔叔曾借他去放牛。有一天,淘气的牛弄得他束手无策,要是一般的孩子早就哭了,但他没有哭,一声不吭地坐在一棵树下,想象眼前就是一所学校,他正在上学。他在树下沉思了整整一个小时以后,觉得已有办法对付牛时,牛已经吃掉了一大片庄稼。因此叔叔不得不马上送他回家。

恩约罗格心潮澎湃,往事历历在目。时局向他展示的天地,是跟他经历和信赖过的世界截然不同的。眼前的灾难就像一个无底的深渊,无可避免。他对周围的一切已经麻木不仁。他所知道的仅仅是他的爸爸和唯一幸存的哥哥正在遭受迫害和折磨,而他自己已经失学了。

他头脑稍微清醒时,过去的担心和恐惧马上又向他袭来。眼看家破人亡,他却一筹莫展,束手无策,无力挽救残局。因此,他再也无心去证实他爸爸是不是真的杀了人。他对妮约卡比和恩杰莉也未曾提起过这件事。她们也许理解他,因为她们也从未让他介入这件事。只有一天晚上,夜阑人静时,妈妈曾想向他提起。

“恩约罗格。”听起来似乎不是妈妈的声音。

“嗯,妈妈。”他心里有些紧张,屏住呼吸,等着妈妈说些什么。但她没有马上说下去。他看见妈妈在不断地抽噎,好像极力控制自己不要哭出来。恩约罗格叹了一口气,突然感到一阵心酸。

尽管恩约罗格打算控制自己不要再去想,但死去的贾科波的形象还是在他脑海中不断出现。在他跟前,每个人、每件东西,都像是这个酋长形象的再现。这种深刻的印象取代了他原来在成功之门向他敞开时所取得的胜利的记忆。

只有一次他偶然想起了姆韦哈吉。那是在一天夜里,妈妈想告诉他什么事时,他忽然怀着对姆韦哈吉犯了罪的心理想起了她。他认为眼前的灾难是他和她的来往带来的。他真想在这沉沉黑夜中,冲着妈妈大声喊:“灾难是我给你们带来的!”他莫名其妙地憎恨自己,然后又咒骂酋长。在后来的日子里,这种想法简直变成了千斤压力,压得他几乎透不过气来,使他日夜坐卧不安,以致在一天夜里,他走出院子,独自在黑暗中徘徊。

那是一个伸手不见五指的黑夜,万籁俱寂,人们都已进入梦乡。恩约罗格后来也说不清当时怎么会有那样大的胆量，他握紧拳头，好像做好了格斗的准备，径直朝酋长原来的家走去。酋长的鬼魂时隐时现地在前头引路，他紧紧跟着这个鬼魂，恨不得一拳将鬼魂打倒。他要为全家报仇，要狠狠惩罚酋长，要消除酋长强加在他身上的压力。他跟随这个鬼魂到达被遗弃的酋长之家附近时，鬼魂突然变成了姆韦哈吉。他想举手打她，但他忽然觉得自己更想紧紧拥抱她，然后劝她逃走，避免这场灾难。因为她是他的唯一希望……突然，他从似梦非梦中清醒过来，侧耳静听，房子的篱笆外边传来了一阵阵脚步声，这时他才想起这所被遗弃的房子现在依然有人日夜守卫。

他悄悄地离开这里往回走。第二天早晨，他真不愿见到妈妈，因为他明白自己的神情一定很吓人。

那一天，由于恐惧和自觉有罪，他第一次流下了眼泪，但他并没有祷告。

第十六章

妮约卡比和恩杰莉沮丧地坐在角落里，泪痕满面。屋里的空气沉闷，凄凉。恩约罗格从小就听人说，男人生病时，女人哭了，就意味着男人的病重得不行了。他想安慰妈妈几句，但他看到爸爸死灰般的脸色时，就再也没有力量去安慰两位伤心的妈妈了。面对这种毫无希望的、无休无止的“明天”，恩约罗格第一次感到自己软弱无能；觉得必须用新的眼光去看待眼前的非常时期了。

恩戈索痛苦地翻了一下身。妮约卡比和恩杰莉赶紧走到床前。他慢慢地睁开眼睛，环顾四周，眼光落在恩杰莉身上；停了一会儿，他又将眼光转到妮约卡比身上。他张了张口，好像想说什么，但还没有开口,眼眶里已涌出了泪水。他想擦眼泪,但两手不听使唤。最后,他的目光停留在恩约罗格身上,他凝神沉思,好像在极力回忆什么。

“你在这里……”

“是的,爸爸。”

爸爸的话在他心中燃起一线希望之光。他看到爸爸还支持得住,心中又产生了一种微弱的安全感。这是爸爸被释放回来以后的四天中第一次开口说话。他还记得爸爸从警察所回来那天的情景:爸爸由两个人扶着,一摇一晃地朝家里走来,脸部伤痕累累,鼻子裂开一个大口,分成了两半,两只脚几乎已经瘫痪。四天来他的嘴和眼睛总是闭得紧紧的。

“你从学校回来了……”

“是的,爸爸。”

“回来看我……”

“是的。”他撒谎说。

“他们打你了吗?”

“没有,爸爸。”

“然后你就回来笑我了,笑你自己的爸爸。你不要担心,我就要回老家去了。”

“你不要这样说，爸爸。你是我们的靠山，爸爸。没有你，我们能干什么呢？”恩约罗格紧咬着下唇说。

“你的兄弟们都在家吗？”

“他们就要回来了，爸爸。”

“啊，我死了，就要埋葬的时候，卡马乌在哪儿呢？”

恩约罗格抽泣着。爸爸又上气不接下气地说：“也许他们要杀死他。他们还没有将他送到警察所吗？为什么呢？他们不要老人的血。现在你不要再问，是我杀死贾科波的吗？是我将他枪毙的吗？我不知道。一个人杀人时是不清醒的。我将他审问后，就将他处决了。让他再来吧。如果他敢……啊，是的，我知道……啊，他们要年轻人的血。你们看，他们抓走了姆万吉……他不就是年轻人吗？”

恩戈索喃喃地说着，他的眼光一直没有离开恩约罗格。

“我很高兴，因为你已经有了学问，学到了一切，他们再也不敢欺负你了。我想，要是孩子们都在的话……我想，哎！还有点事。哟！发生了什么事？谁敲门？我知道，是霍尔兰斯，他要来剜我的心……”

恩戈索发出一声冷笑。屋里笼罩着紧张的气氛。黑夜已悄悄地来到了屋里。妮约卡比点燃了灯，想要驱散恼人的黑暗。她来回走动时，墙壁上若明若暗晃动着的怪影似乎在嘲笑她，也好像在讽刺她。人到了这种地步，活着还有什么意思呢？恩约罗格暗想。这难道就是他心里曾经敬畏的爸爸吗？恩约罗格觉得昏昏然，天旋地转。恩戈索在继续说着什么。他的每一句话、每一次笑，都显得那样响亮，使人感到惊诧。

“波罗走了。他认为我是一个无能的爸爸。但我清楚，这是因为他受了别人的影响。他不理解我……你知道……”

恩约罗格转过脸去，突然发现波罗正站在门口，并朝屋里走来。他留着一头长长的乱发。恩约罗格见到他，心里不由得一阵紧缩，本能地后退了几步。波罗蹒跚地朝屋里的床铺走去，但似乎想避开灯光。妈妈们坐着无动于衷，看着他跪在恩戈索的床前。面对这突然出现的场面，恩约罗格木然地站着，屏住呼吸，不知所措。

开始时，恩戈索没有认出波罗，眼里露出疑惑的神情。过了一会儿,他的眼睛突然明亮起来。

“原谅我,爸爸。我不知道……啊,我想……”波罗难过地低下了头。

恩戈索声音发颤:“没什么。你也回来了,你也回来耻笑我?你会笑你爸爸吗?不,唉!我是希望你们大家都好。我不喜欢你离家出走。”

“但我要斗争。”

“啊,现在你就不要再离开这里了。”

“我不能总待在家里,绝对不能。”波罗一边擦着眼泪,一边果断地回答说。

恩戈索好像突然改变了主意。瞬间,他——这个家庭的支柱变得坚强起来了。

“对,你应该这样。”

“不,爸爸,请原谅我。”

恩戈索挣扎着从床上坐了起来。他艰难地将手搁在波罗的头上。波罗顿觉自己是一个小孩子。

“好,勇敢斗争!永远望着穆鲁恩故①和鲁利里②。和平会属于你们的。啊,什么?恩约罗

① 当地人对创世主的尊称。

② 传说中的先知先觉者。

格……你看你妈……”

他倒在床上，全身哆嗦，眼睛却变得格外明亮。屋里的气氛很紧张，彼此都没吭声。波罗站了起来，低声说：“我本该早点儿回来……”

他大步流星地走了出去，消失在沉沉夜幕之中。就在这时，大家回过头，眼光落到恩戈索身上，心里都明白，恩戈索也永远不再回来了。但大家都没有哭。

第十七章

横贯肯尼亚的那条大公路从印度人商店区附近穿过。市场上男男女女,熙熙攘攘,公路上的汽车不时响着喇叭,来往奔驰而过。有几个妇女走进了商店,还不停地在谈论什么。她们看到恩约罗格时,突然中止谈话,转而对他说:

"给我那件衣服看看。"

"那件白色的。"

"你卖不卖?"她们的声音又尖又高,好像和远处一个头也不回地往前走的人在喊话。这时,其中一个妇女对同伴低声说:"你别为难他了,你知道他的遭遇吗?"但这个妇女还是提高嗓门冲着他叫:

“你没听见吗？”

恩约罗格惊愕不已，眼里闪着既诧异又茫然的神色。他默默地朝角落那边挪动了几步，信手取出那件衣服，并将它递给那个妇女。他不敢正眼看她们，他生怕她们知道他童年时代有过幻想因而耻笑他。印度店主坐在角落里。心安理得地不断嚼着青豆或花生之类的东西。恩约罗格非常讨厌那种没完没了的吧唧吧唧的声音……啊，我多么希望他的嘴能停一停。

“多少钱？”

“三先令①一码。”

“我出两个先令。”

恩约罗格不喜欢讨价还价，他对这种方式早就厌烦了。他觉得生活本身就是一个大骗局，人们无形中在互相较量、做着交易。

“别骗人！”那个妇女大声地叫嚷，“为什么你也像印度人那样对待我们？”

恩约罗格在她们的叫喊声中畏缩了。目送她们走出商店，他心里感到内疚。他是由于突然的

① 先令是肯尼亚货币单位。

变故不得已才来这家商店为印度人干活的。这时,店主从角落里匆忙走了出去,将妇女们叫了回来,用每码四先令的价格将另一块与原来那一块质量相同的布卖给了她们。恩约罗格没有吭声。

妇女们离开商店时,其中两个停住了脚,回过头来用似乎同情的眼光看了恩约罗格一眼。他真想藏到柜台下去,因为他以为他曾幻想要拯救的这些人一定会议论他和他的家。

五个月过去了,人们还在无休止地谈论村里发生的事情。在他们看来,霍尔兰斯和恩戈索同一天晚上死去是异乎寻常的。远近的人都受到很大的震动。因为恩约罗格全家都被牵连进去了,波罗和卡马乌还将被判处死刑。

事情发生在恩戈索离开人世的那一天,霍尔兰斯独自坐在客厅里,凝视着天花板,还不时用手轻轻地敲打着桌子。桌上摆着空啤酒瓶和一个装着半杯啤酒的酒杯。霍尔兰斯气冲冲地回到了家,可一想到那不景气的农场,他就变得闷闷不乐。这也难怪,因为土地就像他热恋的女人,要想得到她,就必须好好地看护,否则就会被别人占去。

这天夜里,他一直怒气冲冲。自从那次他从恩戈索的儿子眼里似乎发现了什么以后,他一直忐忑不安,不知他身上发生了什么。他记得,在他的孩提时代,有一天他坐在爸爸妈妈的房子门口,幻想着自己的未来,想到这个未来的世界一定有他用武之地。可是后来摆在他面前的,却是兵荒马乱的第一次世界大战严酷的生活现实……现在霍尔兰斯只能借酒浇愁,一醉方休。他咒骂眼前发生的一切。

恩戈索释放回家时已经奄奄一息。尽管如此,霍尔兰斯还是觉得不能解他心头之恨。恩戈索获释的原因,是霍尔兰斯在厕所后面贾科波被杀的地方捡到了一个小本子,本子上有波罗的名字。开始时,他不理解,后来才慢慢明白恩戈索撒了谎。恩戈索说他杀死了贾科波,其实是为了庇护他的儿子波罗。但是波罗不是在丛林里吗?慢慢地,他又推翻了原来的猜测。此时,恩戈索也在想,可能是卡马乌杀死了贾科波。他承认自己为了救孩子而犯了罪。对此,霍尔兰斯火冒三丈,气得整夜都在发抖。他一个劲地狂饮,醉意蒙眬时,他巴不得立即将恩戈索抓回来。但到第二天早晨,醉意消失、头脑清醒时,他又放弃了原来的想法。

他朝门外看了一眼。他正在等待前来值夜班的警察和卫兵。过了一会儿,他站了起来,思绪万千地在屋里踱来踱去。他不明白自己为什么会失去妻子。他想着是否要将前天他找过的那个黑女人再叫来。霍尔兰斯发现,黑女人其实也是很有趣味的。

霍尔兰斯对值夜班的卫兵常有一种特殊的兴趣,因为他觉得他们是他权力的体现。

门突然开了。霍尔兰斯没有把门插上,他看了看表,然后转过脸去。就在这当儿,他忽然发现冰凉的手枪正对准他的脑袋。

"不许动,一动就打死你!"

这时,霍尔兰斯就像一头关在笼子里的野兽。

"举起手来!"

他乖乖地举起了双手。

"贾科波是我杀的。"

"我知道。"

"他出卖了黑人。你也一样,无恶不作,强奸妇女,杀人灭口。双手沾满了人民的血,最后你还杀死了我爸爸。你还有什么要辩护吗?”

波罗说话时声调平平,脸部看不出仇恨、愤怒或胜利的表情。但从他的声音中可以感到他绝不手软。

“没有。”

“你没有。现在你才说没有,但你强占我们的土地时……”

“这是我的土地。”霍尔兰斯说话的口气,就像一个男人指着一个女人说:“这是我的妻子。”

“你的土地!你是一只白狗,我要让你死在你的土地上!”

霍尔兰斯以为他疯了,惊恐万状。但他强打精神,使出浑身解数,向波罗扑去,做最后的挣扎。但在碰到波罗以前,一颗子弹已向他飞了过去。波罗在第一次世界大战时曾是一名优秀射手。就这样,霍尔兰斯笨重的身躯晃动了几下,就沉沉地倒下去了。

波罗冲出屋外。他神经麻木,毫无感觉,谈不上什么胜利的喜悦,只觉得自己完成了使命。他一边跑,一边用手枪猛烈射击那些围追他的警察和卫兵。最后终于逃出了卫兵们的包围,这时他心里才开始产生一种胜利的喜悦。

“他死了!”他告诉同伴们说。

孩子们放学了,路上有的孩子还高高兴兴地逛商店。恩约罗格凝视着他们一张张充满希望和幻想的脸。过去他自己又何尝不是这样呢?他也曾认为,在这世界上,只要有知识就能得到荣誉和地位。现在他简直不敢相信,自己竟在为印度人做工。他突然觉得自己已经老气横秋,二十岁的人竟然变成了一个老头。

孩子们看到恩约罗格向他们投来的惊疑发呆的目光,一个个面带惧色,惶惶然离开了商店。这时,店主走了过来,怒目瞪着恩约罗格,大声对他说:“你被解雇了。”其实他在这里干活还不到一个月,正是他家最需要钱的时候。

“也好!”恩约罗格自言自语。他在街上懒洋洋地徘徊,突然感到茫然,回到家里怎么向两位妈妈交代呢?现在,他多么留恋那已经逝去的无忧无虑的童年,要是姆韦哈吉在身边多好,他可以向她倾诉心中的烦恼和苦闷。他本能地觉得应该见到她。

第十八章

星期六，姆韦哈吉坐在警察总部大院内新居的门口，眉头紧皱，若有所思。她站了起来，绕到屋后，怀着惊喜的心情又掏出那张小纸条来细细地看了一遍。她愿意和他见面，但心里犹豫不决，总觉得自己有罪。她很想知道恩约罗格到底急于想和她说什么。其实，她在听到爸爸被杀的消息以后，就已暗下决心再也不见他了。她觉得恩约罗格背叛了她。如果妈妈所说的是事实，那就没有必要和他来往了。

姆韦哈吉是在学校里听到爸爸死讯的。是学校校长告诉她的。当时她简直不敢相信校长的话。她在明白这一切都是真的以后，悲痛得哭不出来。夜里,她在床上辗转反侧,思绪万千,自觉神经已经麻木,感觉不出痛苦。只是当她走在回家的路上时,她才开始对周围发生的事情的真实含意有所理解,对肯尼亚所遭受的可怕的灾难有了新的看法。她心烦到了极点,不由自主地哭了起来,而且从未这样伤心地哭过。

恩约罗格家里的人夺去了她爸爸的生命,可是现在她却要去和他约会,为什么她会这样做,连她自己也说不清楚。她渴望见到他,因为在这极端痛苦的时刻,他的话,哪怕是过去说过的,对她来说也是莫大的安慰。“明天朝阳一定会从东方升起”这句话,她甚至不止一次告诉过妈妈。在这种环境中,她虽然对上帝失去了信任,但是同时,她却又将自己的全部希望寄托在上帝身上,希望以后能在天堂与爸爸重逢。

得知姆韦哈吉愿意和他见面时,恩约罗格欣喜若狂。已经好几个月没有见到她了,因为他生怕姆韦哈吉拒绝他。他也不知道,应该对她说些什么,因为贾科波就是他哥哥杀死的。因此,他心里一直就像坠着一块铅饼那样。但是,姆韦哈吉在他心目中已经压倒了一切。那天下午,他来到约会地点时,发现自己来晚了,姆韦哈吉早已在那里等着他。眼前的姆韦哈吉,身材变得比以前更修长苗条了,尖脆的声音也变得圆润了,这些变化使她更像一个成熟的姑娘。这时姆韦哈吉注意到,恩约罗格神情沮丧,眼光呆滞。但她没有对他做出任何怜悯的表示,只是目不转睛地盯着他。

恩约罗格低头不语,不一会儿又将目光移到远处,彼此间出现了一种难堪的沉默,周围笼罩着恐惧和不安的气氛。恩约罗格不知道应当从何说起、说些什么。

"我来了!"姆韦哈吉首先开口说。

"我们可以坐下来吗?"

"站着你同样可以说你想说的话。"

尽管如此,恩约罗格还是朝前走了几步,找了一个地方坐了下来,姆韦哈吉也跟上去,拉开一点儿距离坐下。恩约罗格从地上信手捡起一根枯树杈,狠狠地将它折成两段。姆韦哈吉冷冷地看着他。看着看着,不知怎的,眼泪突然夺眶而出。她赶紧用手擦去了泪水。恩约罗格好像没有看见。

"姆韦哈吉,我和你在这种情况下约会是很遗憾的。"他抬起头来,大胆地看着她,"从童年开始，在我们多年的相处中，我是很了解你的。我原来那种想为全家、全村和全民族奋斗的想法，现在看来是多么愚蠢和不合实际。我已经失去了所有的一切——知识、信仰和家庭。我到现在才深深地体会到，在我的生活道路上，你是占有多么重要的位置。正因为这样，我想起我家的人对你家的所作所为时，心里格外难过。现在，我，只有我，留下来了，所以这一切罪过应由我来承担。我找你是为了求得你的谅解，并且告诉你，我对这些是多么遗憾。"

"你不要骗我了，恩约罗格。我知道，一有风吹草动，你就会离弃我的。"

"我说过我有罪。但是上帝……他……对你爸爸死去的情况，我并不比你知道得多。"

"你想告诉我，你……不！"姆韦哈吉清楚地记得，是她请他上家里去的。她没再说什么。恩约罗格也在沉思。

"姆韦哈吉，我不想为自己辩护，如果当初我知道，我是会提醒你的。现在我只想告诉你，对这件事我很遗憾。请你相信我，因为我爱你。"最后他说。他深信姆韦哈吉已经成了他唯一的希望。

说完，他低下了头。姆韦哈吉一直沉默着，他也没有抬头看她。

“恩约罗格！”

恩约罗格慢慢地转过脸来。姆韦哈吉温柔地望着他。他差点儿哭了出来。

“姆韦哈吉，现在只有你才值得我留恋。我觉得我已经紧紧地和你联系在一起了，我相信你是完全可靠的，除了你，我心里再也没有别的要求了。因为我知道，我的明天将是一场梦幻。”他用低沉的声音平静地说。姆韦哈吉凝视着远方。恩约罗格以为她不理他，因此他的目光也慢慢地离开了她。等到她第二次喊他时，他才转过脸来。这时，他发现她眼里噙着泪花，可是他心里却感到宽慰。

“对不起，我误解了你。”她说。

“不，姆韦哈吉，我必须承担这一切罪过，你有权利恨我。”恩约罗格说着靠近了她。他拉过她的左手，并将她紧紧地搂在怀里。姆韦哈吉顺从了。这时他控制不住自己的感情，悲伤的泪水突然夺眶而出，在她脸上留下一道道泪痕。她想说什么，但说不出，喉咙好像被什么东西塞住了。

她的心在翻腾。她想竭力控制自己,但奔放的感情使她不能自已。她深深地爱着恩约罗格,她多么希望他能继续搂住她,向她指明前进的道路。

"不要这样! 不要这样!"她想制止他,但言不由衷。因此,她后悔自己不该来。恩约罗格继续狂热地吻她,并向她恳求道:

"姆韦哈吉,亲爱的,我爱你,如果你愿意,请你救救我吧,没有你,我一天也活不下去。"

姆韦哈吉极力想推开恩约罗格的手,以便试试这个正紧紧搂住她那瘦弱身躯的青年的气力。她多么希望重新回到幸福的童年时代,再次和他一起成长起来。但这已经不可能了,因为现在她已长大成人。

"我们能离开这里远走高飞,正像有一次你说过的……"

"不! 不!"姆韦哈吉又掉下了眼泪,是那样的伤心。她打断他的话说:"你必须救救我,恩约罗格,我爱你。"姆韦哈吉边说,边用两手捂着脸呜呜地哭了起来。两只丰满高耸的乳房在不断地起伏。

恩约罗格心里甜滋滋的,感到格外轻松和愉

快，他用手轻轻地抚摩着她美丽的长发。

“是的，我们可以去乌干达，并且生活在……”

“不，不！”她再次反对说。

“为什么呢？”恩约罗格不明白她的意思。

“你难道不认为你的想法过于简单吗？因为我们再也不是小孩了。”她啜泣着说。

“正因为如此，我们才必须离开这里。因为肯尼亚现在再也不属于我们了。如果一个人有能力跳出火坑，但他又不愿意这样做，那不是很幼稚可笑吗？”

“但是我们没有这种能力，我们不可能！”她失望地哭泣着。

恩约罗格迷惑不解，一筹莫展。童年时代的她比现在要倔强得多。姆韦哈吉看到他犹豫不决，又补充说：“我们最好还是等待，你不是告诉过我，明天朝阳一定会从东方升起吗？我想会是这样的。”

恩约罗格没有回答，他真想走过去轻轻地擦去她脸上的泪痕。她呆呆地坐着，就像在向黑暗挑战的一棵傲然静立的大树，渴望着阳光和新的生命力。但恩约罗格不想这样生活,他所希望的不是这样的生活。他觉得自己被人欺骗了。

“这一切就像一场梦,我们只能活一天算一天。”他说。

“是的,但是我们要对别人负责,这对我们来说是最重要的。我们要像大人那样对所有的人负责。”

“负责,负责!”恩约罗格生气地重复着。

“是这样,我有责任,比如说对我妈妈。亲爱的,请你原谅我。我们不能丢下妈妈,尤其在……不!恩约罗格,让我们等待着新的一天到来吧。”

姆韦哈吉明白自己已经说服了他。但她心里依然很难过。她告别了他,朝回家的路上走去,突然觉得一阵心酸,又伤心地哭了起来,她有的是一颗痛苦的心。

太阳下山了,恩约罗格最后的希望破灭了。他第一次感到如此空虚和孤单,无依无靠。眼前的世界,一切都朦朦胧胧、虚无缥缈。突然,他绊了一跤,摔倒在地上,悲痛地大声喊道:“姆韦哈吉,姆韦哈吉。”

星期天,恩约罗格心神不安地离开了家。妮

约卡比看着他走了出去。她没问他上哪儿去，她和恩杰莉都不敢多问，因为她们害怕……

恩约罗格肥大的裤子在风中飘拂。这条路他很熟悉。但现在他却觉得它是如此陌生和漫长。他蹒跚地走着，偶尔也遇见几个赶在天黑以前回家的妇女。他有意避免和她们接触，也有意避开她们的眼光。因为他想，她们一定会看出他失望的神情。他不需要她们那种无休止的同情和怜悯。他自言自语地说："我会这样做的！我会！"他想再看看两位妈妈，最后一次在家里和她们度过一夜。他想起爸爸，可他现在已经离开了人世。他还想起了波罗和卡马乌，波罗不久就要被处决，卡马乌已被判处无期徒刑。他不知道在犯人营里的科利又会是什么结果，也许他也会像其他犯人那样被严刑拷打致死。啊，上帝！这时候为什么呼喊上帝呢？现在对他来说，上帝已经不会有太大的意义了。他对从前信赖过的一切已经失去了信心。什么财产、权力、知识、宗教，甚至他最后的精神寄托——爱情，都已经离他远远的了。

脚下的土地平坦地伸向远方，给人一种神秘莫测的感觉。已有许多人离开了这里的土地、太阳和月亮到那遥远的地方去了。他们之中有恩加恩加、理发师、基阿里埃和其他许许多多的人……这条小道最终也会将他带到那条路上去，让他一直走下去。

往前走吧！有一个声音在敦促他。他紧步向前，似乎这样可以更快地消磨这一天的时光。现在，他盼望黑夜尽快降临。又是一声敦促声：往前走吧！

但他回答说："等等，等到黑夜降临吧。"他走到了小道的拐弯处，无意间朝上面一看，啊，这里，这里不是姆韦哈吉第一次向他表白爱情然后又羞怯地匆匆离开的地方吗？右边是一片开阔地。他离开小道，来到路旁一直延伸到远处的坡地，在一块石头上坐了下来。他从口袋里掏出了捆得好好的绳子。他手里握着这把绳子时，心里顿时感到一阵轻松。他静静地坐着，等待黑夜到来，使自己淹没在沉沉的夜幕之中。

他知道那棵树在哪里，因为他在爸爸死去以后曾多次来到这里，树上沙沙作响的声音就好像在和他促膝长谈。在他心灵深处，唯一能劝慰他的是对姆韦哈吉的期望……可是现在，绳子已经准备好了。

“恩约罗格！”他住了手，突然歇斯底里地纵声大笑，紧紧握着绳子的一头，另一头已经挂在树上。又有人焦急地叫了一声：“恩约罗格！”

声音很清楚，他听见了。当他听出是谁在叫他时，他的心颤抖起来。妈妈站在旁边，两眼圆睁地盯着他。他开始感到茫然，接着又感到紧张和胆怯。

他颤颤巍巍地朝妈妈走过去，又一次感到他是多么害怕见到妈妈。他看到妈妈手里举着火把，步履蹒跚地朝他走过来。

“妈妈。”他心里感到一阵宽慰。

“恩约罗格！”

“在这儿。”

妮约卡比扑了过去，将他紧紧地抱在怀里。

“回家吧，孩子！”妮约卡比用命令的而又悲伤的口吻说。

恩约罗格默默地跟着妈妈朝家里走去。他觉得对不起妈妈，对不起爸爸临终时要他好好照顾妈妈的嘱咐，也对不起姆韦哈吉要他耐心等待新的一天到来的期望。路上他们遇见了前来找他的恩杰莉。虽然宵禁,但为了孩子,她们却顾不得这一切了。恩约罗格默默无言,只觉得有罪,一个从童年时代就决意完成时代赋予他的使命的人犯了罪。

他们继续朝家里走去,离家越近,恩约罗格就越清醒。这时,一个无形的声音在谴责他说:"你是胆小鬼!你永远是一个懦弱的人,为什么你不敢那样做呢?"

他突然大声叫道:"是的,我为什么没有那样做呢?"

又有一个声音回答说:"因为你是胆小鬼!"

"是的,"他自言自语地说,"我是胆小鬼。"

他快步朝家里跑去,为两位妈妈打开了门。

恩古吉·瓦·提安哥生平简历

一九三八年	一月五日生于肯尼亚利穆鲁一个农民家庭。
一九六四年	毕业于乌干达麦克雷雷大学。同年出版长篇小说《孩子,你别哭》。
一九六五年	出版长篇小说《大河两岸》,现收入肯尼亚中学课本。
一九六七年	在内罗毕大学英文系任教。同年出版长篇小说《一粒麦种》。
一九七七年	因政治原因被捕入狱,在狱中用母语吉库尤语写下长篇小说《十字架上的魔鬼》,由于条件有限,用厕所手纸写成。同年出版长篇小说《血色花瓣》。
一九八二年	逃离肯尼亚,开始了在英国和美国的流亡生涯。

一九九二年至二〇〇二年　任纽约大学比较文学系教授。

二〇〇四年　结束二十二年流亡生活,重返肯尼亚。

二〇〇六年　出版长篇小说《乌鸦魔法师》。

二〇一〇年　出版自传三部曲的第一部《战时梦》。

二〇一二年　出版自传三部曲的第二部《中学史》。

二〇一六年　出版自传三部曲的第三部《织梦人》。

主要作品表

《孩子,你别哭》

《大河两岸》

《一粒麦种》

《短篇小说集:秘密生活》

《血色花瓣》

《十字架上的魔鬼》

《乌鸦魔法师》

《战时梦》

《中学史》

《织梦人》

Hummingbird CLASSICS
蜂鸟文丛

《蜂鸟文丛》

第一辑（按作者生年排序）

苹果树	〔英〕约翰·高尔斯华绥
一个陌生女人的来信	〔奥地利〕斯蒂芬·茨威格
奥兰多	〔英〕弗吉尼亚·吴尔夫
熊	〔美〕威廉·福克纳
乞力马扎罗山上的雪	〔美〕欧内斯特·海明威
文字生涯	〔法〕让-保尔·萨特
局外人	〔法〕阿尔贝·加缪
我的包着红头巾的小白杨	〔吉尔吉斯斯坦〕钦吉斯·艾特玛托夫
饲养	〔日〕大江健三郎
夜半撞车	〔法〕帕特里克·莫迪亚诺

第二辑（按作者生年排序）

野兽的烙印	〔英〕约瑟夫·鲁德亚德·吉卜林
地粮	〔法〕安德烈·纪德
米佳的爱情	〔俄〕伊万·布宁
都柏林人	〔爱尔兰〕詹姆斯·乔伊斯
乡村医生	〔奥地利〕弗兰茨·卡夫卡
蜜月	〔英〕凯瑟琳·曼斯菲尔德
印象与风景	〔西班牙〕费德里科·加西亚·洛尔迦
被束缚的人	〔奥地利〕伊尔泽·艾兴格尔
孩子，你别哭	〔肯尼亚〕恩古吉·瓦·提安哥
他和他的人	〔南非〕J.M. 库切